Franka Potente
Allmählich wird es Tag

FRANKA POTENTE

ALLMÄHLICH WIRD ES TAG

Roman

Piper München Zürich

Mehr über unsere Autoren und Bücher:
www.piper.de

Von Franka Potente liegt im Piper Verlag außerdem vor:

Zehn. Stories

MIX
Papier aus verantwortungsvollen Quellen
FSC www.fsc.org FSC® C014496

ISBN: 978-3-492-05494-2

Gesetzt aus der Trump Mediäval
Satz: psb, Berlin
Druck und Bindung: GGP Media GmbH, Pößneck
Printed in Germany

Für meine Liebsten, D., P. und G.

Ein leichter Wind wehte. Morgensonne am tiefblauen Himmel.

Jeden Herbst erreichten die Santa-Ana-Winde Los Angeles. Fallwinde, die feinen roten Staub aus der Sierra Nevada und der Mojave-Wüste mit sich brachten. Erst kam der rote Wind, dann der Regen, der Straßen in Sturzbäche verwandelte und die Erde ins Rutschen brachte. Herbst und Winter. Zeit der Aufruhr.

Feiner roter Staub hatte sich über Blätter und Blüten gelegt. Schwächte die Kraft der Farben. Dennoch sah der Garten einladend aus. Orangerot blühte die Akelei, Lupinen wiegten sanft ihre schweren Blüten im Wind. Daneben ein blauer Natternkopfbusch.

Der Rasen im vorderen Teil des Gartens war auf ordentliche vier Zentimeter gekürzt. Das Grün hatte sich auch hier mit Rostrot gemischt, der Rasen hatte eine stumpfe braune Farbe angenommen.

Ascheflocken waren vom Pool herübergeweht und bedeckten vereinzelte Grashalme. Sandsteinplatten führten zum Pool. Dorthin, wo sich der Garten zu einer großen Fläche öffnete, die von dichten, haushohen Büschen umschlossen wurde.

Grau gefärbter Sandstein auch rund um den türkis gekachelten Pool. Dort, wo die Flammen geleckt hatten, war Ruß zu sehen. Filigrane Zitronenbäume in sorgfältiger Reihe. Geschmackvolle türkisfarbene Kübel, flankiert von großen azurblauen Tonbottichen, in denen »Mule's Ears«, eine kalifornische Art der Sonnenblume, wucherten.

Es roch verbrannt.

Wie ein gefällter Baum lag er da. Über zwei Meter lebloses Fleisch. Neben dem Pool, die Wange auf dem aschegrauen Sandsteinboden. Beine leicht verdreht. Blau gestreifte Pyjamahosen, ein abgewetzter offener Bademantel, dessen loser Gürtel in den Pool hing.

Ein trockenes Blatt hatte sich in seinem Haar verfangen.

Zerbrochenes Glas neben der großen Hand. Zwischen Daumen und Zeigefinger hatte er sich geschnitten, getrocknetes Blut auf dem Sandstein. Gesicht und Haar stumpf von Staub und Asche. Der rechte Hausschuh war in den Pool gefallen. Den trockenen Pool, dessen Boden jetzt mit einem riesigen Berg verkohlter Gegenstände und Ruß bedeckt war. Die Überreste seines vorherigen Lebens. Kein Türkis mehr zu sehen. Der Hausschuh lag unversehrt obenauf, er musste nach dem Feuer hineingefallen sein.

Weinroter Filz mit dunkelgrünen Karos.

1

Vier Wochen zuvor

Der steife Hemdkragen schnitt in den Hals. Umständlich versuchte er, den Karton auf dem rechten Knie zu balancieren. Unerbittlich brannte die Sonne auf sein dunkelblaues Baumwolljackett. Schweißperlen hatten sich auf seiner Stirn und Oberlippe gebildet. Feucht lief ihm der Schweiß den Rücken herunter.

Das Türschloss klemmte. Er drückte so fest an dem Schlüssel herum, bis er sich zu verbiegen begann.

Fuck!

Er biss die Kiefer so hart aufeinander, dass ihm das Gesicht wehtat. Schließlich gab das Schloss nach, und er konnte die Tür öffnen. Da rutschte der Karton ab und fiel krachend zu Boden.

Genervt trat er nach dem Locher. Das Metall hinterließ beim Aufprall ein Loch in der weißen Wand.

Kurz schloss er die Augen, atmete heftig aus, lockerte die Krawatte. Ein hastiger Blick. Die Straße war leer. Kein Nachbar, kein Passant zu sehen. Nur flirrende Hitze, grelles Sonnenlicht, das parkende Autos stumpf und staubig erscheinen ließ.

Dann fiel die Haustür hinter ihm ins Schloss. Die Stille entspannte ihn sofort. Er löste die Krawatte vollends und ließ sie achtlos auf den Boden fallen. Irgendwo zwischen die Dinge aus dem Karton. Das Jackett dazu. Er riss so heftig am Kragen, dass die Knöpfe vom Hemd absprangen.

Bevor er es in die Ecke warf, rieb er sich das Gesicht damit ab.

Schummriges Licht. Die Luft stand. Seit Tagen hatte er kein Fenster geöffnet. Aus der Küche das leise Brummen des Kühlschranks.

Die Muskeln in Gesicht und Nacken lösten sich, der Atem entspannte sich. Schwer lehnte er sich an die Wand und ließ sich langsam hinuntergleiten.

Mit halb geschlossenen Augen saß Tim Wilkins da. Die Geräusche des Alltags, den er jahrelang gekannt hatte, wichen jetzt sirrender Einsamkeit. Seit fast dreißig Jahren lebte er in diesem Haus. Sie hatten es nach der Hochzeit gekauft. Der Sohn war hier aufgewachsen. Vor zehn Jahren hatten sie renoviert, irgendwann später den Pool eingebaut. Die Kacheln aus Mexiko importiert.

Unzählige Geburtstage gefeiert. Weihnachten zu dritt, dann zu zweit. Zu Thanksgiving Truthahn gegessen, Unabhängigkeitstag, Freunde, Verwandte waren ein und aus gegangen.

Früher war er jeden Morgen eine Runde geschwommen. California living. Seit zwei Jahren aber war der Pool bis auf das gelegentliche Regenwasser im Winter leer geblieben.

Mühsam streifte er die Schuhe ab. Stand auf. Spürte die schweren Beine.

Der Spiegel im Flur hing schief. Nur unmerklich. Vorsichtig justierte er den Metallrahmen. Betrachtete sich. Bis auf einige dunkle Strähnen hatten sich fast alle seine Haare grau gefärbt. Das Gesicht sauber rasiert, aber blasser als sonst. Dunkle Schatten unter grünblauen Augen. Ein leichter Bauchansatz, der dank seiner zwei Meter zehn kaum auffiel. Neunundvierzig Jahre alt.

Müde wandte er sich ab.

Im Wohnzimmer war es heiß. Er hatte vergessen, die Klimaanlage anzustellen, bevor er gegangen war. Mittags knallte die Sonne auf die Rückseite des Hauses.

Er zog die Vorhänge etwas auf, um mehr Licht hereinzulassen.

Tim Wilkins atmete schwer. Was für ein Tag. Er stellte die Klimaanlage an, und sofort flutete eiskalte Luft ins Beige. Er spürte die unangenehme Nässe unter den Achseln.

Im Licht der Sonne warf er einen langen Schatten ins Wohnzimmer.

Er war es gewohnt, zu Hause zu stehen. Die meisten Möbel waren zu klein für ihn.

Das Haus war geschmackvoll eingerichtet: vornehmlich sandfarben und beige. Neutral. Austarierte Raumsymmetrien. Im Wohnzimmer um den runden Couchtisch, halb Glas, halb Kirschholz, das schmale Sofa gruppiert, an den Enden zierliche Tischchen mit dimmbaren Lämpchen und zwei Sessel, wie das Sofa mit beigem Baumwoll-Seiden-Gemisch bezogen, fleckenfrei. Sideboard mit DVD-Player und Hi-Fi-Anlage, ordentlich aufgereiht diverse Fernbedienungen, an die Wand darüber montierter Flat-Screen-TV. Auf der anderen Seite des Zimmers auf cremefarbenem Teppich ein Esstisch in dänischem Design. Zu zierlich für die sechs Stühle. Er konnte sich nicht daran erinnern, wann er zuletzt an dem Esstisch gesessen hatte. Die Stühle jahrelang unverrückt.

An der langen Wand ein Regal, nicht zu wuchtig, mit Büchern und kleinen Vasen bestückt. Im Vitrinenschrank daneben sechs große Weingläser und sechs Sektflöten.

Dafür hatte er jahrelang gearbeitet.

Sie waren selten in den Urlaub gefahren. Lange Arbeitstage waren immer länger geworden. Derek war in Princeton aufs College gegangen, davon abgesehen, hatte seine

Frau Liz sein Geld ausgegeben. Für zierliches Mobiliar. Meist hatte sie lesend dagesessen. Still, mit angezogenen Beinen. Auf der beigen Couch oder im Garten.

Sie hatte davon gesprochen, wieder arbeiten zu wollen. Das kam allerdings nur zur Sprache, wenn sie Gäste hatten und Liz zwei Gläser Wein getrunken hatte. Sie war niemand, der sich beschwerte. In den letzten Jahren hatte sie oft traurig gewirkt. Oder nachdenklich. Still war sie immer gewesen.

Als Derek aufs College ging, hatte sie eine Ausbildung zur Yogalehrerin begonnen. Danach betrieb sie mit einer Freundin zwei Jahre lang eine Boutique in West Hollywood. Das konnte man wohl kaum Arbeit nennen.

Gesehen hatte er den Laden nur ein Mal. Enge Räumlichkeiten versetzten ihn in Stress. Zudem war ihm Liz' Freundin körperlich unangenehm gewesen. Meredith hatte immer etwas spürbar Vorwurfsvolles und Angriffslustiges ihm gegenüber gehabt. Rotes, lockiges Haar, viel Silberschmuck, wallende, bunte Gewänder und große Brüste, die sie stolz vor sich hertrug. Sie hatte ihren Mann damals für einen Jüngeren verlassen.

Liz dagegen war zurückhaltend und von unaufdringlicher Schönheit. Ernste grüne Augen, dunkles Haar, zum Pferdeschwanz gebunden, wenig Make-up auf heller Haut. Sie trug immer viel Schwarz und Burgunderrot.

Wenn sie lachte, neigte sie den Kopf und bedeckte den Mund mit der Hand, wie ein Schulmädchen.

Schon den ganzen Tag über hatte er sich zusammengerissen, hatte nicht an sie gedacht. An sie und an die gebräunte Hand, die jetzt wahrscheinlich auf ihrem blassen Schenkel ruhte.

Jeder Gedanke an Liz war niedergeschossen worden wie ein ahnungsloses Stück Wild.

Seit einer Woche war sie weg. Seine Frau war seit fast einer Woche weg. Seit fünf Tagen genau. Liz.

Am Sonntag war sie in das große Auto gestiegen. Er selbst hatte am Küchenfenster gestanden. Das Bild einer gebräunten Männerhand, souverän und ruhig auf dem Steuer ruhend, hatte sich in sein Gedächtnis gebrannt.

In der Eile hatte sie den Weg zum Auto über den Rasen abgekürzt. Ein Absatz war im Gras stecken geblieben. Einen riesigen Kleidersack über dem einen Arm, mit der anderen Hand den Koffer ziehend, war sie gestrauchelt, hatte sich gefangen und hastig den Sack aufgehoben.

Die braune Hand hatte sich währenddessen nicht bewegt. Ruhig hatte der Mann am Steuer gewartet. Hatte Liz' Hast, den Moment, in dem sie, starr nach vorne blickend, an ihrem Ehemann vorbeigeeilt war, unbeteiligt abgewartet. Er hatte nichts mit diesem Drama zu tun. Er hatte sie nur abgeholt.

Gerettet in einen besseren Tag.

Seitdem sie fort war, watete er wie durch Nebel. Immer noch perplex, erschrocken darüber, wortlos verlassen worden zu sein.

Der Gedanke, sie anzurufen, war ihm nicht in den Sinn gekommen. Bis heute war es ihm gelungen, nichts davon an sich heranzulassen.

Nun begann sich der Nebel zu lichten, und er sah klarer auf das, was ihm zugestoßen war.

Es war letzten Sonntag gewesen. Tim hatte mit Derek Golf gespielt.

Irgendwann erhielt Derek einen Anruf. Über zehn Minuten lief er mit vorgehaltener Hand auf und ab. Gestikulierte. Tim hatte den erwachsenen Sohn betrachtet. Gewartet. Gestresst kam Derek zurück.

Er müsse sich um eine dringende Sache kümmern. Downtown. Ein Schauspieler. Eilig hatte er dann sein Equipment gepackt, dem Vater im Gehen auf die Schulter geklopft. »Ich ruf dich an!«

So war Tim Wilkins einige Stunden früher nach Hause gekommen.

Er kam, sie ging. Schweigend hatte er ihrem Abgang zugesehen. Wie ein Idiot hatte er groß und unbewegt auf dem Weg gestanden, der zum Haus führte. Die Golftasche geschultert.

Langsam war er in die Küche gegangen. Hatte vom Fenster aus beobachtet, was geschah. Erst als der Wagen abfuhr, wurde ihm klar, dass er verlassen worden war.

Dann hatte er einen doppelten Scotch getrunken, war ins Büro gefahren und hatte gearbeitet.

Erst später hatte er den handgeschriebenen kurzen Brief gefunden. Jeden Tag war er pünktlich ins Büro gegangen, hatte zwei Stunden länger gearbeitet, abends eine Stunde ferngesehen und Scotch getrunken. Morgens um sechs dann der Wecker.

Vermisst hatte er sie nicht.

Es hatte keinen Impuls gegeben zu kämpfen. Vielleicht war er nicht der Typ dazu. Vielleicht wollte er sie sowieso loswerden. Ihre Ehe hatte kaum noch existiert in den letzten Jahren.

Alles war seinen Gang gegangen, nichts hatte ihm gefehlt.

Bis heute, heute war etwas anders.

Immer noch verschwitzt stand er jetzt da, den Kopf im kalten Luftstrom der Aircondition. Bis heute hatte sich kein Gefühl in ihm geregt. Alles war im Fluss gewesen. Er hatte sich unter Kontrolle gehabt.

Aber jetzt spürte er etwas heraufziehen, kämpfte dagegen an. In jeder Faser fühlte er das unterdrückte Gefühl von Ohnmacht. Einen tumben Schmerz, der ihn lähmte.

Nach der Scheiße im Büro hatte es eingesetzt. Kaum dass die Bürotür hinter ihm ins Schloss gefallen war. Seither hatte er dagegen angeatmet, versucht, sich zu zerstreuen.

Das Gefühl war ihm nicht unbekannt. Er hatte es nur

längst vergessen. Das Bedürfnis zu schreien, Dinge zu zerstören, jemanden zu verletzen.

Damals war er ein paarmal beim Therapeuten gewesen, er konnte sich kaum erinnern. Dann hatte er ein Jahr lang Tegretol genommen, und das Problem war gelöst. Die Wut hatte sich zurückgezogen, irgendwohin in entfernte dunkle Ecken seines Kopfes.

Bis heute.

Als das Telefon klingelte, zuckte er heftig zusammen. Er meinte, den schrillen Ton in den Zähnen zu spüren. Wie Eiswürfel. Bewegungslos saß er da. Wartete mit geschlossenen Augen auf den verdammten Anrufbeantworter.

»Oh, Dad? … Hey … Ruf mich an wegen Sonntag! Spielen wir achtzehn Löcher? Ich kann dich auch abholen. Hab einen neuen Wagen!«

Einen neuen Wagen. Derek. Ihr Sohn. Siebenundzwanzig Jahre alt, Agent bei einer großen Schauspieler-Agentur in Beverly Hills. Sie sahen sich ausschließlich sonntags zum Golfen.

Ob Derek es auch im Büro versuchen würde? Tim biss einen Hautfetzen vom Daumen. Unwahrscheinlich. Derek rief nie im Büro an.

Fuck. Wusste Derek, dass Liz weg war? Er war seiner Mutter nah. Näher als Tim, das war klar. Verdammt, ob er gewusst hatte, dass sie ihn verlassen wollte?

Derek hatte sich nichts anmerken lassen. Möglich war alles.

Als Tims Augen zu tränen begannen, zog er das Gesicht aus dem kalten Luftstrom der Klimaanlage. Er spürte Hunger und ging in die Küche. Seit Tagen hatte er nicht eingekauft. Das hatte immer sie gemacht. Cornflakes, Ahornsirup und Gewürze. Ansonsten war der Schrank leer.

Im Hängeschrank ordentlich gestapeltes weißes Porzellan. Teure Gläser in ordentlicher Reihe. Tassen daneben.

Auch Kühlschrank und Kühlfach waren bis auf Eiswürfel und eine Flasche Wodka leer. Ratlos stand er da.

Der Gedanke, ins Auto zu steigen, um in einem der großen Supermärkte einzukaufen, erschöpfte ihn. Es gab einen Cornerstore, einige Straßen weiter. Er war seit Jahren nicht dort gewesen.

Er griff sich die dunkelblaue Baseballkappe mit dem Wappen seines Golfclubs von der Ablage, zog die Schuhe wieder an und trat in Unterhemd und Anzughose vor die Tür.

Gleißendes Sonnenlicht. Stehende Hitze, die den Asphalt in Pfützen zu verwandeln schien.

Er wandte sich nach rechts und hielt an der nächsten Ecke inne. Auf der anderen Straßenseite standen zwei Häuser zum Verkauf. »For Sale«-Schilder steckten im Gras. Zu verkaufen, wie so viele.

Einige der Gärten wirkten verwildert. Man sparte an Gärtnern. Statt Ford Explorern und großen SUVs parkten überall kleinere Autos. Die Rezession war sichtbar.

Eine Frau mit Hund ging vorbei. Sie trug eine riesige Sonnenbrille und einen türkisfarbenen Jogginganzug. Als sie die Hand zum Gruß hob, bemerkte er lange pinke Plastiknägel. Vielleicht eine Nachbarin.

Der Hund hockte mitten auf dem Gehsteig. Die pinken Krallen fischten den Haufen eilig mit einem Plastiktütchen auf. Angeekelt sah er weg. Tiere waren nicht seins. Plastiknägel auch nicht.

Und plötzlich stand er vor Heffners Einfahrt. Ehemaliger Einfahrt.

Wann waren Heffners ausgezogen? Vor drei Jahren? Vier? Er konnte sich nicht erinnern.

Wenn er von der Arbeit kam, fuhr er von der anderen Seite heran, sodass er Heffners Haus, obwohl es kaum einen Block von ihrem entfernt lag, nie zu Gesicht bekam.

Man hatte sich aus den Augen verloren. Wie das eben so ist, wenn die Kinder erwachsen werden. Oder?

Mein Gott, sie waren so gut befreundet gewesen. Ein Wochenende hatten sie mit Ehefrauen in Carmel verbracht. An den Wochenenden Golf. Zigarren auf Heffners Terrasse.

Wohin waren die Heffners gezogen? Es musste mindestens drei Jahre her sein. Er sah Peters sonnengebräuntes Gesicht vor seinem inneren Auge. Lachend. Im rot karierten Flanellhemd. Er würde ihn anrufen. Später. Auch wenn es ewig her war, dass sie gesprochen hatten, er war sich sicher, dass Peter sich freuen würde, von ihm zu hören.

Er rieb sich den Nacken. Die Sonne brannte auf der Haut.

Manchmal waren Peter und er auch zusammen fischen gegangen. Heffners besaßen ein kleines Boot in Marina del Rey.

Irgendwann hatte es einen Streit gegeben. Daran erinnerte er sich noch.

Der Store war kleiner, als er ihn in Erinnerung hatte. Es roch nach Kohl. Hinter der Ladentheke saß ein alter Chinese. Er verfolgte ein Baseballspiel im Radio. Tim sah sich um. Vollgestopfte Regale. Enge. Er musste sich seitlich an den Waren vorbeischieben. Vorsichtig bewegte er sich durch die schmalen Gänge. Chipstüten, Klopapier, in Plastik verpackte Kuchen.

Er griff sich einen der kleinen Metallkörbe. Klebriger Griff.

»Ganz schön heiß, was, Mister?« Der Chinese lächelte.

Tim nahm ein Sixpack Heineken aus dem Kühlregal. Zwei Fertigsuppen, Klopapier, zwei Tüten Chips. Als er zahlte, bemerkte er den kleinen Ventilator hinter der Kasse.

»Stimmt so.«

Er ließ sich kein Wechselgeld herausgeben. Der Mann tat ihm leid. Im Alter sollte jeder Aircondition haben.

Noch im Hinausgehen riss er eine Chipstüte auf. Salz und Paprikapulver brannten auf der Zunge. Der Geschmack von Collegepartys und Kinobesuchen.

Liz hatte immer gesund eingekauft. Auf dem Farmers Market oder im Bioladen.

Er trat auf den Gehsteig. Einige Wolken hatten sich vor die Sonne geschoben. Es wurde angenehm kühler. Er war nass geschwitzt. Enge strengte ihn an.

An der nächsten Ecke hatte er die Chipstüte zur Hälfte geleert. Im Vorbeigehen bemerkte er die Frau im parkenden Auto. Ihre Schultern zuckten, und sie bedeckte ihr Gesicht mit einer Hand.

Heffners Einfahrt.

Er machte kehrt und ging zurück. Sanft klopfte er an die Scheibe. Die junge Frau sah verheult aus. Eine schwarze Strähne klebte ihr in der Stirn. Mascara war die linke Wange hinuntergelaufen. Grüne Augen, langes schwarzes Haar. Hübsch. Olivfarbenes, üppiges Dekolleté, Goldkette und eine tätowierte Rose.

»Willst du?«

Er hielt ihr die Chipstüte hin. Sie strich sich das Haar aus der Stirn und wischte sich über die Wange.

»Nein, danke.«

Raue Stimme, bockig, Akzent, vielleicht Puerto-Ricanerin. Sie zündete sich eine Zigarette an, blies den Rauch in seine Richtung.

»Ich nehm auch eine.« Er hatte vor zehn Jahren aufgehört. Jetzt hatte er Lust. Er brauchte eine Zigarette.

Die grünen Augen fixierten ihn. Langsam zog die junge Frau an der Zigarette, während sie das Fenster herunterließ.

Der Filter war feucht, als er daran zog. Ihm wurde schwindelig, und er musste heftig husten.

Ein breites Grinsen aus dem Auto. Zahnlücke. Sexy.

»Ich nehm eins davon.« Sie zeigte auf die Heineken.

»Gute Wahl!«

Das Bier war noch kalt. Sie prostete ihm zu.

»Aida.«

Toller Name, dachte er und sagte: »Wie die Oper.«

Sie schloss die Augen, seufzte behaglich. »Wieso macht ein kaltes Bier gleich alles besser?«

»Ja, ganz schön heiß heute …« Er hatte keine Übung mehr in Smalltalk.

»Zu heiß, um im Auto zu sitzen.« Er lächelte sie an.

»Hey, was ist denn hier los?« Der blonde Typ trug Badelatschen. War aus dem Haus gekommen, Peters Haus. Er reckte angriffslustig sein Kinn und verschränkte die Arme.

Kanadischer Akzent. Die rötlichen Oberarme waren tätowiert, dazwischen Sommersprossen. Nackter Oberkörper. Er trat nah an Tim heran, der noch immer zum Auto heruntergebeugt stand. Es roch nach Schweiß, Bier und billigem Aftershave.

Tim blickte Aida an, ihr Gesicht hatte wieder den bockigen Ausdruck angenommen.

Er leerte sein Heineken und richtete sich auf. Überragte den Kanadier um zwei Köpfe.

Eingeschüchtert trat der andere ein paar Schritte zurück. Hob beschwichtigend die Hände.

Aus dem Auto kam ein unterdrücktes Kichern.

Tim nickte dem Mädchen zu. Amüsiert. Die leere Dose gab er dem Blonden in die Hand. »Wärst du so nett …?«

Im Haus hatte die Aircondition ihre Wirkung getan. Tim zog sich bis auf die Boxershorts aus. Die Sachen ließ er im Flur liegen. Aber der Karton musste weg. Aus seinem Blickfeld verschwinden. Unterm Küchenschrank war noch Platz. Hinter den Spaghettitöpfen.

2

Als er gegen Mittag erwachte, schmerzte sein Kopf. Er rutschte vom Sofa und schlug mit dem Knie auf die Fliesen. Zwei Bierflaschen fielen klirrend um. Er blinzelte, rieb sich den Kopf.

Im Wohnzimmer war es hell. Hell und kalt. Die Aircondition war noch immer voll aufgedreht, die Vorhänge halb geöffnet. Sein rechtes Bein war eingeschlafen, der Nacken steif.

Langsam kam er zu sich. Im Fernsehen stritten sich zwei Mädchen, die nur mit Slip bekleidet waren. Reality-TV samstagmorgens. Er richtete sich auf und setzte die Füße auf den Boden. Er konnte die Fernbedienung nicht finden. Überall lagen leere Bierflaschen, der Scotch stand vor der Couch, Chipskrümel klebten ihm unter den Füßen.

Fehlte das Glas im Vitrinenschrank? Angestrengt kniff er die Augen zusammen. Es fehlte tatsächlich, ebenso die Weingläser.

Kleine Splitter glitzerten am Boden in einem Sonnenstrahl. Scherben lagen verstreut im Raum. Ein Teil seines Traums kam zurück. Die Faust im Glas.

Ungläubig starrte er auf die Splitter. Bemerkte dann das getrocknete Blut an den Knöcheln seiner rechten Hand. Er hatte nicht geträumt.

Bier, Scotch, eine alte Flasche Rum, irgendwann hatte er alles getrunken, alles, was im Haus war. Nachdem er das Bier geleert hatte, war ihm Liz' Nachricht wieder in die Hände gefallen. Ein Abschiedsbrief. Eher eine kurze Notiz.

Dann war das Bild wiedergekommen, Liz' Schuhabsatz im Rasen, die braune Hand am Steuer. Die Erinnerungen der letzten Tage. Das Gespräch mit Frank im Büro. Das geheuchelte Mitleid in seiner Stimme: »Soll dir jemand beim Packen helfen?«

Matt ließ er sich auf die Couch zurückfallen. Er schloss die Augen. Stilles, schwarzes Nichts. Noch vor einer Woche hatten Zahlen, Anrufe, Gesprächsfetzen in seinem Kopf gewirbelt. Jetzt war es erschreckend still.

Von Weitem hörte er Vogelzwitschern. Der Garten beherbergte um diese Jahreszeit Spatzen und Wanderdrosseln.

Auf steifen Beinen stakste er hinaus ins Licht. Vielleicht würde er den Pool wieder füllen lassen. Es würde bestimmt noch acht Wochen lang warm sein. Schwimmen tat gut.

Neben der kleinen Bank fand er einen alten Zigarettenstummel. Hatte Liz geraucht? Sie hatte oft abends hier gesessen, wenn er nach Hause kam. Wie war dein Tag? Seine Standardfrage. Lächelnd hatte sie unmerklich mit den Schultern gezuckt. Im Kühlschrank ist noch Lasagne.

Was hatte sie tagsüber gemacht? Er hatte nie nachgefragt, nicht ernsthaft jedenfalls.

Fuck. Sie hätten abends zusammen draußen rauchen können. Ein Glas Rotwein dazu. Das hätte ihm gefallen. Verdammt, er war ein echtes Arschloch gewesen.

Er setzte Kaffee auf, als es an der Haustür klingelte. Ein kurzer Blick durchs Küchenfenster. Eine Frau, graues Kostüm. Er konnte sie nur von hinten sehen.

Er öffnete in Boxershorts und T-Shirt.

Cynthia Sheldon zuckte zusammen, hielt ihm sein Jackett entgegen. Das braune Arbeitsjackett.

»Ich ... hatte was in der Gegend zu tun. Das hast du im

Schrank vergessen.« Sie errötete und sah zu Boden. Ihre silbernen Kreolen zitterten.

Es war drei Jahre her, dass sie ihm bei der Betriebsfeier einen geblasen hatte. Auf der Toilette. Sie war betrunken gewesen. Danach hatten sie sich eine Zeit lang nicht gegrüßt.

»Danke. Ich mache gerade Kaffee ...«

Ihr Gesicht war so rot wie das gefärbte Haar. Nervöses Lachen. Sie blieb im Türrahmen zwischen Flur und Küche stehen, während er Kaffeetassen holte. Blickte verstohlen umher. »Ist Liz ... unterwegs?«

Es nervte ihn, dass sie flüsterte. Er drehte sich nicht um. »Liz ist weg.«

Der Kaffee lief dampfend in die Kanne.

»Das tut mir leid.« Schweiß glänzte auf ihren Schläfen. Die Luft um sie herum zitterte.

Für einen Moment dachte er darüber nach, sie im Ehebett zu vögeln. Es wäre ein Leichtes gewesen. Als er neben sie trat, wich sie zurück. Langsam nahm er einen Schluck und ließ sie dabei nicht aus den Augen.

»Danke für den Kaffee.« Sie errötete wieder.

»Danke, dass du vorbeigekommen bist.«

Sie trat von einem Fuß auf den anderen. Der Holzfußboden knarzte leise. Ihr Parfüm, Sandelholz und Opium, viel zu schwer.

»Wohnst du hier in der Gegend?«

»Nein, nein ...« Sie räusperte sich. »Mein Vater ist pflegebedürftig, ich fahre an den Wochenenden hin. Er hat ein Haus fünf Minuten von hier.« Hektisch wies sie mit dem Kopf nach links.

Selten hatte er sie entspannt gesehen. Wenn er sie überhaupt wahrgenommen hatte. Verstohlen wischte sie sich mit Zeige- und Mittelfinger über die Stirn.

»Willst du dich setzen?« Leicht berührte er ihren Oberarm.

Sie schluckte. Etwas flackerte in ihren Augen. Ein Kopfzucken. Wieder Erröten bis zum Haaransatz. Dann gab sie ihm abrupt die volle Tasse zurück.

»Ich muss los … Danke für den Kaffee!« Bevor Cynthia Sheldon auf die Straße trat, zupfte sie nervös an ihrem Ärmel. »Du wirst uns fehlen im Büro.«

Er begann, im Wohnzimmer aufzuräumen, sammelte die leeren Flaschen ein, fegte die Scherben zusammen. Hinter dem Sofakissen fand er sein Handy. Keine Anrufe. Die Scherben entsorgte er in den Mülleimer in der Küche.

Ein sandfarbener Buick Riviera parkte auf der anderen Straßenseite. Baujahr '69, schätzte er. Sofort hatte er den Geruch von echtem Leder wieder in der Nase. Sein Vater hatte damals ein ähnliches Modell besessen. Mit Dreisitzerbank vorne. Seine Schwester und er hatten immer darum gestritten, in der Mitte sitzen zu dürfen. Sonntags hatten sie geholfen, den Wagen zu waschen. Mintgrün. Baujahr '66, da war er sich sicher. Das Rückfenster diamantenförmig. Mit dunklem Leder innen. In kurzen Hosen hatte er den vollen Eimer balanciert. Den großen Schwamm mit beiden Händen gegriffen.

Der Vater passte genau auf, wie man den Wagen einseifte. Danach kam der Schlauch. Er durfte nicht zu nah am Wagen stehen, der Wasserdruck musste stimmen. Sonst wurde er ins Haus geschickt.

Wenn der Wagen glänzte, wurde eine Runde gefahren. Manchmal durfte er aus der Einfahrt fahren. Nur er. Die Schwester nicht. Dann fuhren sie eine Sonntagsrunde. Wenn der Vater »Sonntagsrunde« sagte, wusste Tim, dass sie um die Ecke haltmachen würden, beim kleinen Laden. Der Vater hatte dann gute Laune. Lachend nahm er beide Hände vom Steuer, und Tim griff eilig zu. Dann tätschelte der Vater ihm den Kopf, ging in den Laden hinein, während Tim im Wagen blieb. Aufgeregt rutschte er hinters Steuer, strich über das glänzende Armaturenbrett.

Die Flaschen klirrten auf der Fahrt nach Hause in der braunen Papiertüte. Oft begann der Alte schon auf der Fahrt zu trinken. Dann durfte Tim eine Flasche öffnen. Vorsichtig, damit nichts überlief.

Der erste Schluck war für ihn. Das Bier schmeckte bitter, aber erfrischend. Für einen Moment fühlte er sich wie ein Erwachsener.

Der Vater setzte sich in den dunkelgrünen Cordsessel, die braune Papiertüte zu seinen Füßen. Die geleerten Flaschen sammelten sich auf dem Couchtisch. Am späten Nachmittag fiel das Sonnenlicht auf das grüne Flaschenglas. Dann streunte er immer draußen herum. Wenn er es nicht rechtzeitig schaffte zu gehen, zog der Vater den Gürtel aus. Einen Grund gab es immer.

Jetzt saß sein Vater nur noch in einem Sessel. Mit Fernbedienung in der Lehne. Die Füße in grauen Filzpantoffeln. Die Hände zittrig. Irgendwo in einem Altenheim in Arkansas. Nach dem Schlaganfall war er aus dem Haus ausgezogen. Die Schwester kümmerte sich um ihn.

Nur selten verirrten sich Tims Gedanken dorthin. Nach dem Tod der Mutter hatte er Jasper den Rücken gekehrt.

In Jasper war er geboren und aufgewachsen. Einige Hundert Einwohner, keine Arbeit, ein Ort zum Ersticken. Religiös, konservativ.

Vor sieben Jahren war er einmal mit Liz durchgefahren. Sie hatten die ganze Fahrt über geschwiegen. Der Mietwagen ein rappeliger Ford. Vorbei an Häuserfronten, an denen die silberne Haut der Glaswolle zu sehen war. Ansonsten kaum sichtbare Veränderungen. Alles wie früher. Verwilderte Vorgärten, dreckige Hunde, die ziellos umherstreunten. Vom Wetter ausgeblichene Flaggen, die zerfressen im Wind flatterten.

Später hatte Liz gescherzt: »Du hättest ein totaler Redneck werden müssen.« Dann hatten sie sich in der trostlosen Pension auf dem Queensize-Bett geliebt.

Der Besuch im Heim am nächsten Tag war kurz gewesen. Apathisch saß der Alte da, ein Kreuzworträtsel vor sich. Die Schokolade, die Fotos vom Sohn blieben unausgepackt.

Danach Kaffee mit seiner Schwester Agnes. Sie aßen Keylime Pie. Müde hatte Agnes im hellbraunen Twinset dagesessen. Sie war hängen geblieben in Jasper. Sie hatten sich nichts zu sagen. Tim gab ihr einen Scheck.

»Kommt bald wieder!«, sagte Agnes zum Abschied tonlos. Man umarmte sich mit steifen Armen und klopfte sich gegenseitig auf die Schulter. Das war der letzte Besuch in Jasper gewesen.

Einmal im Monat kam seitdem ein Brief von Agnes. Der immer gleiche Bericht. Liz hatte sie gelesen und beantwortet.

Der Chinese grüßte ihn jetzt. Er hatte ein auffallend freundliches Gesicht. Lächelnd beobachtete er, wie Tim die Süßigkeiten betrachtete. Tim war froh, dass der Laden leer war. Ständig darauf zu achten, keine Waren zu streifen, die überlangen Arme zu verschränken, um niemanden zu berühren, war anstrengend.

Er ließ sich Zeit. Inspizierte die Schokoriegel. Whatchamacallit hatte er als Kind gegessen. Er griff eine Handvoll. Unglaublich, dass es den Riegel noch gab. Creamsoda dazu. Hawaiian Sweetbread, gelber Teig in Plastik. Dann Rootbeer, Kartoffelchips. Bier und Scotch. Toilettenpapier, zwei Rollen. An der Kasse drei Schachteln Marlboro. Wenn er wieder anfing, dann richtig.

Damals hatten sie beschlossen, die Gardinen rauchfrei zu halten. Nach dem Hauskauf hatten sie gemeinsam aufgehört.

Der Chinese reichte ihm die Hand: »Shin.«

»Freut mich.« Tim fiel auf, wie schmal und fragil er war. »Tim. Tim Wikins.«

»Sind Sie gerade hergezogen?«

Tim zögerte. »Ja. Und Sie? Schon lange hier?«

Freundliches Lachen. »Bin vor vierzig Jahren aus Korea hergekommen.« Kein Chinese.

Für einen Moment hörte er auf, die Waren in die Tüte zu packen. Der kleine Ventilator brummte. Tim spürte einen leichten Luftzug.

»Da war die Welt noch eine andere«, fügte Shin hinzu.

Während der Kaffee in die Kanne lief, baute Tim sein Frühstück vor sich auf. Hawaiian Sweetbread mit kaltem Bier, dazu Kaffee.

Alfie hatte den Whatchamacallit immer in den Kaffee getaucht. Damals in Little Rock.

Hundertvierzig Meilen von Jasper hatte Tim mit siebzehn angefangen zu leben. Er hatte sich mit Alfie eine Einzimmerwohnung geteilt. Zwei Jahre lang Matratzen auf dem Boden und einen Campingkocher. Creamsoda, Chips und Bier zum Frühstück. Freiheit.

Alfie arbeitete immer Dienstag, Mittwoch, Donnerstag im Supermarkt zwei Straßen weiter und ließ häufig etwas mitgehen.

Freitag bis Montag war Wochenende.

Sie fuhren Moped. Gingen aus, knutschten mit Mädchen, hörten die Stones.

Alfie hatte ihn »Tree« getauft. Alfie selbst war klein und hager, schwarze Locken und italienischer Einwanderercharme. Wenn er Tims Lederjacke borgte, hingen ihm die Schultern bis auf die Oberarme.

Tim blies den Rauch in die Küche, suchte im Radio nach einem Sender und legte die nackten Füße auf den Tisch. Er erkannte den Song, drehte voll auf.

When I jumped off, I had a bucket full of thoughts
When I first jumped off, I held that bucket in my hand
Ideas that would take me all around the world
I stood and watched the smoke behind the mountain
curl
It took me a long time to get back on the train

Er wippte mit den Zehen, öffnete eine Dose Bier und sang laut mit. Phish war immer noch gut. Von wann war der Song? 1990? Der Umzug nach Kalifornien war mehr als zehn Jahre vorher gewesen. Er war nicht gut im Erinnern.

»Back on the train« hatte er mit Liz im Konzert gehört, hatte darauf bestanden, sie auf die Schultern zu nehmen. Sie hatte sich zuerst gewehrt, quietschte dann aber vor Freude.

Das war lange her.

Die alten Platten gab es noch. Irgendwo im Haus.

Er würde in der Garage nachsehen. Vielleicht würde er auch den Plattenspieler finden.

Er leerte das Bier und musste rülpsen. Auf dem Weg zur Toilette summte er »Chalkdust Torture«. Beim Pinkeln öffnete er das kleine Milchglasfenster. Von dort konnte er Heffners Haus sehen. Nicht zum ersten Mal dachte er, dass es überraschend nah wirkte.

Hinter dem Fenster im ersten Stock bewegte sich etwas. Er kniff die Augen zusammen. Die Nachbarin stand vor dem Spiegel. Ihr schwarzes Haar floss über die schmalen Schultern.

Sie zog ihr T-Shirt aus. Schwarzer Spitzen-BH. Olivfarbene Haut.

Er duckte sich. Sie verschwand aus seinem Blickfeld. Wenige Sekunden später kam sie zurück. Ohne BH.

In der Reflexion des Spiegels ihre nackten Brüste.

Sie begann, sich einzucremen. Er atmete schneller. Konnte den Blick nicht abwenden.

Langsam strichen ihre Hände über die großen Brüste, bis die dunklen Brustwarzen glänzten. Sie trug die goldene Kette mit Anhänger.

Sein Schwanz wurde so hart, dass es wehtat. Er keuchte leise, schob die Boxershorts bis zu den Knien hinunter.

Sich selbst zu berühren fühlte sich seltsam an. Es war lange her.

Aida. Er hatte sie gleich attraktiv gefunden. Sie war anders als alles, was er kannte.

Liz hatte nichts Billiges gehabt. Obwohl er sich da nicht mehr so sicher sein konnte. Seine Gedanken drifteten ab.

Vielleicht war Liz sexuell nicht befriedigt gewesen mit ihm. Hatte sie sich deshalb einen Lover genommen?

Ihre unschuldige, naive Art war vielleicht nur eine Masche gewesen.

Fuck.

Er zwang sich, nicht an sie zu denken. Beobachtete Aida, wie sie ihr Haar zurückstrich und sich jetzt langsam den Bauch einrieb.

Aida war etwas anderes, das hatte er gleich gewusst.

Seltsam, dass sie sich noch nie vorher begegnet waren.

Er würde in ihr Haar greifen, sich an ihrem Hintern festhalten, während sie mit kreisenden Hüften auf ihm säße. Mühsam unterdrückte er ein Stöhnen. Das Bier hielt ihn zurück. Obwohl er heftig mit sich umging, kam er nicht.

Für einen Moment erhaschte er einen Blick auf sich im Badezimmerspiegel. Gerötetes Gesicht, geöffneter Mund, Schweiß auf der Stirn. Schnell schloss er die Augen. Das Blut pochte in den Schläfen.

Momente später war sie verschwunden.

Schnell schloss er das Fenster, hielt sich am Waschbecken fest, phantasierte mit trockenem Mund, wie er auf ihre Titten kam.

Endlich.

Angespannt verharrte er kurz in tiefem Stöhnen. Dann ging er auf die Knie. Auf die gelbe Frottee-Duschvorlage.

Eine Weile saß er mit heruntergelassenen Shorts da, bis sich sein Atem beruhigt hatte. Dann wischte er das Sperma mit Klopapier vom Spiegel.

Bis in den Nachmittag hinein döste er auf dem Sofa. Müde Leere im Kopf.

Eine Scherbe hatte ihm die rechte Fußsohle aufgeschnitten. Beige hatte sich mit rostroten Flecken gemischt. Der Teppich war hinüber. Träge starrte er auf das getrocknete Blut.

Eine SMS von Derek: »Dad, wann treffen wir uns morgen? Meld dich!«

Er hatte keine Lust auf Golf. Keine Lust zu reden über das, worüber er reden müsste.

»Kann am Sonntag nicht. Melde mich, Dad.«

Am Spätnachmittag raffte er sich auf, nahm den überhitzten Wagen zum großen Supermarkt. Das Bier war ausgegangen.

Es roch muffig im Auto. Er ließ beide Fenster herunter, genoss den Wind.

Dann ein Meer von Autos. Frauen mit Kindern, Einkaufswägen. Irgendwo ein Helikopter. Jemand hupte.

Die Glasschiebetüren des Supermarkts öffneten und schlossen sich geräuschlos.

Er hatte die Baseballkappe tief ins Gesicht gezogen und trug eine Sonnenbrille. Überraschend jemanden zu treffen wäre ein Albtraum.

Er genoss die Kälte, die breiten Gänge, ließ sich Zeit. Niemand beachtete ihn. Der Einkaufswagen füllte sich mit tiefgefrorenen Hamburgern, Lasagne, Wein, Bier, Chips, Klopapier.

Es war lange her, dass er richtig eingekauft hatte. Ohne

auf den Preis zu achten, warf er die Dinge in den Einkaufswagen. Kaffee, Schokoriegel, Pflaster. Seine Fußsohle hatte wieder zu bluten begonnen.

Er wollte noch Peter Heffner anrufen.

Jetzt mit ihm ein kaltes Bier trinken! Freude überkam ihn. Was auch immer zwischen ihnen vorgefallen war, es war verjährt. Bestimmt.

Falls Heffners Los Angeles verlassen hatten, würde er zu ihnen fahren. Am nächsten Wochenende. Vielleicht ein paar Tage bleiben.

Peters raues Lachen, wenn er ihm zuprostete. Die herzlichen Umarmungen. »Tim, mein Guter!« Das ernste Gesicht, wenn er nickte und konzentriert zuhörte.

»Entschuldigen Sie, Sir?«

Die alte Frau blickte zu ihm auf.

»Können Sie mir bitte …« Ihre fleckige Hand wies auf die oberste Regalreihe. »Tomatensuppe.«

Verwirrt kam er ins Hier und Jetzt zurück, reichte ihr die Dose.

Sie schüttelte den Kopf. »Campbells bitte. Ist 50 Cents billiger.« Sie starrte ihn an. Gleich würde sie fragen.

»Wie groß sind Sie?«

»Zwei Meter zehn.« Wie oft er diese Frage beantwortet hatte.

Lächeln. Überall Linien, die mitlachten.

»Mein Sohn ist zwei Meter zwölf.«

Überrascht lachte er zurück. Diese Antwort war neu.

Er lud die Waren auf das kleine Fließband. Lauter Flecken auf schwarzem Plastik. Etwas musste kurz zuvor ausgelaufen sein.

Die Mexikanerin an der Kasse war stark geschminkt. »Mirtha. I am happy to help«, stand auf ihrem goldenen Namensschild. Ihre Plastiknägel griffen wie die spitze Metallkralle eines Krans gekonnt zu.

»Wie geht's?«

Sie sah nicht auf. Mechanisch scannte sie Dosen, Packungen, Flaschen. Ihr Lidschatten metallicblau.

»Gut.«

Er hatte die kleinen Pflichtunterhaltungen des Alltags vergessen. Er lud Pizza, Sixpacks und Kartoffelchips aufs Band.

Da sah er sie. Nur einen kurzen Moment. Unvorbereitet.

Liz.

Jeans, loses Haar. Sie sah gut aus. Eilig verließ sie mit zwei Beuteln den Supermarkt.

Sein Magen krampfte sich zusammen. Der Mund öffnete sich, er wollte ihren Namen rufen.

Dann schlossen sich die automatischen Glastüren hinter ihr.

»Kreditkarte oder cash?«

Mirtha. Sie klang vorwurfsvoll. Hatte zum wiederholten Mal gefragt. Überfordert kramte er nach der Plastikkarte. Einige Dollarnoten fielen zu Boden.

»Karte.«

Er packte zusammen.

Mit drei großen Tüten stand er vor der automatischen Tür. Sie öffnete und schloss sich wieder. Auf. Zu.

»Sir? Treten Sie bitte zurück.« Der Guard in schwarzer Uniform berührte fast seinen Arm. Wieder öffnete und schloss sich die Tür.

Mechanisch trat er zurück. Konnte nicht hinausgehen. Sie war noch dort draußen. Belud wahrscheinlich noch den Wagen. Telefonierte vielleicht. Es gäbe nichts zu sagen, wenn er sie sehen würde.

Ihm wurde heiß. Tränen sammelten sich hinter der Sonnenbrille.

Verdammt, er hatte zum ersten Mal das Gefühl, dass sie ihm schon entglitten war. Seine Frau hatte ihn nicht einmal bemerkt. Das offene Haar. Sie hatte anders ausgesehen.

In den wenigen Tagen schon hatte sich alles geändert. Etwas in ihm zerbrach. Es war vorbei.

Er begann zu weinen. Hatte sich nicht unter Kontrolle. Groß blockierte er den Ausgang.

Andere Kunden drängten an ihm vorbei. »Sorry!« Einkaufstaschen streiften seinen Arm. Man starrte ihn an.

»Sir? Alles in Ordnung?« Wieder der Guard.

Sein Körper begann zu zittern. Die Tränen rannen jetzt an den Brillengläsern vorbei. Eine der schweren Tüten rutschte ihm aus der Hand. Etwas zerbarst beim Aufprall auf dem Boden.

Jemand nahm ihm die beiden anderen Taschen ab. Die Mexikanerin mit den Plastikkrallen war hinter der Kasse hervorgekommen. Sie hatte gleich gespürt, dass mit dem Großen etwas nicht stimmte. Schluchzend stand er jetzt da, die langen Arme kraftlos neben sich.

Sanft griff Mirtha ihn am Arm. Er ließ es geschehen, ließ sich zu einem Plastikstuhl führen. Neben den Guard, der sein Pausensandwich aß.

Sie reichte ihm einen Plastikbecher mit Wasser. Ob man einen Krankenwagen rufen solle? Die Polizei?

Mirtha rieb ihm den Rücken. Er beruhigte sich allmählich.

Sie hielt seine Kappe und die Sonnenbrille, als er sich durchs Gesicht fuhr.

Er spürte die Plastiknägel auf seinem Rücken. Langsam strich die Hand seine Wirbelsäule entlang. Liebevoll. Die Geste machte ihn noch schwächer. Mein Gott. Was passierte mit ihm. Er rieb sich noch einmal das Gesicht.

Atmen. Er versuchte, ruhig zu atmen. Kam wieder zu sich. Das Wasser tat gut. Er wollte nach Hause. Auf die Couch. Die Tür hinter sich zumachen, Vorhänge schließen.

Schließlich setzte er Kappe und Brille wieder auf. »Danke, es geht schon.«

Dann nahm er seine drei Tüten und trat endlich ins

Licht hinaus. Als sich die Schiebetüren hinter ihm schlossen, spürte er den sanften Wind. Ein Meer von Autos vor ihm. Frauen mit Kindern. Einkaufswagen schoben sich ungeduldig vorbei. Jemand hupte. Irgendwo ein Helikopter.

Alles wieder normal. Alles wieder im Fluss.

Nachdem er zu Hause die Tüten ausgepackt hatte, fühlte er sich besser. Die Schränke waren voll. Kühlschrank gefüllt, Bier kalt gestellt.

Barfuß ging er ins Wohnzimmer.

Als er Peters Nummer wählte, spürte er ein aufgeregtes Ziehen im Magen. Er steckte sich eine Zigarette an. Eine Computeransage teilte ihm mit, dass die Nummer nicht mehr in Gebrauch war. Ratlos stand er da.

Doreen. Peters Frau fand er nicht im Telefonspeicher. Vielleicht war sie irgendwo im Computer gespeichert. Als er sich davorsetzte, fiel ihm zunächst das Passwort nicht ein. In den letzten Jahren hatte vor allem Liz den Computer benutzt. Sie hatte das Gästezimmer zu ihrem Arbeitsplatz umfunktioniert. Das Zimmer war zu klein, zu schmal. Der Bürostuhl zu niedrig.

Ihm fiel auf, dass das Regal neben der Tür leer war. Vor einer Woche noch hatte Liz ihre unzähligen Paar Schuhe dort aufbewahrt.

»FamWilkins.3« Richtig. Erschrocken zuckte er zusammen. Der Bildschirmschoner. Liz' lachendes Gesicht.

Er lehnte sich zurück, starrte auf den Bildschirm. Wer hatte das Bild gemacht? Das Foto war ihm unbekannt. Es musste einige Jahre alt sein, war leicht unscharf. Liz hatte ihre Augen geschlossen, den Kopf in den Nacken gelegt, ihr Gesicht war gebräunt, sie lachte entspannt. Glücklich.

Sie sah aus wie eine andere. Nicht wie die stille, anspruchslose Ehefrau, die ihm in den letzten Jahren gleichgültig geworden war.

Verdammt, wieso hatte er diese Liz nie gesehen?

Er verdrängte seine diffuse Eifersucht und klickte auf den Ordner »Adressen«. Er öffnete sich und verdeckte Liz' Gesicht. Tim fand Doreen Heffners Nummer, darunter eine Adresse in Sherman Oaks. Liz hatte es nie erwähnt, aber sie hatte Kontakt gehalten.

Nachdenklich goss er sich einen doppelten Scotch ein. Plötzlich war er sich nicht mehr sicher. Er notierte Doreens Nummer. Er würde morgen anrufen.

Liz hatte gewusst, wohin Heffners gezogen waren. Warum hatte er nichts davon gewusst? Hatten sie sich hinter seinem Rücken getroffen? Hatte Liz Doreen erzählt, dass sie ihn verlassen würde? Rauchend ging er in dem kleinen Raum auf und ab. Hatte Peter von Liz' Verhältnis gewusst?

Plötzlich fühlte er sich verunsichert. War er jahrelang einfach ignorant gewesen, oder hatte Liz ihm Dinge verheimlicht?

»Scheiße! Verdammte Scheiße!«

Er kippte den Scotch runter. Dann warf er das Glas mit voller Wucht an die Wand. Es zerprang mit einem hellen Splittern. Atemlos sah er sich nach anderen Gegenständen um. Die leere Flasche Scotch von gestern. Er traf den gerahmten Kunstdruck. Scheppernd fiel das Glas zu Boden.

»Scheißescheißescheiße!«

Er goss sich noch einen Doppelten ein, trank gierig aus und wischte sich über das Kinn.

Achtlos ließ er die Scherben liegen und ging in den Garten. Benommen setzte er sich auf den Rasen. Unter eine der drei großen Palmen, die den Garten säumten.

Lange Schatten.

Es wurde kühler. Er blickte auf den leeren Pool, die Terrasse. Er erinnerte sich nicht, jemals von hier auf sein Haus geblickt zu haben. Dann streckte er sich aus. Rauchte mit geschlossenen Augen.

Carmel. Küste. Das kleine Hotel am Strand. Sieben Jahre war das her. Derek war noch aufs College gegangen.

Peter gebräunt im weißen Hemd. Drei Knöpfe offen. Sie waren mit den Ehefrauen gekommen. Unternahmen Spaziergänge am Nachmittag. Es war windig gewesen. Gespräche über die Kinder, Doreens Hüftoperation. Liz war wie immer still gewesen. Lächelte. Peter charmant und einnehmend.

Tim war es nicht leichtgefallen, sich zu entspannen. Zu oft war er mit den Gedanken im Büro. Schweigend beobachtete er Peter und Doreen. Sie schienen entspannt und glücklich miteinander. Tim hatte immer öfter das Gefühl, er müsse sich daran erinnern, zärtlich zu Liz zu sein. Aufmerksamer.

Nichts fiel ihm zu. Nichts passierte natürlich.

Peters Arm lag um Doreens Schultern. Er selbst war hinter Liz gegangen, hin und wieder hatte sie Muscheln aufgehoben.

Am Abend Wein mit Meerblick. Alle vier waren ausgelassen. Hummer und Langusten. Wein flaschenweise. Peter trank Tom Collins. Eine Band spielte. Peter drehte Liz ausgelassen auf der Tanzfläche. Tim war kein guter Tänzer. Er sprach mit Doreen über ihren geplanten Europaurlaub: In Italien trinkt man Espresso mit Zitronenscheibe. Rom ist immer eine Reise wert. Während er zuhörte, betrachtete er die Tanzenden.

Peters Hand auf Liz' Po. Nur einen Moment.

Erstaunt stellte Tim fest, dass er nicht eifersüchtig war. Erstaunt nur.

Liz mit geröteten Wangen. Verschwitzt kam sie an den Tisch zurück.

Peters Hand lag auf Tims Schulter. Ein leichter Druck. Dann legte er Doreen seinen Pullover um. Die Gesprächspausen wurden länger. Alle sprachen leiser, schauten aufs unruhige Meer und lauschten den klatschenden Wellen. Peter rauchte Zigarre.

Müde, und ein wenig angetrunken, zog man sich nach Mitternacht zurück.

Peter und Doreen hatten ein großes Zimmer mit Meerblick.

Tim hatte das kleinere mit Balkon zum Parkplatz gebucht. Liz' Gesicht war gerötet. Ihr Körper weich, als er sie an sich zog.

Es war dunkel, als er erwachte. Gras im Haar, wieder Kopfschmerz, steifer Nacken.

Mühsam setzte er sich auf. Es war angenehm kühl. Sternenhimmel. Vor ihm das tiefe dunkle Rechteck.

Er würde wieder Wasser in den Pool lassen.

3

Verschwitzt erwachte er um sechs Uhr früh. Vogelzwitschern und grelles Licht drangen durch die beigefarbenen Vorhänge.

Hoffnungsvoll schwang er sich aus dem Bett.

Beim Zähneputzen blickte er durch das kleine Fenster. Der Gedanke an die Nachbarin ließ seinen Schwanz hart werden. Er zog sich aus. Kalte Dusche. Eiskalt, bis die Haut schmerzte.

Vor der Waschmaschine türmte sich Wäsche. Ein bunter Haufen Baumwollgemisch. Muffig. Er konnte Sauberes nicht mehr von Dreckigem unterscheiden. Roch an den T-Shirts. Wählte blaue Shorts mit grün-weiß gestreiftem Polohemd.

Nach drei Tassen starkem Kaffee, fünf Zigaretten und lauter Radiomusik fühlte er sich lebendiger. Abenteuerlustig. Er würde in der Garage nach Schätzen suchen.

Die schmale Hintertür war unverschlossen. Er musste sich ducken, die Decke war niedrig. Warmes Dunkel. Dies war Liz' Refugium gewesen. Er fand den Lichtschalter. Vor ihm türmten sich Wände aus hellbraunen Kartons. Teils beschriftet, eingeknickt, ausgeblichen.

Erstaunt betrachtete er das Chaos aus alten Reifen, Skiern, Golfschlägern, uralten Milchkisten aus verwittertem Holz, einem alten Spiegel, blind und staubig. Gehörte das alles ihm? Er stieß mit dem Kopf an die kleine, nackte Birne. Im Licht tanzten Millionen von Staubpartikeln.

Er nieste. Noch einmal. Es fühlte sich gut an. Verkrampfen, entkrampfen. Er stand vornübergebeugt, Arm vor dem Gesicht angewinkelt, wartete auf das nächste Niesen. Da entdeckte er neben dem Turm aus Winterreifen das Zelt. In grünem Stoff verpackt, in einer großen Klarsicht-Plastikbox, daneben Campingkocher und Metallflaschen.

Er liebte Camping. Erinnerte sich an Samstage auf dem Zeltplatz, als Derek klein war. Santa Cruz übers Wochenende, oder weiter Richtung Redwoods. Auch mit Peter war er zelten gewesen. Männerwochenende.

Er nahm die Ausrüstung und trat in den Garten ins grelle Licht hinaus. Sorgfältig breitete er die Plane auf dem Rasen aus. Zählte die Metallheringe. Alles intakt und vollständig.

Plötzlich fühlte sich Tim Wilkins zum Leben erweckt. Zelten. Es war erst acht Uhr früh. Verdammt, es würde ein phantastischer Tag werden! Er musste sofort losfahren.

Und keine Stunde später hatte er den Wagen vollgetankt.

Es war heiß, die Straße roch nach Teer. Neben sich auf dem Beifahrersitz stand die Kühltasche voller Bier.

Statt den Highway zu nehmen, fuhr er durch die Stadt. Hatte Lust auf L.A. Abgase, Verkehr, Passanten, Billboards.

Es roch muffig im Wagen. An der Ampel griff er unter den Sitz, fand eine weiße Styroporschachtel. Ein halb gegessener Burrito war von grüngrauem Fell überzogen. Seit Freitag hatte er in der Hitze unterm Vordersitz gelegen. Seit seinem letzten Tag im Büro.

»Tim, mein Gott, wir kennen uns ewig …« Hilflos hatte Frank die dicken Finger aneinandergerieben. Der goldene Ring schnitt ihm tief ins Fleisch. Er seufzte. In dem Moment war Tim klar geworden, warum man ihn herbestellt hatte. Unfassbar.

Es hatte natürlich Kündigungsgerüchte gegeben. Niemals hätte er gedacht, dass es ihn treffen würde. Absurd. Er kannte alle Mitarbeiter beim Vornamen. Zwanzig Jahre lang hatte er das Gefühl gehabt, er mache seine Arbeit überdurchschnittlich gut. Drei Jahre hintereinander Independence-Day-Barbecue beim Filialleiter. Immer loyal.

Vor neun Jahren hatte es dann einen Vorfall gegeben. Es war Franks Schuld gewesen. Frank war sein Chef. »Teamleader« nannte man das seit Kurzem.

Wichtige Unterlagen eines Großkunden waren abhandengekommen. Aufruhr im Büro. Frank betreute das Projekt. Er selbst hatte sich breitschlagen lassen, einige Abende lang Analysen zu machen. Frank ging trotzdem früher. »Familiäre Termine.« Sorgfältig hatte er die Arbeit für seinen Chef verrichtet.

Dann gab es Probleme. Gerüchte, Frank hätte Dokumente verschwinden lassen. Eine Farce. Schließlich hatte man Tim einbestellt, Frank saß in seinem Büro, den Filialleiter neben sich. Scheinheilig. Schwitzend.

Ob er die Dokumente vielleicht »verlegt« habe? Sie suchten nach einem Sündenbock. Unruhige dicke Finger zupften am Jackett, das spannte.

Da hatte er Frank die Zähne eingeschlagen. In Gedanken. Hatte angefangen zu schwitzen. Kalter Hass war unvermittelt durch den Körper geschossen, hatte in Sekundenschnelle Besitz von ihm ergriffen. Die Faust unter dem Tisch geballt, hatte er das gerahmte Bild vor sich angestarrt. Zwischen ihm und Frank, Elisabeth und die zwei Söhne, sauber gescheitelt.

Sein Nacken steif. Zehen im Schuh verkrallt. Er hatte Frank einfach nur angestarrt. Ihn später auf dem Gang abgepasst. »Wenn du noch einmal meine Loyalität infrage stellst, schlag ich dir die Fresse ein.« Leise hatte er das gesagt. Frank war rot angelaufen.

Die Dokumente waren nie wieder aufgetaucht. Frank behielt seinen Job. Trotz allem. Man ging unterkühlt miteinander um.

Er selbst war Monate später zum Therapeuten gegangen. Immer wieder hatte ihn Wut erfasst. Wie eine übermächtige Welle davongetragen. Nächte hatte er wach gelegen. Erschöpft war er gewesen. Von sich. Dunkel erinnerte er ein Gespräch mit Peter, dessen Hand freundschaftlich auf seiner Schulter lag. Peter schlug ihm vor, einen Therapeuten aufzusuchen, sensibel vorgetragen, seine Stimme sanft.

Liz hatte davon nichts gewusst. Es war ihm unangenehm, mit ihr über das alles zu reden. Wozu auch? Er hätte die Worte nicht gefunden, zu beschreiben, wie er sich fühlte, wusste selbst nicht, woher die Wut kam. Er hatte auch nie vorgehabt, das Therapeuten-Ding lange mitzumachen.

Der Therapeut hatte Gespräche angefangen, die er nicht führen wollte. Von einem »Knoten« gesprochen. Den Vorschlag, Hypnose anzuwenden, hatte Tim abgelehnt. Schließlich gab der Therapeut auf, verschrieb ihm Tegretol. Zwei Jahre lang hatte Tim die Pillen geschluckt. Die Wut verzog sich. An der Oberfläche herrschte seither Ruhe.

Bis zum letzten Freitag. Fünf Tage, nachdem Liz verschwunden war.

Er hatte versucht, Ruhe zu bewahren. Alles war im Fluss geblieben. Nichts hatte er an sich herangelassen. Dann saß Frank vor ihm, die dicken roten Finger knetend.

Umständlich erklärte er, warum er kürzen musste. Warum es die Endvierziger traf. Blablabla. Wieder starrte Tim auf das gerahmte Bild auf dem Schreibtisch. Ein neues Bild. Wieder Elisabeth mit den Jungs. Sie hatte jetzt ein paar Kilo mehr. Falten. War ernster. Die Jungs gelangweilt.

»Soll dir jemand beim Packen helfen?« Langsam stand Frank auf. Finaler Händedruck. »Meld dich, wenn du was brauchst.«

Mechanisch hatte er zusammengepackt. Ein paar schwarze Ordner, seinen Locher, New York Times, einige Energyriegel, ein Bild von Derek, Bleistifte.

Blick zurück. Leere Schreibtische, Trennwände voller Fotos und Notizzettel, Neonröhren horizontal. Er hatte im Investmentbereich gearbeitet. Nicht im großen Stil. Nichts Wallstreetmäßiges. Hatte kleine Firmen und private Investoren beraten. Nichts Aufregendes. Aber er hatte die Arbeit gemocht.

Als er mit dem Karton unter dem Arm hinausging, war der Flur leer. Er hörte seine Schritte auf dem grauen Laminat. So still war es. Mittagspause.

Taub nahm er zum letzten Mal den Aufzug ins Erdgeschoss.

Cynthia Sheldon drängte sich dazu, bevor sich die Metalltür schloss. Das rote Haar im Nacken zum Knoten gesteckt, silberne Kreolen an den Ohren. Sie sah aus wie eine verirrte Flamencotänzerin. Sie grüßte zu laut, blickte nervös auf Tims Karton.

Eilig drückte er den Knopf. Nickte ihr vage zu, stieg in der nächsten Etage aus. Dreizehnter Stock. Den Rest nahm er über die Treppe. Graues, enges Treppenhaus. Die Schritte hallten von den nackten Wänden. Während er Stufe um Stufe hinabstieg, kam die Wut zurück. Wie ein hungriges Tier kam sie mit glühenden Augen aus dem Dunkel.

Keuchend erreichte Tim einen Ausgang. Irgendwo im gleißenden Sonnenlicht auf dem riesigen Parkplatz stand sein Wagen. Orientierungslos lief er fast zwanzig Minuten über den Asphalt. Suchte sein verdammtes Auto.

Endlich lockerte er die Krawatte, warf den Karton auf den Rücksitz. Hielt das Gesicht in den immer kälter werdenden Strahl der Aircondition. Erst als ihm eisige Luft ins Gesicht fuhr, schnallte er sich an und startete. Jeder Muskel angespannt. Er fuhr zu schnell. Ziellos.

Schlug Frank in Gedanken immer wieder ins Gesicht, brach ihm wieder und wieder das Nasenbein. Riss ihm die zu enge Jacke herunter. Stieß ihn gegen die Wand, schlug ihm die Faust in den weichen Körper.

Das Blut pochte ihm in den Schläfen. Er griff das Steuer so fest, dass seine Knöchel weiß wurden. Rasend nahm er irgendeine Abfahrt. Der Freeway war überfüllt. Die Verlockung zu groß, mit voller Wucht auf den Vordermann aufzufahren.

Er bog links ab, rechts. Zu schnell in einen Drivethrough. Taco Bell. Mexikanisches Fast Food. Wahllos bestellte er einen Burrito. Minuten später lag die weiße Schachtel auf seinen Knien. Er spürte die Wärme durch das Styropor.

Einige Meter weiter ein Typ im Anzug, in grauem Mercedes SUV, gierig das Essen schlingend.

Nach zwei Bissen erfasste Tim eine neue Welle der Wut. Er unterdrückte den Impuls, das Hühnchen-Reis-Bohnengemisch an die Windschutzscheibe des Mercedes zu werfen. Durchatmen. Dann schob er die weiße Schachtel unter den Sitz.

Jetzt hatte sich Schimmel gebildet, Zeit war vergangen. Seine Wut war verebbt. Die Gedanken an Liz hatte er im Griff. Alles war irgendwie im Fluss.

Er würde campen. Er würde die Freiheit nutzen! Sollte Liz und Frank doch der Teufel holen!

Jahrelang war er jeden Tag dieselbe Strecke gefahren. Vom Haus zum Büro und zurück. Morgens zwanzig Minuten, zurück fünfundvierzig. Sonntags zum Golf.

Die Stadt war ihm fremd geworden. Jetzt machte er einen Schlenker durch Silverlake. Rechts das Wasserreservoir. Die Oberfläche glänzte frisch. Er bekam plötzlich Lust hineinzuspringen, blieb aber auf dem Gas. Sein Ausflug war wichtiger.

Schwitzende Jogger drehten ihre Runden. Die dünnen Stämme der Palmen bogen sich im sanften Wind. Keine Wolke am Himmel. Nur Blau. Ein perfektes Bild.

Wenig später die Abzweigung zum Griffith Park. Vor

seiner Knieoperation vor fünf Jahren war er regelmäßig gelaufen.

Saftiges Grün, keine Spur von Smog und Hitze. Nur sein Atem und knirschender Kies. Die Sonne war orangerot über dem Aussichtspunkt aufgegangen. Danach hatte er sich erfrischt und wach gefühlt. Der Therapeut hatte es ihm empfohlen.

An Wochenenden frühe Spaziergänge zum Aussichtspunkt. Liz und er hatten immer Wasserflaschen dabei gehabt. Sie trug kein Make-up, rosige Wangen, glänzend von Schweiß. Das Haar klebte ihr am Hals, da, wo das zarte Silberkettchen in der kleinen Mulde lag. Ein gestohlener Kuss hinter einem Baum, als wären sie Teenager. Später Tamales beim Farmers Market. Ein perfekter Tag.

Fuck Liz!

Was tat sie jetzt gerade? Würde sie den Park meiden? Würde sie mit dem Neuen Tamales auf dem Markt essen? Er drehte das Radio laut, öffnete mit einer Hand eine Dose Bier. Ließ die bunten Taquerias und mexikanischen Supermärkte auf dem Hollywood Boulevard hinter sich. Nahm die Western Avenue in nördliche Richtung, den Sunset Boulevard in westliche Richtung.

Die Gegend hatte sich verändert. »Nude Girls«, »Girls, Girls, Girls«, »Go-Go-Bar«. Überall blinkende Reklame, rote Lämpchen. In den kleinen Strip Malls ein Discountladen neben dem anderen. Viele leere Schaufenster mit gelben Aufklebern »For Rent«.

Als er vor einer Ewigkeit mit einem Rucksack aus Arkansas gekommen war, hatte es hier anders ausgesehen. Er konnte sich an kleine Buchläden, Billiardsalons und Cafés erinnern. Mehr Menschen waren damals auf der Straße gewesen. Jetzt sah er nur einige Skateboarder und Penner.

An der nächsten Ampel ließ er das Fenster herunter. Blies den Rauch aus dem Fenster und schloss die Augen. Spürte die warme Sonne auf Stirn und Nase.

»Hey, Bruder, haste 'n paar Münzen?«

Der stinkende Mann war zu nah an den Wagen getreten. Sonnengegerbtes Gesicht, Staub in den Falten um die Augen. Wirres Haar, starr vor Dreck.

Tim hatte keine Lust, nach Geld zu kramen. »Sorry, Mister …«

»Ich nehm auch die Zigarette, Bruder.«

Der Mann war nicht älter als er. Oben fehlten ihm Zähne. Tim sah weg.

Richard Gerber fiel ihm wieder ein. Ein alter Schulfreund von Liz. Richard hatte seinen Job verloren und damit die Krankenversicherung. Ein Jahr später wurde ein Tumor bei ihm entdeckt. Die Chemotherapie und zwei Operationen kosteten ihn die zwei Autos und das Haus. Ein Jahr später war Richard Gerber geheilt. Aber er lebte auf der Straße. Sie hatten immer wieder von ihm gesprochen. Mit Entsetzen. Vom ehemaligen Versicherungskaufmann, der zum Penner geworden war.

Die Ampel sprang auf Grün. Er reichte dem Penner die Zigarette. Dachte an seine eigene Krankenversicherung. Die würde bald auslaufen. Er nahm sich vor, sich zu kümmern.

Er war angespannt. Spürte ein unangenehmes Gefühl im Magen. Er suchte einen anderen Sender. Bob Dylan. Der alte Hund.

Er drehte auf, noch ein Bier. Von Weitem sah er das große Schild »Guitar Centre«. Sofort erfasste ihn nervöse Freude. Die Art von Unruhe, die man mit sechzehn verspürt.

Das Guitar Centre war sein Mekka gewesen. Mindestens einmal die Woche war er mit Freunden hingepilgert. Hatte noch nie so viele Gitarren, Verstärker, Zubehör gesehen.

Er verlangsamte das Tempo. Nichts hatte sich verändert, von außen. Unzählige Stunden hatte er im Guitar

Centre verbracht. Los Angeles war ein guter Ort für ihn gewesen, nachdem er den Laden entdeckt hatte.

Sie gründeten eine Band. Proberaum in Echo Park. Eine mit Graffiti besprühte Garage. Nachmittags Bier am kleinen See. Da, wo Jack Nicholson in »Chinatown« gerudert war. Jetzt war das Gangland. Mein Gott, die Stadt hatte sich verändert.

Einige Meilen weiter, westlich von Bel Air, mehr Grün. Er meinte, das Meer zu riechen, leerte die Bierdose mit einem großen Schluck und rülpste.

Summerland. Irgendwo bei Summerland war ein Campingplatz. Wenn es den noch gab, würde er dort das Zelt aufschlagen.

Der Sunset Boulevard ging in den Highway 1 über. Küste. Das Meer links von sich, fuhr er nach Norden.

Das Männerwochenende mit Peter. Wie lange war das her? Verdammt, warum fiel es ihm so schwer, sich daran zu erinnern?

Peter hatte etwas auf dem Herzen gehabt. War das der Grund für das Wochenende gewesen, fragte er sich unwillkürlich.

Peter war still gewesen auf der Fahrt, hatte viel getrunken. Sie hatten bei Summerland gecampt. Bier getrunken, Suppe auf dem kleinen Kocher heiß gemacht. Als sie endlich aßen, war es schon dunkel. Flackerndes Licht vom kleinen Feuer stand auf Peters Gesicht.

Peter hatte von Doreen gesprochen, von Veränderungen, Sorgen.

Doreen hatte sich zurückgezogen. Sie schliefen in getrennten Schlafzimmern. Peter sprach ruhig, eine Falte stand auf der gebräunten Stirn. »Tim, weißt du …«

Tim mochte, wie Peter seinen Namen sagte. Eindringlich. Immer dann, wenn es ernst wurde.

Peter fand gute Worte. Peter hatte immer gute Worte

gehabt, Schwieriges zu erklären. Und Tim hatte gerne zugehört.

Aber worüber hatten sie gesprochen?

Die Erinnerung war weg. Nur noch Fragmente von dem Wochenende kamen zurück. Ein Stripclub. Später am Abend. Der Platzwart hatte ihn empfohlen. Sie waren schon ziemlich betrunken gewesen. Liefen zu Fuß dorthin, in Shorts.

Dann saß Peter da, mit der vollbusigen Blondine auf dem Schoß. Schummriges Licht, laute Musik dröhnte ihnen in den Ohren. Ausladende Gesten. Schnaps. Die Luft dick, man konnte kaum atmen.

Peter fühlte sich wohl mit nackter Haut. Tim hatte ihn nie so lachen sehen. So anzüglich. Inmitten geiler, besoffener Trucker. Es hatte ihn unangenehm berührt, daran erinnerte er sich sehr genau.

Er selbst hatte eine Asiatin auf dem Schoß gehabt. Sie war zierlich gewesen. Ihre nackten Arschbacken lagen auf seinen Knien. Ihre Beine berührten den Boden nicht, so klein war sie.

Steif hatte er sich gefühlt. Nicht sicher, wohin mit den Händen. Nach einigen Tequila fanden sie einen Platz auf ihren Schenkeln.

»Er ist sooo groß!« Die Kleine lachte. Zeigte auf ihn. »Grooooß!« Warf ihr Haar zurück. Immer wieder flogen ihm die glatten schwarzen Haare ins Gesicht. Sie bemerkte es nicht. Andere Mädchen kamen dazu. Staunendes Glotzen.

»Wie groß bist du?«

»Der ist sogar im Sitzen groß!«

»Hast du auch 'n Großen in der Hose, Honey?«

Dreckiges Lachen. Peter lachte mit.

Tim fühlte sich entblößt. War genervt.

Schließlich schubste er sie vom Schoß, sanft. Trotzdem fiel sie. Es gab Geschrei. Security kam. Sie schmissen Peter und ihn raus.

Auf dem Parkplatz empfing sie die kühle Nacht. Frische Luft. Peter legte lachend den Arm um ihn.

Sie torkelten zurück zum Zelt.

Und dann?

Angestrengt suchte Tim nach Erinnerungen. Etwas sperrte sich. Was war dann gewesen? Sie waren schlafen gegangen. Oder? Es musste spät gewesen sein.

Er zwang sich, sich zu erinnern. Sie hatten zwei Zelte gehabt. Eins grün, das andere grau. Nein, blau. Sein Wagen, ein silberner Ford, parkte unter einem großen Baum. Der Zeltplatz war fast leer. Es gab nur wenige andere Zelte, weiter entfernt.

Sie hatten geraucht. Peter hatte immer geraucht, wenn er betrunken war, Zigarren. Das Feuer war aus. Sie hatten im Staub gesessen. Nur wenig trockenes Gras. Sternenhimmel. Dann hatten sie gestritten. Daran erinnerte er sich. Sie hatten gestritten.

Seine heitere Stimmung war dahin. Tim nahm sich noch ein Bier. Er konzentrierte sich auf die Straße.

Das Meer neben ihm war bewegt, die Küste abschüssig. Wenig Verkehr. Möwen.

Kurz vor Summerland ein Diner.

Außer ihm gab es noch zwei andere Gäste. Zwei einzelne Männer mit Bieren vor sich. Sie saßen weit auseinander. Die Kellnerin, wasserstoffblond, nickte Tim zu. Der Tisch stand zu nah. Seine Beine hatten keinen Platz, er versuchte, ihn nach vorn zu schieben, aber der Metallfuß war im Boden verankert. Genervt zog er an die Bar um. Der Hocker dort ließ ihm genug Platz für seine Beine.

»Hi! Kaffee?« Falten in ihrem geröteten Dekolleté. Zu viel Sonne.

»Shirley«, stand auf dem kleinen Schild an der Bluse. Sie hatte es schief angepinnt. Ihr Parfüm war aufdringlich. Zu süß.

»Lieber ein Bier. Groß, bitte.«

»Ein Bier.« Da war etwas Abschätziges in ihrem Blick.

In seiner Hosentasche fand er den Zettel mit Heffners neuer Nummer. Er würde später anrufen, von ihrem Campingplatz aus. Rate mal, von wo aus ich anrufe.

Das Bier schwappte über, als Shirley es vor ihm abstellte.

»Groß genug?« Sie lächelte. Sie war freundlicher als erwartet. Er bestellte einen Burger dazu.

Sie trug eine altmodische petrolfarbene Uniform. Bluse mit zu kurzem Rock und weißer Schürze, hinten von einer Schleife zusammengehalten.

Sie war eindeutig zu alt für die Länge ihres Rocks. Er versuchte, sie sich zwanzig Jahre jünger vorzustellen. Sie hatte sich den Bleistift hinters Ohr gesteckt und kam zu ihm. »Und, auf der Durchreise?«

»So was in der Art.«

»Aus L.A.?« Sie hatte Zeit.

»Arkansas.«

Sie lachte laut und musste husten. Bestimmt Raucherin.

»Und da verirren Sie sich hierher?«

»Kennen Sie Arkansas?« Er hatte plötzlich Lust, sich zu unterhalten.

»Mein Ex war von da. Und ich mochte Clinton. Der ist doch 'n Junge aus Arkansas?«

Clinton stammte aus Hope, 240 Meilen südlich von Jasper.

Der Burger kam. Die Kellnerin stellte ungefragt ein weiteres Bier vor ihm ab. »Haben Sie es noch weit?«, fragte sie ihn.

Der Burger war Mittelmaß. Zu trocken. Er schluckte, spülte mit Bier nach.

»Gibt es den Campingplatz noch? Bei Summerland?«

»Glaub schon. Haben Sie Familie?«

Er starrte auf den Teller. Hatte Lust zu lügen.

»Meine Frau ist gestorben.«

»Oh, Honey, das tut mir leid!«

»Ist 'ne Weile her. Schon okay.«

Er aß die Salatdekoration und bestellte noch ein Bier.

»Geht aufs Haus«, sagte Shirley. Ein mitfühlendes Lächeln, dann der Blick auf seine Hand. »Ich hab den Ring auch noch lange getragen. Nachdem es aus war …«, sagte sie.

Es war ihm noch nicht in den Sinn gekommen, den Ehering abzunehmen. Hatte ihn nie abgenommen. Hatte ihn einfach vergessen an der Hand.

Das Bier trieb ihn zur Toilette. Ein alter Mann hatte den Tisch neben dem Toiletteneingang gewählt. Unverständlich. Starr saß er da. Rote Hände.

Bevor Tim die Klotür erreichte, kam Bewegung in den Alten. »Haben Sie schon mal 'n Kondor gesehen?«

Biergeruch aus jeder Pore. Trübe Augen, in denen etwas Aufgeregtes flatterte jetzt.

»Bitte?«

»Na, einen Kondor!« Ungeduldig ahmte der Alte mit den dünnen Armen Flügelschlagen nach. »Haben Sie schon mal einen gesehen?«

Die Blase drückte.

Die wirren Augen des Alten fixierten ihn. »Vor drei Jahren saß einer hinterm Walmart, den Sunset hoch.« Vage zeigte er nach rechts oben. »Na da, wo Edenhurst kreuzt!

Auf dem Parkplatz! Ein Riesenvieh!« Stolz lehnte er den schmächtigen Körper zurück. Ließ den Satz wirken.

Kondor. Ein Kondor? Tim rief ab, was er über diesen Vogel wusste. Geierartig, kam vereinzelt in den Rockys vor, den südamerikanischen Anden, nicht in Kalifornien. Nicht auf einem Parkplatz hinterm Walmart. Lächerlich.

Entschlossen griff er den Knauf.

»Das war ein Riesenviech, das kann ich Ihnen sagen.« Er schlug heftig vor sich auf die Tischplatte. Dann ein Lachen, das in raues Husten überging.

Unschlüssig stand Tim da. Wartete auf das Ende der Story.

»Sie glauben mir wohl nicht?« Der Alte schaute verächtlich. Leise fuhr er fort: »Müll hat der gefressen ... im Müll rumgehackt!« Seine dicken Fingernägel schlugen hörbar auf die Tischplatte.

»Meine Tochter ist noch los und hat die Kamera geholt. Aber der hat keinen an sich rangelassen! Wollte nicht, dass ihm einer den Fraß wegnimmt ...«

Tim nickte dem Alten zu und verschwand ins Klo. »Da sind die Viecher auch nicht anders als wir!«, hörte er noch.

Minutenlanges Pinkeln, Erleichterung. Dann seifte er die linke Hand so lange ein, bis der Ring zu rutschen begann.

Fast wäre er vorbeigefahren. Das Holzschild, das auf den Campingplatz hinwies, war von Salzwasser und Sonne ausgeblichen und fast unlesbar. Daneben »Vacancy«, handgeschrieben. Er nahm den Schotterweg und hielt neben dem Airstream. Der alte Platzwart im Klappstuhl davor, Pfeife rauchend.

Dreißig Dollar die Nacht. »Irgendwo dahinten. Nehmen Sie 'n Schattenplatz!«

Der Alte nuschelte. Tim meinte, ihn wiederzuerkennen.

Die Arme in die Hüften gestemmt, stand er da. Vor sich den sorgfältig ausgewählten Schattenplatz. Ebene Erde, nicht zu viele Steine. Das nächste Zelt, ein großes blaues mit Vorzelt, nicht zu nah.

Jetzt brauchte er ein Bier. Er fühlte sich müde, angenehm müde. Er würde im Zelt ein Nickerchen machen. Später etwas essen gehen und dann Peter anrufen.

Die gute Laune kehrte zurück. Pfeifend entlud er den Wagen. Dann legte er ordentlich die Plane aus. Daneben die Metallheringe, Dachrohre, Gummihammer.

Ein Pick-up-Truck fuhr aufs Gelände. Laute Musik. Fünf grölende Halbwüchsige auf der Ladefläche. Amüsiert sah er ihnen nach. Hormone. Mädchen. Saufen. Er erinnerte sich gut. Party machen. Mit Alfie hatte er nichts anderes getan.

Er schob die Phish-CD ein und ließ alle Fenster des Wagens herunter. Der Pick-up-Truck kam zurück und parkte neben dem blauen Zelt. Es war groß, ein Zelt für mindestens acht Personen. Die Jungs sprangen von der Ladefläche. Einer fiel hin. Ein pickeliger Kleiner goss seinem Kumpel johlend Bier über den Kopf.

»Eyyy, fuck you!« Der Junge rappelte sich auf, und die beiden fingen an zu rangeln. Zwei andere kamen dazu. Der eine groß und muskulös, ohne Shirt, der andere bullig, mit rotem Kopf.

Bierflaschen schäumten über. Der Fahrer, ein großer Typ mit Akne, warf eine Bierflasche ins Handgemenge. Die Jungs schrien und fluchten. Der Bullige verfing sich im gespannten Seil des Vorzelts. Schwer fiel er zu Boden. Riss den Aknetypen mit.

»Run like an Antilope.« Leise summte Tim mit. Phish war immer noch gut. Er rammte den ersten Hering in den Boden. Behielt die Jungs im Auge.

Jetzt kamen sie auf ihn zu. Eine verschwitzte, betrunkene Horde. Sie wirkten angriffslustig.

»Was'n das für 'ne Scheißmucke?«, rief der kleine Pickelige von Weitem. Grölendes Lachen. Der Große spuckte in den Sand. Sie bildeten einen Halbkreis um Tim, wie die Hyänen.

Er sah sie ruhig an. Immer noch aus der Hocke. Sah in dümmlich betrunkene Gesichter. Sie waren höchstens zwanzig. Der schmale Drahtige rülpste laut. Wieder Lachen.

Unbeirrt fuhr Tim fort, den nächsten Hering in den Boden zu schlagen.

»Alter, warum spielst du so 'ne Scheißmucke auf unserem Campingplatz?«

Der Kleine trat nach der leeren Bierflasche. Unvermittelt. Nur knapp verfehlte sie Tims Kopf. Tim war erstaunt, wie ernst sie es meinten. Wie brutal sie sein wollten.

Er legte Hammer und Hering weg. Das Blut begann in den Schläfen zu rauschen. Er spürte die kleinen Härchen auf den Armen. Hörte seinen Atem schneller werden.

Langsam stand er auf. Das reichte meist. Aber dann taumelte er. Das Bier und die Sonne. Trotzdem sah er Respekt aufflackern in den Gesichtern.

Er überragte sie alle. Bis auf den Muskulösen mit der dreckigen Baseballkappe. Der Kleine wich unmerklich zurück. Aber sie waren in der Überzahl. Und sie wussten es. Das Pickelgesicht lachte.

Tims Schläfen pulsierten jetzt. Er nahm seine halb volle Flasche auf. Sah die Jungen wortlos an. Er wollte zelten. Ein Nickerchen machen, seine Ruhe haben.

Fuck it!

Blitzschnell, mit ungeahnter Wucht, warf er die Flasche. Traf den Großen so hart an der Schulter, dass die Flasche zerplatzte. Vornübergebeugt ging der Junge zu Boden. Blut quoll aus einem Schnitt am Schlüsselbein.

In die Gruppe kam Bewegung. Die Hyänen fletschten die Zähne. Er hatte den Anführer verletzt. Der Bullige griff als Erster an, warf sich mit voller Wucht auf ihn. Tim spürte die verschwitzte Haut auf seiner. Biergestank. Spucke. Hörte ihn keuchen und ging ihn hart an. Wehrte Schläge ab. Muskel klatschte auf Muskel. Er versuchte, den Bulligen von sich zu schleudern. Doch der erwischte mit der Hand seinen Oberarm, zerrte heftig an seinem T-Shirt, bis es riss. Dreckige Hände lagen an seinem Hals. Tim fasste dem anderen ins Gesicht, rang nach Luft. Drehte den Kiefer so weit nach rechts, bis die Hände seinen Hals losließen und der Angreifer zurücktaumelte.

Kurz Luft holen.

Den Drahtigen hatte er nicht gesehen. Er griff von hinten an. Trat Tim gegen den Steiß. Schmerz schoss die Wirbelsäule hoch. Da vergaß er sich, nahm den schmalen Körper wie einen Sack, schleuderte ihn gegen den Baum. Eine Flasche verfehlte nur knapp seine Schulter. Wo kam die her? Der Große war schnaufend aufgestanden. Blutete, nahm Anlauf.

Schnell riss Tim die Fäuste hoch. Unbeholfen rannte ihm der Typ in die Rechte, fiel benommen zu Boden. Der Kleine mit den Pickeln hatte sein Shirt ausgezogen, Tim sah einen Adler auf der Brust.

Er spürte noch immer einen stechenden Schmerz im Rücken. Der Tritt gegen den Steiß war heftig gewesen.

Pickelgesicht tanzte jetzt wie ein Boxer vor ihm herum. Er reichte ihm nur bis zur Brust. Auf der großporigen Haut glänzte der Schweiß, in seinem Blick lag reiner Hass. Tim sah die Faust nicht kommen. Hart landete sie auf dem Kehlkopf, und er ging hustend zu Boden. Spürte einen Hering in der Seite und Sand und Steinchen im Gesicht. Er japste nach Luft. Atmete Sand ein und hörte sie grölen. Siegesgeheul. Dann spürte er Tritte, Schläge.

Sie trafen wie schwere Steine auf den Körper. Er wand sich vor Schmerz. Versuchte, Bauch und Unterleib zu schützen, aber er konnte die Tritte nicht abwehren. Rang immer verzweifelter nach Luft. Die kleinen Steine schnitten ins Gesicht, und sein Blut färbte den Sand rot. Dann ein heftiger Schmerz am Kopf. Einer hatte zugetreten. Mit halber Kraft. Sofort wurde Tim übel. Er spürte nichts mehr. Es wurde still.

Wie Blasen, die aufstiegen, sah er verzerrte Bilder. Aus dem Unterbewusstsein quollen sie hervor. Peters verzerrtes Gesicht. Ein Zelt hinter ihm. Seine Faust. Geballt und dreckig. Ein Mund, der tonlos schreit. Ein schriller Ton. Von irgendwoher. Das Gesicht ganz nah. Blut an der Schläfe. Nur noch der schrille Ton im Kopf.

Dann legte sich ein Mantel aus Schwarz über den Schmerz.

4

»Mister ... hey, Mister! Können Sie mich hören?«

Eine weit entfernte Stimme.

Blinzeln. Sein Kopf schmerzte. Unter großer Anstrengung öffnete er die Augen einen Spaltbreit. Der Platzwart stand, auf einen Stock gestützt, über ihn gebeugt. Hielt ihm ein tropfendes, dreckiges Tuch hin.

»Sie müssen es schon selbst nehmen. Kann mich nicht zu Ihnen runterbeugen.« Er ächzte.

Ein dicker, kühler Tropfen fiel in Tims Gesicht. Mühsam hob er den Arm, seine schmerzende Hand nahm den Lumpen. Der kalte Lappen tat gut.

»Mister, soll ich einen Krankenwagen rufen?« Der Alte klang besorgt, »Mir wäre lieber, nicht, ich will keinen Ärger.«

Tim winkte ab.

»Die Bengels sind abgezogen. Haben Sie ganz schön zugerichtet. Hatten wohl Schiss, dass Sie in der Kiste landen.« Sein heiseres Lachen dröhnte in Tims Kopf.

Langsam humpelte er hinter dem Alten her zum Airstream. Sein ganzer Körper schmerzte. Er hatte einen metallischen Geschmack im Mund. Das rechte Auge war zugeschwollen. Er spürte, dass sich Gewebswasser unter der Braue gesammelt hatte. Er konnte das Lid kaum öffnen.

Seine Unterlippe war aufgeplatzt. Er hatte Schürfwunden an den Händen. Verdammt.

Das Licht hatte sich bläulich gefärbt. Bald würde die Sonne untergehen. Er musste einige Stunden dagelegen haben.

Der Platz hatte sich inzwischen mit Zelten und Wohnwagen gefüllt. Überall warfen Leute den Grill an. Kinder spielten Federball. Zwei kleine Mädchen starrten ihn an. Flüsterten miteinander.

Der Weg zum Airstream schien endlos.

In dem Wagen roch es nach Katzenfutter. Auf dem Boden stapelten sich Zeitschriften und Tageszeitungen. Der Alte musste seit den Fünfzigerjahren alles aufgehoben haben.

Auf den Papierstapeln standen schmierige Teller, darauf Tassen mit getrocknetem Kaffeesatz. Die Wände waren übersät mit Fotos in schiefen Rahmen. An der Längsseite prangte ein verschlissener »Lakers«-Wimpel.

Tim musste sich ducken. Der Raum war zu niedrig. Er spürte sofort einen Druck auf der Brust.

Der Alte bot ihm einen verschlissenen Sessel an. Verscheuchte die fette Katze, die darin schlief. Stöhnend fischte er hinter einem Zeitungsstapel aus einer Holzkiste eine Flasche Bourbon hervor. Bot Tim ein Glas an.

Eingezwängt saß er in dem Sessel voller Katzenhaare. Kippte den Whiskey in einem Zug herunter und hielt dem Alten das leere Glas hin. Bat ihn, die Tür zu öffnen. Platzangst.

Nachsichtig goss der Alte nach und öffnete die kleine Wohnwagentür. Auch das zweite Glas kippte Tim auf ex. Allmählich kehrten seine Lebensgeister zurück.

Einige Minuten saß er nur da. Sammelte sich. Sah auf seine aufgeschürften Knie, betrachtete die Schnitte in den Unterschenkeln, die braunen Bluttropfen auf den Shorts. Sein T-Shirt war komplett zerrissen.

Verdammt! Er hatte sich von fünf Milchbubis verprügeln lassen. Unfassbar.

Stumm schüttelte er den Kopf.

Der Alte streichelte seine fette Katze. »Jetzt, wo Sie so übel zugerichtet sind, erkenne ich Sie auch wieder.« Langsam nahm er einen Schluck Bourbon. »Vor vier Jahren oder so waren Sie schon mal hier.« Seine trüben Augen wanderten über Tims lädiertes Gesicht. »Mit einem anderen Typen. Dachte erst, Sie wären schwul ...« Er lachte heiser. »Der andere war auch ziemlich mitgenommen, aber für Sie hat meine Frau 'nen Krankenwagen gerufen ...« Tiefes Seufzen, von ganz tief innen.

Stille.

Dann sagte er: »Da hat sie noch gelebt.« Traurig fummelte er am obersten Knopf seines karierten Hemdes herum.

Tim ließ Heringe, Zeltplane und Gummihammer einfach im Staub liegen. Fuck it.

Brauchte einen Moment, den Schlüssel ins Zündschloss zu stecken. Seine Hand wollte nicht aufhören zu zittern.

Irgendwie hatte er den Alten nach vier Whiskeys davon überzeugt, dass er noch fahren konnte.

Er riskierte einen vorsichtigen Blick in den Rückspiegel. Sein Gesicht war verschwollen. Blutig. Dreckig. Quer über die Stirn ein tiefroter Schnitt. Die Beule am Auge war violett angelaufen. Ebenso Unterlippe und Kinn. Ein Film aus Schweiß, Staub und Blut lag auf Gesicht und Hals.

Er brauchte dringend eine Dusche. Die Schmerzen in Rücken und Schulter würde er mit ein paar weiteren Drinks beseitigen.

Kurz winkte er dem Platzwart zu. Nahm den Highway 1 weiter nach Norden.

Vor vier Jahren war er mit Peter zelten gewesen. Der Abend hatte in einer Schlägerei geendet. Das wusste er jetzt. Vier Jahre waren eine lange Zeit. Er musste mit ihm sprechen. Musste den Grund für die Schlägerei erfahren. Warum konnte er sich nicht erinnern? Nur wenig kam zurück. Ein Krankenhaus in Santa Barbara. Liz war irgendwann gekommen. Blass und besorgt. Er sei gestürzt, hatte sie gesagt. Gestürzt. Hatte er das behauptet? Wo war Peter gewesen? Hatte Peter ihr verschwiegen, was vorgefallen war?

Das machte alles keinen Sinn.

Hungrig nahm er kurz vor Santa Barbara eine Abfahrt. Irgendein Kaff. Das Wochenende war noch nicht vorbei.

Motor Inn. »Vacancy« blinkte in roten Lettern in der Einfahrt. Daneben eine kleine Bar, Motor Bar.

Er zog sich auf dem Parkplatz ein frisches T-Shirt an.

An der Rezeption drückte er eine abgewetzte goldene Klingel. Er hörte schlurfende Schritte hinter dem Vorhang. Eine alte Frau trat hinter die Theke. Sie blickte ihn erschrocken an. Hielt Abstand.

Das Lächeln schmerzte. »Mountainclimbing … Mein Partner hat mich nicht vernünftig abgeseilt.«

Sie entspannte sich ein bisschen. Wieder das Händezittern, als er das Gästeformular ausfüllte.

Sie gab ihm ein Zimmer mit Meerblick.

Brauner Teppich. Brauner Bettüberwurf. Eine Kaffeemaschine, Plastikbecher in Plastikfolie. Es roch nach alten Socken.

Er warf die kleine Sporttasche in die Ecke. Zog die klebrigen Vorhänge auf. Glasschiebetür zur kleinen Veranda, dahinter Strand. Ein schmales Stück Sand. Unruhiges Meer.

Er trat hinaus. Es war fast dunkel. Den Zettel mit Heffners Nummer, Zigaretten und Handy nahm er mit. Atmete tief durch und zündete die Zigarette an. Dann wählte er.

Es klingelte lange. Mit großen Schritten ging er auf und ab. Spürte den Sand unter den nackten Sohlen, rauchte. Dann eine Frauenstimme.

»Ja, bitte?«

Beinah hätte er wieder aufgelegt. Dann sagte er: »Doreen? Hier ist Tim. Tim Wilkins.« Vorsichtig.

Stille.

»Hallo?« Er hielt sich das andere Ohr zu, Wellenrauschen und ein leichter Wind machten es ihm schwer zu hören.

»Hier ist Jessy. Meine Mutter ist unterwegs.«

»Ich bin ein Freund deines Vaters. Ist er da?«

Er hörte sie atmen. Der Wind frischte auf, Wellen klatschten hörbar auf den Sand.

»Mein Vater ist vor zwei Jahren gestorben.«

Eine Möwe flog dicht über seinem Kopf vorbei. Die Zigarette fiel in den Sand. Er rang nach Luft. Was hatte sie gesagt? Peter war tot?

»Ich …« Er suchte nach Worten. »Ich … das wusste ich nicht.« Er riss sich zusammen. »Das tut mir leid.«

Wieder Stille.

»Meine Mutter kommt später wieder. Wenn Sie …«

»Ja. Gut. Ich melde mich wieder. Danke.« Er legte auf.

Seine Hand wollte das Handy ins Meer schleudern. Peter war seit zwei Jahren tot.

Er setzte sich in den feuchten Sand. Suchte nach einer neuen Zigarette. Fuck!

Hatte Liz das gewusst? Seine Gedanken rasten. Er wählte ihre Nummer. Wieder die Ansage: Die Nummer existierte nicht mehr. Er sprang auf die Füße. Humpelte, so schnell er konnte, gegen den Wind zum Wasser.

Als er die kalten Wellen an den Füßen spürte, schmiss er das Handy in die Dunkelheit. Schrie laut auf.

Sein bester Freund war tot. War schon tot, als Liz gegangen war. War tot, als er gefeuert wurde.

Seit zwei Jahren tot.

Tim hatte nicht Abschied nehmen können. Hatte nichts klären können. Nie wieder Gespräche, nie wieder Peters Hand auf seiner Schulter.

Er hinterließ Sandspuren auf dem braunen Teppich, als er später ins Zimmer zurückkam.

In der Tasche fand er die Flasche Whiskey.

Seine Schulter schmerzte, als er sich auf das schmale Bett warf. An der Zimmerdecke sah er gelbe Wasserränder.

Peter Heffner war tot. Weg. Wie Liz. Wie sein Job. Einfach weg.

Abwesend schaltete er den Fernseher ein, zappte sich durch die Kanäle. Blieb irgendwo hängen. »Stirb langsam.« Bruce Willis. Alan Rickman. Er hatte den Film zigmal gesehen. John McClane rettet seine Frau aus den Händen von Terroristen. Der unerschrockene Cop gegen den Rest der Welt.

Der Whiskey war warm. Er brauchte einen richtigen Drink. Und eine Dusche.

Die Schnitte schmerzten, als er sich einseifte. Die Duschkabine war zu klein, also ließ er die Tür offen stehen.

Das Telefongespräch kam ihm jetzt wie ein surrealer Traum vor. Peter war tot.

Wo war er gewesen? Liz hätte ihm von Peters Tod berichten müssen. Oder hatte auch sie keinen Kontakt mehr gehabt?

Matt trocknete er sich mit dem kleinen Handtuch ab. Ihm war schwindelig. Das Wasser aus dem Kran schmeckte nach Chlor.

Er würde in die Bar nebenan gehen. Ein paar Drinks. Abschalten, die Gedanken zum Stillstand bringen. Nur das Flackern des Fernsehers erhellte das kleine Zimmer.

John McClane rannte verschwitzt mit gezogener Waffe durch eine dunkle Gasse. Tim ließ sich nackt aufs Bett sinken. Dachte an einen großen Kondor, der im Müll eines Walmart pickte.

Dann schlief er ein.

Als er erwachte, war es fünf Uhr morgens. Die nackte Haut kalt. Er fand sich nicht sofort zurecht. Das braune Zimmer. Wellenrauschen. Der Fernseher lief.

Peter. Es fiel ihm wieder ein. Er griff den muffigen Bettüberwurf, rollte sich ein.

Shit.

Immer noch »Stirb langsam«. Der Sender wiederholte den Film. Endlosschleife. Er drehte den Ton ab. Spürte die Schnitte und Schürfwunden am ganzen Körper. Der Rücken schmerzte.

Er vermisste Liz. Vermisste ihren warmen, schmalen Körper neben sich. Ihren ruhigen Atem. Das wirre Haar im verschlafenen Gesicht, morgens. Ihre sanfte Gegenwart.

Vermisste Derek. Den großen Jungen, auf den er heimlich stolz war. Zu heimlich. Verdammt, wann hatte er dem Sohn zum letzten Mal gesagt, dass er stolz auf ihn war? Über die Jahre hatte sich so etwas wie stiller Neid eingeschlichen. Neid, dass der Sohn tat, was er liebte. Dass er gerne zur Arbeit ging. Und erfolgreich war.

Mühsam schälte er sich aus der klebrigen Decke. Er hatte Hunger, brauchte einen Kaffee.

Er schloss die Tür hinter sich ab.

Das Motel war gut. Ein sicherer Ort irgendwo zwischen gestern und morgen. Er verlängerte spontan um zwei Tage. Die alte Dame war jetzt weniger reserviert. »Heute Abend spielt nebenan eine Live Band!«, sagte sie. Dazu ein aufmunterndes Lächeln.

Er nickte und humpelte zu seinem Wagen. Benommen fuhr er zurück zum Diner.

Unaufgefordert stellte sie einen dampfenden Kaffeepott vor ihm ab. Das Diner war menschenleer. Hatte gerade erst geöffnet. Sie nahm sich selbst auch einen Kaffee, setzte sich neben ihn. Sie trug dieselbe Uniform. Jetzt ohne Schürze.

Sie öffnete ein Fenster, bot ihm eine Zigarette an.

»So früh kommt keiner …«

Still saßen sie da. Rauchten.

Der mexikanische Koch steckte den Kopf durch das kleine Fenster zur Küche. »Shirley! Was ist mit der Zigarette?«

»Mach dir keinen Kopf, Carlos! Mach lieber ein paar Eier und Speck!« Sie schenkte ihm ein verschwörerisches Lächeln.

Der Kopf verschwand. Bald zog der Duft nach gebratenem Speck herüber.

Rauchend betrachtete sie ihn. »Dachte, Sie gehen campen? Von 'nem Boxkampf war nicht die Rede!« Sie lachte rau.

Er musste mitlachen.

Sie stand auf und ging zur Theke, um einen Teller zu holen. Zwei Eigelb glänzten neben krustig braunem Bacon. Er tunkte den Toast ins flüssige Gelb. Sie betrachtete ihn dabei.

»Sie sehen echt mitgenommen aus. Ein Bier?«

»Bin in eine Prügelei geraten. Sie waren zu fünft.« Warum eigentlich nicht. Er konnte es ihr auch erzählen.

»Shit!« Ihre stark geschminkten Augen weiteten sich. »Auf dem Campingplatz?«

Nicken. Das letzte Stück Bacon. Das Bier war herrlich kalt. »Haben Sie die Cops gerufen?« Sie band sich die Schürze um. »So was … Wo ist man noch sicher?« Besorgtes Kopfschütteln.

Er zögerte. Warum sollte er bei der Wahrheit bleiben? Die Lüge kam spontan. »Bin selbst Cop. Auf Urlaub. Wäre peinlich gewesen.«

Sie lachte überrascht, salutierte. »Verstehe, Officer.«

»Sergeant.«

Sie musterte ihn respektvoll. »Wer hätte das gedacht! Nicht, dass ich jetzt Ärger kriege wegen des Rauchens hier?«

Er winkte ab.

Aber ihre Neugier war geweckt. »Und jetzt haben Sie frei, Sergeant? Lassen sich auf dem Campingplatz verprügeln? Da stimmt doch was nicht!«

»Ein Kollege von mir ist letzte Woche erschossen worden. Ich kam zu spät. War ein Freund.« Fühlte sich nicht gelogen an. Zu nah dran. Überraschend füllten sich seine Augen mit Tränen. Die Lüge hatte ihn wie eine sanfte Woge näher an den Schmerz gespült.

Er sah an die Decke. Schnäuzte sich.

Verständnisvoll rieb sie ihm die Schulter. »Verstehe. Das ist hart.« Ihr Mitgefühl war echt.

Er trank das Bier. Hatte im Moment nichts mehr zu sagen.

Es drängte ihn plötzlich zu zahlen. Er wollte zurück zum braunen Zimmer. Meeresrauschen.

Sie winkte ab. »Nächstes Mal.«

Die Stunden bis zum Nachmittag verliefen zäh. Innere Unruhe schob die braunen Wände zusammen. Die Stille war erdrückend.

Er ging den Strand entlang. Der Wind zerstreute die Gedanken.

Die Kühle minderte den Schmerz.

Er humpelte immer noch. Trat vorsichtig auf. Der Strand war menschenleer. Harter Sand unter den Füßen. Es war bewölkt. Möwen kämpften um leere Muscheln. Schwarzbraun verklebter Seetang. Der Horizont verwischt. Nichts.

Einige Meilen legte er zurück. Erinnerte sich, dass er das Handy ins Meer geworfen hatte. Einen Schritt vor den anderen. Langsam. Stunden vergingen. Kein Mensch, nirgends. Er könnte irgendwo sein. War nie ein Fan vom Meer. Jetzt war er dankbar dafür, dass es ihn ablenkte.

Das eintönige Rauschen, die Bewegung. Wellen, die kamen und gingen, ohne Anstrengung. Er fühlte sich klein. Beruhigt irgendwie. Als er einige Surfer im Wasser sah, lachend, kehrte er um.

Die Gedanken wanderten zu Peter zurück. Zwei Jahre. Zu spät für Beileid. Was würde er Doreen sagen? Er musste sie anrufen.

Nein, er musste nichts. Irgendwann würden die Antworten auf unbeantwortete Fragen unbedeutend werden.

Nichts war geblieben. Ein Stück vom Sohn, ja. Sonntage. Golf.

Und das Haus.

Es würde Kraft kosten, neu zu beginnen.

Verdammt. Er musste sich setzen.

Als er zurückkam, herrschte angenehme Stille im Zimmer. Der Fernseher war aus.

Er schlief bis zum frühen Abend. Arme und Beine von sich gestreckt. Ein T-Shirt über das lädierte Gesicht gelegt. »Do not disturb« draußen an der Tür.

Später, nach einer kalten Dusche, fühlte er sich besser. Er würde in der Bar nebenan essen. Das letzte saubere T-Shirt. Sneakers und Jeans. Er blickte in den Badezimmerspiegel. Die Bartstoppeln überdeckten die blaugrünen Flecken an Kinn und Kiefer. Schorf lag auf den Schnitten an Stirn und Nase. Die Schwellung am Auge grün jetzt.

John McClane, dachte er. Fehlte nur die gezückte Waffe.

Motor Bar.

Ein langer Tresen in schummrigem Licht. Barhocker, dreibeinig.

Zapfanlage, unzählige Flaschen Hartes an der Wand. Eine handbeschriebene Tafel: Burger mit Salat $ 8,99. Hotdog $ 4,99. Corndogs $ 3,99.

In der Mitte des Raums runde Tische, spärlich besetzt.

Ein älteres Paar, Bier trinkend. Zwei junge Typen, die über ein Handy gebeugt dasaßen. Zwei junge Paare, die Frauen in Sommerkleidern. Angeregte Unterhaltung. Ein älterer Typ warf Münzen in die große Jukebox vor dem Toiletteneingang. Improvisierte Bühne hinten. Jemand schloss einen Verstärker an, baute Mikrofone auf.

Tim setzte sich an die Bar. Er bestellte einen Burger und Bier. Der Barkeeper, tätowiert, dünn, musterte ihn misstrauisch.

Er hatte dunkle Ringe unter den Augen. Auf seinem T-Shirt stand »Shut the f** up«. Tim hatte nicht vor, sich zu unterhalten. Unter Leuten sein reichte ihm. Still saß er da. Fühlte sich sicher. Ruhe im Kopf.

Das Bier schmeckte würzig.

Nach und nach füllte sich die Bar. Jüngere Leute kamen. Eine Gruppe Mädchen drängte an den Tresen. Jung. Kurze Röcke. Gebräunte Beine. Sandalen. Klimpernde Ketten.

Jemand stieß ihn an. Bier schwappte über.

Die Blonde drehte sich um. Locken flogen. »Oh, sorry!« Sie kicherte schuldbewusst. »Tut mir leid. Bist du okay?« Sie berührte seinen Arm. Er sah in ihre blauen Augen. Sommersprossen auf geröteten Wangen.

»Kein Problem.« Er versuchte zu lächeln. Wurde sich der Blessuren bewusst.

Ein Mädchen zog die Blonde am Arm. Flüchtiges Lächeln. Dann war sie in der Menge verschwunden.

Die Band begann zu spielen. Zwei Gitarren, Bass, Schlagzeug. Die Typen waren etwa so alt wie er. Man hatte die Tische auseinandergeschoben. Einige Leute tanzten.

Der Raum voller Menschen jetzt. An der Bar wurde gedrängelt. Er fühlte sich wohl, trotzdem. Nahm sein Bier und schob sich durch die Menge nach vorne an die Tanzfläche.

Er überragte alle. Leute tanzten, unterhielten sich, hörten der Musik zu. Keiner nahm Notiz von ihm. Er stellte sich neben den großen Lautsprecher. Spürte die Musik vibrieren. Laut. Sie übertönte alle Gedanken. Die Band war gut. Die Tanzfläche voll.

Bald wippte sein Fuß im Rhythmus mit. Sie spielten Coverversionen. Guns N' Roses.

Das ältere Paar tanzte einen unpassenden Foxtrott. Rührend.

Irgendwo in der Menge die Mädchen. Er sah, wie die Blonde mit den Sommersprossen lachend den Kopf zurückwarf. Vorsichtig stellte er das leere Glas auf dem Lautsprecher ab. Verspürte keine Lust auf ein weiteres. Alles war gut, wie es war.

Bon Jovi. »Livin' on a Prayer«. Johlender Applaus. Leute sangen mit. Der Raum vibrierte. Die tanzende Menge erhitzte den Raum.

Körper bewegten sich im selben Rhythmus, stampfende Füße, Hände klatschten im Takt. Er verspürte Lust mitzumachen. Unsicher wartete er auf den richtigen Moment. Zwei Schritte nach vorn. Die Tanzenden nahmen ihn mit. Holten ihn wie eine sanfte Welle ab und trugen ihn mitten auf die Tanzfläche. Er spürte verschwitzte Arme, wiegende Hüften. Lachende, entspannte Gesichter. Er konzentrierte sich auf den Rhythmus. Augen auf die Band geheftet, trat er von einem Fuß auf den anderen. Fand sich zurecht. Bald hob er die Hände, klatschte mit, schloss die Augen. Spürte, wie sein schmerzender Körper weicher wurde. Bewegte sich freier. Den Mund geöffnet, lächelte er zu seiner eigenen Überraschung.

Der Song endete. Man klatschte. Er sah sich um, nahm Kontakt auf zu den anderen. Er war einer von ihnen.

Alle warteten verschwitzt auf den nächsten Song. Run DMC, »Walk This Way«. Freudiges Gejohle. Er hatte den Song schon mal gehört. Jemand nickte ihm lachend zu.

Er tanzte jetzt ausgelassener. Schüttelte den Kopf. Die Arme bewegten sich frei.

Plötzlich waren die Sommersprossen neben ihm. Er lachte sie an. Unverbindlich. Sie drehte sich vor ihm. Entfernte sich, kam wieder zurück. Griff seine Hand. Leicht. Und zusammen bewegten sie sich im Rhythmus der Musik.

Ihre Nase kräuselte sich, als sie ihn anlachte. Vorsichtig zog er sie an sich, drehte sie. Es klappte gut. Sie fanden denselben Rhythmus. Er fühlte sich überraschend leichtfüßig.

Ihr Kleid war orange mit roten Blüten. Eine zierliche goldene Kette klebte an ihrem Hals. Glatte, glänzende Haut. Sie war jung.

Applaus brandete auf. Die Band machte Pause. Ruhigere Musik setzte ein. Er nickte ihr freundlich zu, wandte sich zum Gehen. Vielleicht noch ein Bier.

Die Tanzfläche leerte sich. Man drängte zur Bar. Einige blieben. Engtanz. Sie hielt ihn am Armgelenk fest, sanft.

»Willst du?« Er musste sich zu ihr hinunterbeugen, um sie zu hören.

Sie zog ihn an sich. Bewegte sich langsam zur Musik. Er spürte die Locken an seinem Kinn. Ihr Kopf ruhte an seiner Brust. Vorsichtig legte er den Arm um sie. Nicht zu eng. Er versuchte, nicht zu schwer zu atmen.

Sie roch nach Lavendel. Angenehm. Er spürte ihren jungen Körper. Die Biegung in ihrem Rücken. Seine Hand ruhte leicht unter ihrem Schulterblatt. Er spürte die Hitze, schweißnassen Stoff. Ihr Haar kitzelte sein Handgelenk. Unter ihrem Kleid der Verschluss des BHs.

Lächelnd lösten sie sich, als der Song zu Ende war. Er entschuldigte sich zur Toilette. Machte es ihr leicht.

Wenn er zurückkam, würde sie nicht mehr da sein. Vielleicht mit den Freundinnen tuscheln. Er sollte gehen. Obwohl er keine Müdigkeit spürte. Aber er sollte gehen. Der Abend war gut, so wie er war.

Er nahm sich Zeit. Ließ zwei Typen vor. Das Klo war

eng. Er hatte keine Ahnung, wie spät es war. Kurz fuhr er sich mit der Hand durchs Haar. Er blickte in den schartigen Spiegel über dem Waschbecken. Die Schwellung am Auge war zurückgegangen.

Ohne Erwartungen kam er zurück. Die Band hatte die Instrumente wieder aufgenommen.

Da stand sie. Selbe Stelle. Lächelte ihm zu. Er bahnte sich einen Weg zu ihr. Er sollte sie auf einen Drink einladen.

»Ich sollte gehen.«

Wieder musste er sich hinunterbeugen.

Es war laut, die Musik hatte wieder eingesetzt. Er musste seine Worte wiederholen.

Ihr Gesicht nah, die Locken kitzelten in seinem Gesicht. Sie hielt ihm ein Ohr hin. Kleiner Stecker mit Sternchen.

»Ich muss gehen«, sagte er.

Sie lachte. Zog ihn wieder auf die Tanzfläche. »Noch ein bisschen!« Schon drehte sie sich vor ihm. Berührte seine Hand.

Sie tanzten wieder. Erst nebeneinander, dann zusammen. Es hatte nichts Anzügliches. Tim hörte auf, darüber nachzudenken. Die Schmerzen spürte er nicht mehr.

Er hatte nicht bemerkt, wie sich die Bar leerte. Sie hatten Song um Song getanzt. Die Band hatte Zugaben gespielt. Jede von ihnen hatten sie johlend beklatscht. Ihre Freundinnen waren längst gegangen.

Jetzt wartete er unschlüssig auf dem Parkplatz auf sie.

Sternenklarer Himmel. Er stellte fest, dass er nur zwei Bier getrunken hatte.

Er konnte sie nicht mitnehmen. Sie war höchstens einundzwanzig.

Er zündete sich eine Zigarette an.

»Gibst du mir eine?«

Er hatte sie gar nicht bemerkt. Unter ihrer Jacke holte sie zwei Flaschen Bier hervor.

Neben der Bar führte ein schmaler Pfad zum Strand.

Sie ging vor. Kannte sich aus. Schweigend liefen sie eine Weile. Dann ein großer, flacher Felsen im Sand. Er half ihr hoch. Sein Rücken schmerzte, als er sich hinsetzte. Das Meer rauschte verhalten. Die Kronkorken landeten im Sand. Er prostete ihr zu.

»Ich heiße Sue.«

»Ich bin John.«

»Schön, dich kennenzulernen, Jonny.«

Still rauchten sie.

»Was machst du?« Ihre Stimme klang anders als in der Bar. Weicher.

»Cop.« Kurzes Zögern. »Auf Urlaub.«

Es schien sie nicht zu beeindrucken. »Ich studiere Botanik. Bist du von hier?«

Er schüttelte nur den Kopf. Es war verlockend, weiter zu lügen. Wieder die Geschichte vom Freund, der erschossen wurde.

Ruhig hörte sie zu. Unbefangen.

Da war Wahrheit in der Geschichte. Es war nur eine halbe Lüge. Sie war eine Fremde. Es war okay, nicht bei der Wahrheit zu bleiben.

»Und jetzt wohne ich im Motel. Nebenan.« Er räusperte sich, sah aufs Meer.

Sie schwieg. Hatte das anzüglich geklungen? Er sah sie unsicher an. Sie wirkte müde. Sie hob die Flasche. »Aufs Meer, auf kaltes Bier und das Glück!«

Ihre Flaschen klirrten leise, als sie miteinander anstießen. Sie trank in einem Zug aus.

Ihre Hand war kalt. Sie zog ihn hoch. »Komm, wir gehen.«

Untergehakt liefen sie langsam den kleinen Weg entlang zurück auf die Straße.

»Dein Freund, war er alt?«

Es war anstrengend, durch den Sand zu stapfen. Er zögerte. »Nicht alt genug zum Sterben.«

Kurz rieb sie die Locken an seinem Arm. Umschlang mit einem Arm seine Hüfte. Dann standen sie auf dem leeren Parkplatz. Die Bar war dunkel. Abrupt blieb er stehen. »Was jetzt?«

Schulterzucken. Sie legte den Kopf schräg. »Nimmst du mich mit? Nur schlafen. Ich mag nicht allein sein heute.«

Er wollte auch nicht allein sein und nahm ihre Hand. »Okay.« Bevor er die Tür öffnete: »Ich hoffe, du magst Braun.«

5

Um fünf erwachte er mit Druck auf der Blase. Es dämmerte. Lavendelduft. Sie lag ihm zugewandt, die Knie angezogen. Die blonden Locken bedeckten ihr schlafendes Gesicht.

Vorsichtig stand er auf. Betrachtete das junge Mädchen in seinem Bett. Friedlich. Sie trug seine viel zu großen Boxershorts und das alte T-Shirt. Atmete ruhig. Leises Schnarchen. Jetzt erinnerte er sich, wie er sich gesträubt hatte, ihr seine alten Sachen zu geben. Lächelnd war sie ins Bad gegangen und hatte sich umgezogen. Das orangefarbene Kleid lag ordentlich auf dem Fernsehsessel. Keine Spur von leeren Flaschen.

Nein, sie hatten keinen Sex gehabt. Er spürte Erleichterung. Leise schloss er die Badezimmertür. Pinkelte nachdenklich.

Sie hatten sich gleich aufs Bett gelegt. Sue hatte wie selbstverständlich sein Haar berührt. Ihre Finger leicht über das zerbeulte Gesicht gleiten lassen. Er hatte mit geschlossenen Augen dagelegen. Sich klein gemacht. Still gehalten. Dann ein sanfter Kuss unter das unversehrte Auge. »Schlaf gut, Jonny.« Behaglich geflüstert.

Vorsichtig legte er sich zurück ins Bett. Er wollte sie auf der weichen Matratze nicht zum Schaukeln bringen.

Das Bettgestell quietschte. Noch immer leises Schnarchen. Sanft schob er das Haar aus ihrem Gesicht. An der

Seite ihres Kopfes bemerkte er eine lange Narbe auf der Kopfhaut. Die Haut war knotig und von blassem Violett. Sue zuckte leicht, griff schlafend nach der Decke.

Behutsam deckte er sie zu. Legte sich seitlich, ihr zugewandt, um nicht zu viel Platz einzunehmen.

Draußen die ersten Vögel.

Langsam schob er seine große Hand unter die blonden Locken. Spürte, wie das gekräuselte Haar an der Handinnenfläche kitzelte. So blieb er liegen, bis er wieder eingeschlafen war.

Der Duft von Kaffee weckte ihn Stunden später. Er blinzelte. Sie hatte die Vorhänge aufgezogen. Grinsend hielt sie ihm eine dampfende Kaffeetasse hin.

»Hast du die Kaffeemaschine gesehen? Nimmst du Milch, Zucker?«

Er setzte sich auf. Der Kaffee schmeckte bitter. Billig.

»Perfekt so!« Er lächelte zurück.

»Ich hab noch zwei Stunden Zeit, gehst du mit mir am Strand spazieren?« Sie trug wieder das Kleid vom Vorabend.

Sie verließen das Zimmer über die Veranda. Gingen barfuß, die Kaffeetassen in den Händen. Die Sonne schien jetzt, ein leichter Wind wehte. Er fühlte sich wach und klar.

Kurz streifte ihn ein Gedanke an Peter.

Sue stupste ihn an. »Du bist so still. Morgenmuffel?« Sie lachte.

»Was machst du heute noch? Uni?«

»Nein, Reha.« Sie leerte den restlichen Kaffee in den Sand. Wurde langsamer.

»Wegen was?«

»Ich hatte einen Tumor. Gehirntumor. Vor fünf Jahren. Hatte gerade mit der Uni angefangen.« Sie lächelte. Keine Spur von Schmerz in ihrem Gesicht. »Zig Operationen, Chemo.« Sie griff sich ins Haar. »Kannst du dir mich mit Glatze vorstellen?«

Mit welcher Leichtigkeit sie davon erzählte.

»Die Operationen und so, all das war erfolgreich. Hat aber ganz schön gedauert. Ich war achtzehn damals.«

»Wow.« Sofort ärgerte er sich über seinen oberflächlichen Kommentar.

»An die Jahre zwischen achtzehn und zwanzig kann ich mich kaum erinnern. Ich konnte eine Zeit lang nicht gehen, sprechen, lesen, all das. Irre, oder?« Lächelnd sah sie ihn an, hakte sich unbefangen unter.

Sie gingen schweigend weiter. Es war bewölkt. Die Sonne hatte eine Lücke zwischen zwei Wolken gefunden und schien ihnen ins Gesicht.

Er bemerkte einen Zigarettenstummel im Sand. Hier hatte er gestern noch rauchend gesessen. Hier war ihm klar geworden, wie allein er war.

Ein Mann mit Hund kam ihnen entgegen. Der Golden Retriever rannte direkt auf Sue zu. Sprang mit sandigen Pfoten an ihr hoch. Sie kniete sich hin und streichelte ihm Kopf und Rücken.

Der Mann grüßte. Bestimmt hielt er sie für Vater und Tochter. Tim rechnete nach. Wenn sie vor fünf Jahren mit der Uni begonnen hatte, war sie jetzt dreiundzwanzig. Trotzdem, zu jung.

Sie klopfte sich den Sand vom Kleid, hakte sich wieder unter.

»Na, jedenfalls gehe ich seither zur Reha. Hast du bemerkt, dass ich manchmal stottere?«

»Nein, ist mir nicht aufgefallen.«

Sie lachte. »Schön! Bin auch fast durch mit Reha.«

Sie drehten um. Der Wind jetzt von hinten. Wirbelte ihre Locken auf.

Er dachte darüber nach, was sie gesagt hatte, empfand Respekt vor ihrer Reife. Er fühlte einen Anflug von Scham, dass er sie belogen hatte.

Das Motel kam wieder in Sichtweite.

»Jonny, komm, ich muss gleich los!« Sie griff seine Hand, und gemeinsam rannten sie über den Strand. Schwer atmend erreichten sie das braune Zimmer. Sie setzte sich aufs Bett und zog ihre Sandalen an. Erhob sich wieder.

Unbewegt stand er da. War sich nicht sicher, wohin mit den Händen. Zog die Bettdecke gerade.

»Wenn du magst, komme ich später wieder.« Direkter Blick.

Er musste erleichtert lachen. Hatte mit einem seltsamen Abschied gerechnet. »Ja!« Er fuhr sich durchs Haar. Warum nicht?

»Okay, dann ... bis später!« Die Tür fiel hinter ihr ins Schloss.

Benommen stand er noch immer mitten im Raum. »Sue«, sagte er leise zu sich selbst. Musste über sich lachen. Sie war so jung. Er sah sich im Flurspiegel. Der Dreitagebart war dichter geworden. Überdeckte jetzt die blauen Flecken. Auge und Lippe waren abgeschwollen.

Er musste dringend neue T-Shirts und Shorts kaufen. Vielleicht ein neues Handy. Das würde er nach dem Frühstück machen. Er hatte einen Plan.

Während er unter der Dusche stand, pfiff er »Walk This Way«.

Das Diner war gut gefüllt. Mittagszeit.

Shirley trug konzentriert vier große Teller vor sich her. Pommes und Burger mit knallroten Ketchup-Pfützen.

Ihr Gesicht erhellte sich, als sie ihn sah. »Hallo, Sergeant! Setzen Sie sich an die Theke!«

Lächelnd nickte er ihr zu. Er suchte sich einen Hocker, setzte sich, studierte die Karte. Heute mal keinen Burger. Sie gestikulierte von Weitem, ob er ein Bier wolle. Er winkte ab. Entschied sich für Salat und gegrillten Fisch. Dazu Eistee.

Sie stemmte die Arme in die Hüften, blickte ihn amüsiert an. »Na, wenn's Ihnen heute nicht gut geht, soll mich der Teufel holen! Sie sehen besser aus!«

Er räusperte sich, lachte. »Kann nicht klagen.« Dann ließ er sich von ihr den Weg zur nächsten Shopping Mall beschreiben.

Es blieb bei der kurzen Unterhaltung. Shirley hatte viel zu tun. Als er ging, zahlte er die Rechnung vom Vortag mit und hinterließ ein großzügiges Trinkgeld.

Das Einkaufszentrum war voll. Früher Nachmittag. Mütter mit schreienden Kindern. Schlendernde Paare. Teenager, die Plastiktüten von Billigläden schleppten.

Ratlos ging er von Schaufenster zu Schaufenster. Liz hatte immer seine Kleidung gekauft. Es war schwierig mit den Größen.

Schließlich stand er vor einem Sportgeschäft. Er trat ein. Unschlüssig ließ er die Hände über volle Kleiderständer gleiten. Fand zwei Paar Shorts.

»Sind die für Sie?« Eine Verkäuferin sprach ihn strahlend an. Sie nahm ihm die Shorts ab, schaute auf die Größe. Maß ihn mit einem Blick. »Sie sind doch bestimmt zwei Meter groß? Ich glaube, die sind Ihnen zu kurz. Darf ich …?«

Dankbar folgte er ihr zum Regal. Sie wählte eine andere Größe aus. Hielt sie ihm an und nickte zufrieden. »Sonst noch was?«

Sie erinnerte ihn an Jessy, Peter Heffners Tochter. Braunes, kinnlanges Haar. Füllig. Eifrig.

Er zählte auf, was er sonst noch brauchte. Lange Baumwollhosen, Socken, T-Shirts. Fröhlich marschierte sie voran. Im hinteren Teil des Ladens gab es eine Ecke mit Übergrößen. »Mein Mann ist auch ein Großer.« Sie lachte. »Ich weiß, ihr habt's nicht leicht.«

Er lächelte dankbar. Die Auswahl war ungewohnt groß. Er fand einige Shirts in unauffälligen Farben, eine Baumwollhose und einige Paar Socken. Hatte sich den Einkauf schwieriger vorgestellt.

Als er die Sachen nicht anprobieren wollte, nickte sie verständnisvoll. »Unsere Kabinen sind ziemlich klein. Sie können die Sachen zu Hause anprobieren und zur Not wieder umtauschen.«

Er verließ den Laden mit zwei großen Tüten.

Bei Verizon Wireless kaufte er ein Handy, ohne Vertrag. Hatte keine Lust, viel Zeit mit dem Ausfüllen von Papieren zu verbringen.

Einkäufe erledigt.

Ihm fiel ein, dass er von Sue keine Handynummer hatte. Es war gut möglich, dass er sie nie wiedersehen würde. Vielleicht war sie nur nett gewesen zum Abschied. Was wollte sie mit einem alten Typen wie ihm?

Bei Starbucks holte er sich einen Kaffee und ein Croissant to go. Setzte sich auf eine kleine Bank unter eine Plastikpalme.

Essend betrachtete er die Leute. Die meisten allein, am Telefon. Zwei junge Mädchen am Stand gegenüber schauten sich Modeschmuck an. Sie waren etwa so alt wie Sue.

Eine fette Frau setzte sich neben ihn auf die Bank. Sie sprach laut in ihr Telefon. Keifend, aggressiv.

Genervt erhob er sich irgendwann, lief langsam an den Läden vorbei.

Blieb bei den bunten Ketten stehen und betrachtete die grün-roten Perlenreihen, Plastikperlen, bemaltes Holz, mit und ohne bunte Federn. Er war überfordert. Als er sich zum Gehen wandte, kam die Verkäuferin hinzu.

Braun gebrannt. Eindeutig falsche Brüste, pinker Lippenstift. Sie lächelte künstlich.

»Für Ihre Tochter?«

Sie war aufdringlich.

Er zögerte. »Ja.«

Er entschied sich für eine Kette mit kleinen, bemalten Muscheln. Sie würde gut zu Sues Haar passen. Für den Fall, dass sie zurückkam.

Er sah Liz vor seinem inneren Auge. Amüsiert stand sie da und schüttelte über ihn den Kopf.

Auf dem Weg zum Motel hielt er an einem kleinen Supermarkt.

Enge. Die überfüllten Regale erinnerten ihn an den Cornerstore des Koreaners.

Zu Hause. Er überlegte. Wie lange war er jetzt unterwegs? Drei Tage. Drei Tage braunes Zimmer. Meer. Dann Sue.

Liz wäre schockiert. Und überrascht. Er wünschte, sie hätte ihn tanzen sehen.

Er kaufte zwei Sixpacks Bier, Wasser, Chips, Zigaretten und die New York Times. Beschwingt fuhr er zurück zum Motor Inn.

Schon von Weitem sah er sie vor seiner Tür sitzen. Freude durchfuhr ihn. Sie stand auf, als sie ihn erkannte, ging ihm entgegen, winkte.

Sue trug ausgewaschene Jeans, Sneakers und ein rotes Sweatshirt, auf dem in orangefarbenen Lettern »Survivor« stand. In der Hand hielt sie eine Cola light, das Haar zum losen Pferdeschwanz gebunden.

Er parkte direkt vor der Tür.

»Ich bin schon wieder da!« Sie umarmte ihn zur Begrüßung, strich mit der freien Hand über seinen Rücken. »Ist das okay?«

»Klar.«

Er verstaute das Bier in der Minibar.

Sie blieb im Türrahmen stehen. Er spürte, wie aufgeregt sie war.

»Hast du Lust, Dune Buggies zu fahren?«

Er wusste, was Dune Buggies waren, hatte aber noch nie

in seinem Leben einen bestiegen. Sie waren nicht für seine Größe gemacht.

Erwartungsvoll blickte sie ihn an. »Bei Pismo Beach kann man welche mieten.«

»Okay«. Warum nicht.

Sie klatschte vor Freude in die Hände. »Jetzt gleich?«

Er zog sich im Bad um, riss die Preisschilder von den neuen Kleidungsstücken ab, stopfte die leeren Plastiktüten in den kleinen Mülleimer. Der Raum war eng. Er stieß sich Ellenbogen und Knie erst an der Wand, dann am Toilettenpapierhalter. Schweiß rann ihm die Schläfen hinunter. Als er die lange Hose anzog, verhedderte er sich mit dem Fuß im Hosenbein und strauchelte, ruderte mit den Armen, riss den Zahnputzbecher von der Ablage, der klirrend zu Boden fiel.

»Alles okay? Du kannst dich auch hier draußen umziehen«, rief Sue. Aber er hatte Angst, sie zu wollen. Einen Ständer zu kriegen. Als er mit rotem Kopf heraustrat, saß sie mit geschlossenen Augen auf dem Bett. »Ich guck auch nicht.«

Er wechselte das T-Shirt. »Fertig.«

»Siehst gut aus. Let's go!« Sie strahlte und steckte ihn mit ihrer Energie an.

Sie suchte im Autoradio nach guter Musik. Bob Dylan. »It Ain't Me Babe.« Laut sangen sie mit.

»Ich hab Dylan live gesehen. Meine Frau und ich …« Abrupt verstummte er. Starrte auf die Straße.

»Du trägst keinen Ring.«

»Wir lassen uns gerade scheiden.« Scheiße.

Wieder drehte sie an den Sendern herum. Den Song kannte er nicht.

Sie hatte die Schuhe ausgezogen und ihre nackten Füße gegen das Handschuhfach gestemmt. Knallrote Fußnägel.

Leise summte sie. Die Zehen wippten mit.

Eine Weile sprachen sie nicht. Es waren zwei Stunden bis Pismo Beach.

Seine Gedanken drifteten wieder zu Peter. Woran mochte er gestorben sein? Krebs? Starb nicht fast jeder an einer Art Krebs?

Vielleicht ein Herzinfarkt. Peter hatte immer sehr gesund auf ihn gewirkt. Er konnte sich nicht daran erinnern, dass er je ernsthaft krank gewesen wäre.

Vorsichtig blickte er irgendwann zur Seite. Sue war eingeschlafen.

Er drehte das Radio leise. Würde Liz die Scheidung einreichen? Oder war die Trennung vielleicht nur auf Zeit?

Dass sie ihre Telefonnummer geändert hatte, war kein gutes Zeichen. Dass es so still war, war kein gutes Zeichen. Er spürte, dass es ihr ernst war.

Aber sie mussten reden. So etwas musste man besprechen. Nach neunundzwanzig Ehejahren ging man nicht einfach wortlos.

Er musste auch mit Derek sprechen. Morgen würde er nach L.A. zurückfahren. Vielleicht übermorgen.

Er musste sich um Dinge kümmern, statt Dune Buggies zu fahren.

Er könnte Sue sagen, dass er schon etwas vorhatte.

Nein, fuck it. Das konnte er alles später entscheiden.

Die Wahrheit war, dass er sich zum ersten Mal seit langer Zeit wieder leicht fühlte. Es war ein bisschen Licht ins Dunkel gekommen. Er wollte es noch ein wenig festhalten.

Er nahm eine Ausfahrt mit Toilettenschild. Ein kleiner Parkplatz mit Dixieklo. Außer ihnen war niemand da.

Als er zurückkam, stand Sue neben dem Auto und reckte sich.

Hatte das Sweatshirt ausgezogen. Sie trug nur ein schwarzes Hemdchen. Es war warm geworden.

Er ging lächelnd auf sie zu. »Noch eine halbe Stunde bis Pismo.«

Da war etwas in ihrem Blick. Etwas Neues. Etwas, das er noch nicht gesehen hatte. Unvermittelt zog sie ihn an sich. Drehte sich um die eigene Achse.

Er stand jetzt mit dem Rücken zum Wagen. Sie stellte sich auf die Zehenspitzen, umfasste seinen Nacken und zog sein Gesicht sanft zu sich heran. Presste sich an ihn. Ihr Kuss durchfuhr ihn wie ein Blitz. Er hatte Sanftheit erwartet. Unschuld. Aber der Kuss war fordernd, ihre Zunge erfahren, unnachgiebig suchte sie seine. Die Lippen ließen seinen Mund nicht los. Sie roch gut. Er atmete heftig durch die Nase. Spürte ihre Brüste. Sie drängte ihr Knie zwischen seine Beine.

Ihm wurde heiß. Er vergaß all seine Vorsätze. Heftig griff er ihr ins Haar. Fasste ihren Po. Dirigierte ihre Hüften. Sie ließ sich führen, rieb ihren Unterleib an seinem harten Schwanz. Küsste seinen Hals, saugte an seiner Haut. Er hörte sie nah an seinem Ohr keuchen.

Da hielt ein Wagen, ganz in ihrer Nähe. Ein alter roter Volvo.

Sofort löste er sich von ihr, musste sie sanft zurückhalten. »Warte.« Er wischte sich den Mund ab, bemühte sich, seinen Atem unter Kontrolle zu bekommen.

Ein mexikanisches Paar. Zwei Kinder. Während der Mann eine Kühltasche aus dem Kofferraum hievte, wiegte die Frau ein schreiendes Baby. Ein kleiner Junge war vom Rücksitz geklettert und starrte zu ihnen herüber.

Sue winkte ihm zu. Der Kleine quietschte vor Freude und winkte zurück. Tim setzte sich wieder hinters Steuer.

»Komm!«

Er ließ den Wagen an, und Sue setzte sich auf den Beifahrersitz. Sie schauten schweigend auf die Straße, die vor ihnen lag. Nach einigen Meilen entspannte er sich wieder.

Der Himmel hatte sich bewölkt.

Er spürte, wie sie ihn von der Seite ansah. »Wie ist das? Ein Cop zu sein?«

»Was meinst du?«

»Ist es … wie im Fernsehen?« Sie lachte leise.

»Ein bisschen, ja.« Wie lange wollte er diese Lüge noch mit ihr weitertreiben? »Man arbeitet viel, kommt spät nach Hause. Manchmal wird es auch gefährlich.«

Sie setzte sich auf. »Ja?«

»Na, wenn die Typen besoffen oder auf Drogen sind zum Beispiel.«

»Sind deine Wunden … hat das was mit deiner Arbeit zu tun?«

»Mein Kollege und ich haben versucht, eine Prügelei zu schlichten. Ja.«

»Und?«

»Die Typen waren besoffen und in der Überzahl. Wir wollten nicht gleich die Waffe ziehen.« Sein Blick blieb auf die Straße geheftet. Aber er konnte ihre Neugier spüren. »Irgendwann war dann Schluss mit lustig. Wir haben ihnen eine Abreibung verpasst und sie mit aufs Revier genommen.«

»Wo?«

Es wurde kompliziert.

»Na, in L.A.«

»Wohnst du in L.A.?«

»Ja.«

Stille.

»Warum wohnst du im Motel gerade?« Sie zögerte. »Wegen deines toten Freundes?«

Er zuckte mit den Schultern. »Wollte ein bisschen allein sein. Keine Ahnung.«

»Na, da bist du ja sehr erfolgreich.«

Erst nach einem Moment begriff er, was sie meinte. »Nein, nein. Ich hab dich gerne um mich. Wenn ich jetzt allein sein wollte, wäre ich's.« Kurzer Seitenblick.

Sie lächelte still.

Er seufzte. Zeit für ein bisschen Wahrheit:

»Ist gerade viel los. Meine Frau ist weg, mir ist die Decke auf den Kopf gefallen.«

Sie berührte seinen Arm. »Ist okay. Du musst nicht …«

Regentropfen klatschten gegen die Windschutzscheibe. Zunächst vereinzelt, dann immer heftiger.

Als sie vor dem »Dune Buggies Pismo«-Schild parkten, regnete es so heftig, dass sie im Wagen sitzen blieben. Laut prasselten die Tropfen aufs Autodach. Vor ihnen eine graue Wand aus Wasser, hinter der das Meer nicht mehr zu sehen war. Er fühlte sich müde, zuckte mit den Schultern. »Das wird wohl heute nichts.«

Sie lachte. »Ich liebe Regen! Wie selten es in Kalifornien regnet!«

Unvermittelt stieg sie aus. Wurde sofort verschluckt von Millionen von Tropfen. Er sah, wie ihr Hemdchen dunkel am Körper klebte. Nass bis auf die Haut sprang sie jauchzend auf und ab. Schüttelte die nassen Locken. Warf den Kopf in den Nacken.

Er betrachtete das Mädchen, das vor seinem Auto im Regen tanzte. Ihr Jauchzen wurde vom donnernden Regen übertönt. Was habe ich mit diesem Mädchen zu tun? Ich bin alt. Alt und am Ende. Das da draußen geht mich nichts mehr an.

Dann schnallte er sich ab und stieg aus. Sofort spürte er die kühlen Tropfen auf der Haut. Wasser strömte ihm das Gesicht und den Nacken hinunter. Es war warm. Ein leichter Wind ging. Es fühlte sich erfrischend an.

Er breitete die Arme aus und schloss die Augen. Konnte sich nicht daran erinnern, wann er zum letzten Mal Regen auf der Haut gespürt hatte.

Ihre nasse Hand griff seine. »Jonny, komm!«

Johlend rannten sie zum Strand. Der Regen wurde noch heftiger. Wie zarte Stecknadelstiche auf der Haut.

Das Geräusch der Brandung wurde vom Regen und dem heraufziehenden Donner übertönt.

Die Baumwollhose klebte an seinen Oberschenkeln. In großen Kreisen lief er über den Strand. Selbstverloren. Beide Arme weit von sich gestreckt, genoss er die Elemente. Seine Schritte wurden schneller. Bald rannte er orientierungslos über den harten Sand. Ab und zu tauchte Sues Gesicht aus dem Regen auf. Ihr Lachen, Wellenrauschen, Wind und Donner mischten sich zu einer berauschenden Kakofonie.

Keuchend blieb er irgendwann stehen. Hielt Sue am Arm fest. »Und was jetzt?«, fragte er sie atemlos, triefend.

»Jetzt sind wir nass!« Lachend küsste sie ihn auf das Kinn.

Er fand ein Handtuch auf dem Rücksitz, das nach dem Golfen dort liegen geblieben war. Sie rubbelte sein Haar, rieb sich ihr Gesicht trocken.

»Ich weiß, wo wir eine heiße Schokolade bekommen können. Hast du Lust?«

Die Scheiben waren beschlagen. Es donnerte heftig. Irgendwo hinter der grauen Wand zuckten Blitze.

»Klar.«

Er wendete den Wagen. Sie zeigte nach rechts. »Da lang.«

Fünf Minuten später nahmen sie die Abfahrt Price Canyon Road. Eine Weile fuhren sie landeinwärts. Blitz und Donner ließen die Landschaft unwirklich und fremd erscheinen. Wohin führte sie ihn?

Irgendwann wies sie auf eine Abzweigung. Einige kleine Häuser tauchten vor ihnen auf. Verwitterte Fronten, ungepflegte Vorgärten, in grauen Regen getaucht.

Tim fuhr langsamer. Fühlte sich unvermittelt an seine Kindheit erinnert.

»Wir sind da!« Strahlend zeigte sie auf ein kleines grünes Haus mit Schaukelstuhl auf der Veranda.

Kaum hatte er in der Einfahrt geparkt, sprang sie aus dem Auto.

Er fuhr sich durchs Haar, wollte lieber im Auto sitzen bleiben.

Aber Sue wartete ungeduldig unter dem tropfenden Vordach auf ihn. Winkte. Als er bei ihr war, fühlte er sich fremd.

»Wer wohnt hier?«

Sie klingelte dreimal.

»Meine Oma.«

6

Tim stand hinter Sue. Dicke Tropfen klatschten vom Vordach in seinen Nacken. Wie schon am Strand rann Wasser seinen Rücken hinunter. Unangenehm diesmal.

Der verdammte Regen!

Er hätte Sue beim Dune Buggy fahren zugesehen, und danach hätten sie ein Eis gegessen. Dann hätte er ihr gesagt, dass er einen Anruf vom Revier bekommen hätte und nicht bleiben könne.

Langsam öffnete sich die Tür. Ein kleines, faltiges Gesicht schob sich in den Türspalt.

»Granny! Überraschung!« Sues Locken wippten, sie lachte über das ganze Gesicht.

Eine kleine, bucklige Frau erschien im Türrahmen. »Du bist ja ganz nass, Schätzchen!« Ihr Lachen klang zart und kraftlos. Das ondulierte Haar zitterte. Sie hielt sich mit einer Hand am Türrahmen fest.

Tim stand unschlüssig da. Er spürte ein Ziehen in den Schläfen. Kopfschmerz. Seine linke Hand suchte den Handballen der rechten. Drückte zu. Das half manchmal.

Sue zog ihn am Arm zu sich.

»Granny, das ist ein Freund von mir. Jonny, das ist meine Granny.« Mit zusammengekniffenen Augen sah die alte Frau zu ihm auf.

Artig schüttelte er ihre Hand. Bemüht, nicht zu fest zuzudrücken.

»Na, ihr habt ja ein Wetter mitgebracht. Kommt rein.«

Sie trug Filzpantoffeln, Seidenbluse und Wollrock, darunter dicke Strümpfe.

Sie traten in einen schmalen, dunklen Flur. Tims Schulter streifte einige Jacken, die an einem Kleiderhaken hingen.

Es roch nach Hundefutter. »Hol deinem Freund hier mal ein trockenes Hemd. Im Schrank sind noch ein paar von Granddad.«

Tim spürte Sues Hand.

»Ist das okay?«, fragte sie.

»Alles okay!« Er bemühte sich um ein Lächeln.

Ein fetter Dackel trottete ihnen entgegen. Statt zu bellen, gab er hustende Laute von sich.

»Hallo Esther!« Sue streichelte das graue Fell des Hundes.

»Esther ist schon zwölf Jahre alt!«

»Fast dreizehn ...«, sagte Granny, ohne sich umzudrehen. Sue verschwand in einem Zimmer. Eine Tür knarrte.

Tim presste wieder den Handballen seiner Rechten. Die feuchte Hose begann, an seinen Beinen zu jucken.

Granny war ins Wohnzimmer gegangen. Der Dackel Esther beobachtete ihn. Unschlüssig blieb er im Flur stehen. Schaute sich um. Das Haus war klein. Dunkel. Überall hingen düstere Ölgemälde, die europäische Berglandschaften zeigten. Vielleicht Österreich oder die Schweiz.

Schließlich kam Sue mit einem rot karierten Flanellhemd zurück. Sie hatte sich das trockene »Survivor«-Sweatshirt übergezogen.

»Bad ist dahinten!« Munter stieß sie ihn in die Seite.

Im Türrahmen musste er den Kopf einziehen.

Das Bad war apricotfarben gekachelt. Eine Toilettenrolle steckte in einem gehäkelten Etwas. Kleine verzierte Handtücher. Zum Glück ein frisches Stück Seife.

Er sah sich im Spiegel an. Das Hemd roch nach alten Socken. Er ging davon aus, dass es Granddad nicht mehr gab. Das Hemd war zu kurz, die Ärmel endeten knapp unter dem Ellenbogen. Wenn er sich gerade hinstellte, war ein Streifen seines behaarten Bauchs zu sehen.

Absurd.

Er stand in einem gelborangenen Badezimmer im verregneten Nirgendwo. Trug das zu kleine Flanellhemd des verstorbenen Großvaters eines Mädchens, das er kaum kannte. Ein Mädchen, das sechsundzwanzig Jahre jünger war als er. Das in seinem Bett geschlafen hatte und mit dessen Oma er bald Kakao trinken würde. Während seine Frau mit einem anderen Mann zusammen war, an einem Ort, den er nicht kannte.

Fuck!

Das hatte er sich alles selbst eingebrockt.

Nachdenklich wusch er sich die Hände. Dann ging er zurück ins Wohnzimmer. Sein ganzer Kopf schmerzte jetzt.

Er bemerkte, dass die mit altmodischer Spitze verzierten Gardinen zugezogen waren. Es roch unangenehm scharf. Die Luft stand. Man konnte den Regen aufs Dach prasseln hören.

Wie selbstverständlich öffnete Sue ein Fenster. »Granny, wann hat Alice denn zuletzt hier gelüftet?«

Granny setzte sich ächzend in einen abgewetzten, moosgrünen Fernsehsessel. Esther legte sich sofort zu ihren Füßen. »Alice' Bruder ist gestorben. Sie war seit zwei Tagen nicht hier.«

»Da musst du mich doch anrufen!« Sue klang vorwurfsvoll. Sie winkte ihm, sich neben sie auf die Couch zu setzen. Er stieß mit den Knien an den Couchtisch.

Granny setzte sich eine Brille auf. Aufmerksam betrachtete sie Tim. »Jonny ... und wie weiter?«

Einen kurzen Moment musste er überlegen. »McClane.«

Erstaunt hob sie die dünnen, schwarz nachgezogenen Brauen. »McClane?« Sie dachte nach.

Tim spürte die Tischkante unangenehm am Knie.

»Sind Sie Ire? Woher kommt McClane?«

Er räusperte sich. »Mein Großvater, ja.« Er spürte, wie er zu schwitzen begann.

Sue holte eine abgegriffene Spielebox unter dem Couchtisch hervor. »Granny, lass uns eine Runde Scrabble spielen!«

Er schob den Tisch einige Zentimeter von sich.

Die alte Frau lachte. »Sie haben ganz schön lange Beine für einen Iren! Die sind doch alle so klein!« Amüsiert zupfte sie an der Schluppe ihrer cremefarbenen Seidenbluse.

Nervös lachte er mit. Spürte ein Kitzeln am Bein. Esther hatte sich angeschlichen. Der Hund schnupperte an seiner Hose. Sanft streichelte er den grauen Dackelkopf. Vielleicht würde er sich auch einen Hund kaufen.

Wieder stieß er mit den Knien an. Wünschte, er säße im Auto nach L.A. Im Regen. Allein. Musik aus dem Radio. Er musste das hier rasch beenden.

Sue begann ein Gespräch über Alice' Bruder. »Alice ist Grannys Haushälterin«, erklärte sie.

Er nickte und ließ den Blick über die altmodischen Eichenmöbel gleiten. Ein schweres Bücherregal. Kleine Porzellanfiguren, Tolstois »Krieg und Frieden«, einige deutsche Titel. Er hatte richtiggelegen. Granny hatte deutschsprachige Wurzeln. Die Gemälde vielleicht aus der Heimat. Dann bemerkte er eine kleine, getrocknete Wurst unter dem zierlichen Biedermeier-Beistelltischchen. Ein brauner, getrockneter Hundehaufen.

Er verspürte Ekel. Ekel und Trauer. Das Alter, die Einsamkeit, der stinkende dunkle Raum. Sah so seine Zukunft aus? Würde der Sohn vorbeikommen, um die Fenster zu öffnen und Scrabble mit ihm zu spielen? Würde er der lästige Wochenendbesuch sein, zu dem sich Derek verpflichtet fühlte?

Der Gedanke rutschte ihm in den Hals und schnürte ihm für einen Moment die Kehle zu. »Könnte ich vielleicht ein Glas Wasser haben?« Er klang heiser.

Sue sprang sofort auf. »Klar! Ich mach uns auch eine heiße Schokolade, ja?«

Bevor er protestieren konnte, verließ sie den Raum.

Kaum war sie in der Küche, spürte er wieder Grannys Blicke auf sich.

»Woher kennen Sie Sue?«

Er hustete wieder. »Wir haben uns bei einem Konzert kennengelernt.«

Pause.

Langsam nickte sie.

Er rieb die Handflächen aneinander, wartete. War auf der Hut. Es würden mehr Fragen kommen.

»Wie alt sind Sie, Jonny?«

Für einen Moment war er versucht zu lügen. »Neunundvierzig.«

Fuck it!

Wieder das Nicken. Oder zitterte einfach nur ihr Kopf?

Sie betrachtete seine Hände. »Geschieden?«

»Getrennt, ja.«

Sie reckte das Kinn. Die Augenbrauen hochgezogen. »Ist das dasselbe?«

Er zögerte, schaffte es nicht, ihrem Blick auszuweichen. »Nein, Ma'am, das ist nicht dasselbe.«

Umständlich öffnete sie das verzierte Kästchen, das auf dem Biedermeiertischchen stand. Marlboros.

»Möchten Sie?«

Er zögerte. War das ein Test? Er hatte in den letzten zehn Jahren niemanden getroffen, der in seinem eigenen Wohnzimmer rauchte.

Sie lachte. »Nehmen Sie ruhig. Und bringen Sie mir doch den Aschenbecher da drüben.«

Er holte den schweren gläsernen Aschenbecher, stellte ihn vor ihr hin und zündete sich und ihr eine Zigarette an.

»Wenn man alt ist, macht man Dinge, die sich für die

Jüngeren nicht gehören, wissen Sie?« Sie wirkte jetzt aufgeräumt.

Die Zigarette tat gut, und der Rauch überdeckte für einen Moment den Geruch der getrockneten Hundescheiße. Er entspannte sich.

»Was machen Sie beruflich?«

Das Verhör war noch nicht zu Ende. Er massierte sich den Nacken. Ein Aspirin wäre gut.

»Cop. LAPD.«

»Ach. Sie sind bei der Polizei? Was ist Ihr Dienstgrad?«

Wieder kroch ihm der Schweiß aus den Schläfen. »Sergeant.«

»Dann kennen Sie bestimmt Major DeKalb? Emerson DeKalb?«

»Ich bin mir nicht sicher … Wir haben natürlich einige Majors in L.A.«

»Aber DeKalb müssen Sie kennen. Er war eine wichtige Figur während der Aufstände damals. Da waren Sie bestimmt schon im Dienst?«

»Ich bin erst 1995 nach L.A. versetzt worden.« Warum hatte er sich auf diesen Scheiß eingelassen? Er spürte Schweißflecken unter den Achseln.

»Mein Mann war mit Emerson befreundet. Emerson und seine Frau hatten ein Wochenendhaus in Santa Barbara. Er hat mit meinem Mann Golf gespielt.«

»Vorsicht, heiß!« Sue kam mit einem Tablett herein. Drei dampfende Tassen, milchige Wassergläser und ein Tellerchen mit Keksen.

Der Dackel sprang am Couchtisch hoch. Winselte, reckte den kurzen Hals. Granny warf ihm einen Keks hin. »Das Betteln gewöhn ich ihr jetzt auch nicht mehr ab.«

Tim nahm ein Stück Gebäck. Wer isst, muss nicht sprechen.

Es schmeckte widerlich. Pappig und zu süß. Er spülte den Brei mit einem großen Schluck Kakao hinunter.

Sue packte das Scrabblespiel aus und mischte die Buchstabensteinchen. Sie rückten den Couchtisch näher an Granny heran, jeder zog sieben Steinchen. Tim erinnerte sich nicht mehr an die Regeln. Scrabble war doch so ähnlich wie Kreuzworträtsel? Liz hatte manchmal mit Doreen gespielt, während er mit Peter auf der Terrasse Zigarren rauchte.

Bald füllte sich das Brett mit den hellen Spielsteinchen. Granny schien bester Laune. Sie komplettierte POLIZEI und zwinkerte ihm zu.

Sues Lachen klang überrascht. »Habt ihr über Jonnys Job geredet?«

Granny schaute konzentriert auf das Brett. Trotz der überdimensionalen Brille musste sie sich vorbeugen, um die Buchstaben zu erkennen. »Ja.« Langsam legte sie RUM.

Zufrieden notierte sie die Punkte. »Und über seine Frau …«

Erstaunt blickte Sue ihn an. Er verzog das Gesicht. Versuchte, sich auf seine Buchstaben zu konzentrieren.

Es war höchste Zeit zu gehen. Absurd, dachte er wieder. Er verspürte Sehnsucht. Nach dem leeren Haus in Atwater. Dem leeren Pool und seinem großen Bett. Er musste bald fahren. Vielleicht fiel ihm noch eine Ausrede ein.

Dann legte er das Wort GENUG.

Sue starrte auf das Brett. Sah kurz fragend zu ihm auf. Sie legte zwei Steine, W und A, neben das Wort RUM.

Warum.

Eine Weile sprach keiner. Nur das gierige Hecheln von Esther war zu hören. Granny warf ihr noch einen Keks hin.

Sie gähnte wiederholt.

Er hoffte, dass das Kaffeekränzchen bald vorbei sein würde. Von Weitem war leiser Donner zu hören. Und noch immer das unaufhörliche Prasseln auf dem Dach.

Stumm saß er da. Spürte immer noch die Regentropfen

auf dem Gesicht. Die feinen Nadelstiche. Seine Baumwollhose war feucht.

»Granny, das ist doch kein Wort!« Sues Lachen riss ihn aus seinen Gedanken. »Das ist ein Name!«

»Willis?«

Er zuckte zusammen.

»BRUCE Willis.« Granny lächelte.

Erneut brach ihm der Schweiß aus. Ohne aufzusehen, entschuldigte er sich und verließ das Wohnzimmer.

Das kalte Wasser tat gut. Er hielt das kleine, harte Handtuch lange ans Gesicht gepresst. Setzte sich auf den Klodeckel, versuchte, ruhig zu atmen.

Fuck.

Würde Liz wirklich die Scheidung einreichen? Er hätte mit ihr sprechen sollen. Müssen. Wahrscheinlich hatte er zu lange gewartet. Sie war ihm schon entglitten. Panik ergriff ihn.

Die Übelkeit kam überraschend. Schwindel. Er kniff die Augen zusammen und schaffte es gerade noch, den Klodeckel zu heben. Übergab sich. Hustete. Rang nach Luft.

Er wartete auf ein Geräusch, darauf, dass es donnern würde, und konzentrierte sich auf das Rauschen des Regens. Vorsichtig öffnete er das kleine Fenster über der Toilette und streckte den Kopf hinaus. Er spürte Nässe auf dem Gesicht, kühlen Wind. Dann schloss er die Augen und atmete ruhiger.

An der Tür klopfte es vorsichtig. Leise trat Sue ein.

»Alles okay?«

Er spürte ihre Hand sanft auf seinem Rücken. Riss sich zusammen.

»Ja. Ich habe wohl was Falsches gegessen.«

Sie nahm seine Hand. »Granny hat sich hingelegt. Komm.«

Matt ließ er sich aus dem apricotfarbenen Bad führen.

»Du bist blass.« Sie flüsterte. Strich ihm über das Kinn. »Hier lang.«

Sie zog ihn in ein kleines Zimmer am Ende des Flurs. Ein Bett. Ein Schrank. Kahle Wände. Es war angenehm kühl.

Sie legte die üppigen Samtkissen beiseite, strich die Bettdecke glatt. »Leg dich hin.«

Sein Kopf war schwer. Er fühlte bleierne Müdigkeit. Sie zog ihm die Schuhe aus.

Es tat gut zu liegen. Wieder schloss er die Augen. Vielleicht würde er sich einen Moment ausruhen.

»Als ich klein war, war das hier mein Zimmer.« Ihre Stimme drang von weit her zu ihm.

Er spürte ihren warmen Atem auf seinem Hals. Orientierungslos blinzelte er. Der muffige Geruch brachte die Erinnerung zurück.

Das kleine Zimmer war dunkel. Der Regen hatte endlich aufgehört. Neben dem Bett brannte ein altmodisches Nachttischlämpchen.

Sie lag eng an ihn gekuschelt. Er spürte Haut, als seine Hand ihren Rücken berührte. Sanft küsste sie seinen Hals. Ihr Haar kitzelte wieder auf seiner Haut. Er öffnete die Augen. Sie war nackt. Rieb ihr Bein an seinem. In ihren Augen wieder das Flackern. Schwer atmend drängte sie sich an ihn, begann sein Flanellhemd aufzuknöpfen. Er versuchte zu protestieren, hielt ihr Handgelenk fest. Unentschlossen.

»Granny schläft noch …« Sie flüsterte, schob ihre Hand unter das Hemd. Die andere Hand griff ihm ins Haar. Kraftvoller als erwartet. Ihr Kuss war fordernd. Das Bett quietschte, als sie sich auf ihn setzte. Gelb schimmerte das Licht der kleinen Lampe auf ihrer Haut.

Ihr Körper wunderschön, jung. Er berührte ihren Bauch,

die unverbrauchten Brüste. Bei jeder Berührung bog sie sich stöhnend. Ließ die Hüften kreisen. Rieb sich an seinem Schwanz. Er kämpfte gegen das Verlangen, mit ihr zu schlafen.

Wie spät war es? Er musste zurück nach L.A. Mit Liz sprechen. Den Sohn anrufen. Wieder ihre Zunge. Gierig küsste er sie zurück.

Fuck it!

Er gab auf. Nach all der Scheiße hatte er es verdient, sich gut zu fühlen. Nur ein bisschen.

Er ließ sie gewähren. Hastig zog sie ihm das Hemd aus, öffnete den Reißverschluss seiner Hose. Er umschlang ihre Taille, hob sie ohne Anstrengung hoch. Schwang die Beine aus dem Bett. Die Hose fiel zu Boden, als er aufstand. Ihre Beine um seine Hüften geschlungen, trug er sie zur Kommode. Streifte im Gehen die Boxershorts ab, spürte die harten Brustwarzen auf seiner Haut. Und drang in sie ein.

Die Kommode zitterte bei jedem Stoß. Er schloss die Augen, um nicht gleich zu kommen.

Ihr Stöhnen wurde lauter. »Ooh, fuck me, Daddy!«

Er bemühte sich, nicht zu hart mit ihr umzugehen. Der Kerzenständer fiel zu Boden. Ihre Finger krallten sich in seinen Nacken. Schweiß rann ihr den Hals hinunter.

»Oh yeah, FUCK ME, DADDY!«

Er hielt inne. Irritiert.

Sie griff seinen Hintern, zog ihn mit aller Kraft an sich. Zwang ihn, weiterzumachen. Er versuchte, sich auf ihre Brüste zu konzentrieren. Wieder die Kommode. Eine Schublade hatte sich geöffnet. Er griff Sue und trug sie zurück zum Bett. Ihre Beine hielten ihn fest umschlungen. »Mach weiter!« Sie keuchte. Zog sein Gesicht zu sich hinunter.

»Sue, Darling?« Grannys Stimme aus dem Wohnzimmer. Dann langsame Schritte vor der Tür.

»Shit …« Sie stieß ihn von sich. »Bleib hier …«, flüsterte sie.

»Bist du im Gästezimmer, Schätzchen?«

»Moment, ich komme!« Eilig zog sie Jeans und Sweat-Shirt über. Lief zur Tür.

Schwer atmend ließ er sich in das weiche Kissen zurücksinken. Sein Ständer war längst weg. Fuck me, Daddy?

Sein T-Shirt hing noch zum Trocknen im Bad. Also zog er sich noch einmal das Flanellhemd über. Er fuhr sich durchs Haar, bevor er ins Wohnzimmer trat.

Granny und Sue saßen auf der Couch. Sie rauchten.

»Ah, er ist aufgewacht.« Granny nickte ihm lächelnd zu.

Unbeholfen stand er im Türrahmen. Sein Entschluss, das Haus zu verlassen, stand fest.

»Mein T-Shirt müsste jetzt trocken sein.«

Eilig zog er sich im Bad um.

Sues Locken tauchten im Türspalt auf. »Alles okay?«

Er nickte, ohne sie anzusehen. »Ich muss los.« Er zögerte. »Kommst du mit?«

»Nein, ich bleibe hier. Mein Dad holt mich bestimmt später ab.«

Er sah sie an. Versuchte, sich ihr Gesicht einzuprägen.

Ihr Lächeln verschwand. »Wir sehen uns nicht wieder, oder?«

»Nein.« Er strich ihr über den Kopf. »Ich muss zurück. Nach Hause.«

Der Abendhimmel war klar. Die Luft erfrischend. Er ließ das Fenster herunter und machte das Radio an. Vielleicht war es nicht zu spät. Liz' Lover war vielleicht nur eine Affäre. Ein Sprungbrett.

Aber wollte er Liz zurückhaben? Sie waren sich fremd geworden.

Worum sollte er kämpfen? Er konnte sich nicht vorstellen, wie es wäre, wenn sie plötzlich wieder nach Hause käme.

Er war sich unsicher. Es war zu viel passiert.

Gegen Mitternacht stellte er den Wagen vor dem Motel ab. Nahm den Zimmerschlüssel aus dem Handschuhfach.

Das braune Zimmer empfing ihn.

Das harte, schmale Bett mit braunem Überwurf.

Er vermisste sein großes Bett. Und sein Haus. Ihr Haus. 1982 waren sie darin eingezogen. Das ganze Wochenende hatte der Umzug gedauert. Sie hatten Regale zusammengeschraubt, Gläser und Vasen aus Zeitungspapier gewickelt, Liz hatte die wenigen Möbel arrangiert.

Sie steckten ihr Erspartes in den Hauskauf und nahmen einen Kredit auf. Geld für Mobiliar war nicht geblieben. Am ersten Abend stießen sie mit billigem Sekt an. Auf ihr eigenes Haus. Ein feierlicher, erwachsener Moment.

Die erste Nacht verbrachten sie auf einer Matratze auf dem Boden. Er hatte den letzten leeren Karton in die Ecke gekickt. Streckte sich. Jetzt ein kühles Bier im Garten!

Wo steckte Liz? Er sah im Wohnzimmer nach ihr. Beige. Sein erstes richtiges Wohnzimmer. Er strich mit der flachen Hand über den Esstisch. Kirsche. Sie hatte die Essecke geschmackvoll arrangiert. Zierliche Stühle.

Kleine Spitzendecke und eine schlanke Vase für eine Blume. Liz war der Meinung, zum Haus gehöre auch eine Essecke. Er überließ ihr den Kauf dieser Möbel. Später stellte er fest, dass Tisch und Stühle für seine Größe zu klein waren.

Das Sofa brachte Liz aus ihrer alten Wohnung mit. Mintgrün mit kratzigem Bezug. Auch zu klein und schmal für ihn.

Er hörte die Badezimmertür quietschen. Langsam trat Liz in den dunklen Flur. Seine Hand suchte den Lichtschalter. Er sah ihr blasses Gesicht. Etwas stimmte nicht. Erst, als er sanft ihre Wange berührte, erwachte sie aus ihren Gedanken und umschlang seinen Hals. Küsste überschwänglich sein Gesicht.

Dann sagte sie: »Ich bin schwanger!«

Ungläubig starrte er sie an. Dann empfand er eine Freude, wie er sie noch nie gefühlt hatte.

Er würde seine eigene Familie haben!

Vorsichtig berührte er Liz' flachen Bauch. Versuchte ihn sich groß und rund vorzustellen. Küsste ihren Mund, ihr erhitztes Gesicht.

Er holte zwei Flaschen Bier aus dem Kühlschrank, und sie setzen sich im Garten ins Gras.

In ein paar Jahren würden sie vielleicht einen Pool einbauen. Das Kind mit Schwimmflügeln. Blumen pflanzen.

Das Gras war nicht gestutzt. Unkraut trieb kleine Blüten.

Er brachte eine Decke, zündete zwei Zigaretten an. Gedankenverloren bliesen sie den Rauch in die laue Nacht. Tranken das Bier. Ein perfekter Abend.

Nach dem Hauskauf sprachen sie darüber, im neuen Haus nicht mehr zu rauchen. Gemeinsam aufzuhören. An diesem Abend taten sie es. Zu zweit würden sie das schaffen.

Da war er sich damals sicher gewesen.

Einen Moment lang stand er vor dem schmalen Bett und überlegte, ob er sich hinlegen sollte. Rieb sich das Gesicht, atmete laut aus. Viele Gedanken waren auf der Fahrt in seinem Kopf umhergewirbelt. Jetzt hatte er das Gefühl, keine Minute länger bleiben zu können.

Er klaubte T-Shirts und Shorts zusammen, packte die Zahnbürste in die Sporttasche. Vom Strand her drang leises Wellenrauschen ins Zimmer. Fast hätte er sein Sixpack in der Minibar vergessen.

Auf dem Nachttisch lag die kleine Schachtel. Die Muschelkette für Sue. Er ließ sie liegen und zog die Tür hinter sich zu. Als er den Kofferraum des Wagens schloss, bemerkte er die Rezeptionistin in seinem Rücken.

»Sie verlassen uns so spät?«

Er lachte. »Ja, ich muss zurück.« Das fühlte sich gut an.

Er schloss den Kofferraumdeckel und stieg ohne Hast ein.

»Na, dann gute Fahrt, Mister –?«

»McClane!«

Er winkte ihr zu und nahm die Abzweigung auf den Highway 1 in südliche Richtung.

7

Geräuschlos rollte der Wagen über den Highway dahin. Irgendwann hatte er das Radio ausgestellt. Die Stille half ihm, seine Gedanken zu ordnen.

Liz.

Liz und Peter.

Der Bildschirmschoner mit ihrem Gesicht. Er musste mit ihr sprechen. Die Dinge zusammenfügen und begreifen. Warum das so wichtig war, wusste er nicht. Peter war tot, Liz mit einem anderen weg. Trotzdem fühlte sich ihr Betrug seltsam frisch an. Er hätte Liz so etwas niemals zugetraut. Das war das Ungeheuerlichste.

Er musste Derek anrufen, um herauszufinden, wie er sie erreichen konnte. Er würde sich seiner Missbilligung aussetzen müssen. Wahrscheinlich war er auf Liz' Seite.

Die beiden waren einander immer näher gewesen, vertrauter. Er war Gast im eigenen Haus und hatte jahrelang nur Golf mit ihm gespielt.

Derek wusste viele Dinge, da war er sich sicher. Aber er hatte ihm nie etwas gesagt.

Tim war seinem Sohn kein guter Vater gewesen. Selten zu Hause. Kein guter Ratgeber, nicht wirklich ein Vorbild. Als Derek ein Teenager gewesen war, hatte er nichts mit dem unausgeglichenen, launigen Jungen anfangen können. Erst später wieder, als es um College-Entscheidungen ging, hatte er sich eingeschaltet. Bemüht, dem Sohn zuzuhören. Sie hatten sich arrangiert.

In den letzten Jahren war das Verhältnis ein sehr erwachsenes. Man traf sich regelmäßig am Wochenende für ein paar Stunden, plauderte. Derek hätte seine Mutter zur Sprache bringen können. Warum hatte er es nicht getan?

Ärger stieg in ihm auf. Worüber hatten sie die ganze Zeit beim Golf gesprochen? Über ihre Jobs, über Aktien, das ja. Obama. Das Wetter. Nie aber hatte Derek seine Mutter erwähnt, mögliche Probleme angedeutet.

Liz und er hatten in den letzten Monaten selten geredet. Ihm fiel kein einziges Gespräch ein. Nichts, an das er sich erinnern konnte.

Woran sollte er anknüpfen, wenn er sie jetzt sah?

Er stellte sich vor, wie sie voreinander sitzen würden. Irgendwo an einem neutralen Ort. Liz würde Tee trinken. Sich an ihrer Tasse festhalten, ihr Gesicht blass. Er würde den Anfang machen müssen.

Was würde er sagen? Warum hast du mich verlassen? Geht es dir besser jetzt ohne mich? Jeder mögliche Gesprächsbeginn schien unpassend. Grotesk.

Zum ersten Mal musste er an den anderen denken. Kannte er ihn? Er konnte sich nicht erinnern, dass Liz Freunde hatte, die er nicht kannte. Aber es war ihm auch immer gleichgültig gewesen.

Im Nachhinein kam er sich wie ein Idiot vor, dass er jahrelang so gleichgültig dahingelebt hatte. Seine Frau war attraktiv. Er hatte sie vernachlässigt, und es war ihm im Traum nicht in den Sinn gekommen, es könne sich jemand anderes in ihr Leben schieben. Sie zum Lachen bringen, sie ihm wegnehmen. Er hatte ihr wohl zu sehr vertraut.

Nein, Bullshit! Das war es nicht. Es war ihm alles einfach irgendwann egal geworden.

Liz' Neuer hatte wahrscheinlich Geld. Interessierte sich für Designermöbel und Literatur. Fragte sie nach ihrem Tag, was sie zum Dinner essen wollte. So einfach war das.

War es wirklich so einfach? Fuck. Er wusste es nicht. Er

konnte sie nicht bitten zurückzukommen. Es war kaum etwas übrig von ihnen beiden.

Außerdem hatte er in der Zwischenzeit seinen Job verloren und mit einer Dreiundzwanzigjährigen geschlafen. Es gab kein Zurück.

Er wusste ja nicht mal, ob er es wollte. Aber er wollte über Peter reden, über die Dinge, die Jahre zurücklagen.

Er zündete sich eine Zigarette an, öffnete das Seitenfenster. Erinnerte sich an die Scheidung der Schwester. Die weinende Agnes am Telefon mit Liz. Es hatte ihn weder überrascht noch sonderlich interessiert. Zur selben Zeit war der Stress mit Frank in der Bank gewesen.

Er hatte Agnes nicht einmal angerufen. Verächtlich hatte er sich damals gedacht, dass er es hatte kommen sehen. Agnes war ein Scheidungstyp. Langweilig. Traurig.

Er starrte auf die weißen Linien der Straße. Eine Spule, sich abrollend im Scheinwerferlicht. Die Küstenstraße wurde jetzt kurviger. Noch eine Stunde bis L.A. Er genoss den kühlen Wind. Freute sich auf sein Bett. Das große, leere Bett.

Sein Wagen war der einzige auf der Straße. Die Stadt war still, die Sterne unsichtbar im nächtlichen Smog.

Er bog in sein Viertel ein. Menschenleere Straßen. Stoßstange an Stoßstange parkten die Autos. Rasensprenger drehten sich bedächtig im Schein der Straßenbeleuchtung. Monotones Rauschen von sprühendem Wasser.

In Peter Heffners Haus brannte noch Licht. Aida war noch wach. Das Bild ihres zarten goldenen Kettchens auf gebräunter Haut streifte Tims Gedanken.

Als er vor der Garage hielt, war es drei Uhr früh. Trotzdem war es noch warm. Er hatte die wichtigen Gedanken vorerst zu Ende gedacht. Wusste, wie er vorgehen würde. Jetzt war sein Kopf leichter.

Als er auf dem schmalen Weg zum Haus ging, freute er sich darauf, den Schlüssel ins Schloss zu stecken. Drinnen war es stickig. Er warf die Tasche in die Ecke. Öffnete Fenster in Küche und Wohnzimmer, stellte die Aircondition an. Dann zog er Schuhe und T-Shirt aus und öffnete sich ein Bier.

Als er den Computer einschaltete, wieder der Screensaver. Liz' Gesicht in Nahaufnahme. Er riss sich zusammen. Betrachtete das Bild genauer, sah die feinen Härchen auf ihrer Wange. Goldene Ohrstecker, die er ihr zu Weihnachten geschenkt hatte. Wie lange war das her? Mindestens fünf Jahre, Weihnachten 2004. Das Bild war also nicht älter als fünf Jahre.

Am Bildrand entdeckte er Gras, rote Blüten. Irgendwo in der Natur aufgenommen. Leichte Unschärfe. Er betrachtete die kleinen scharlachroten Blüten genauer. Mit Blumen kannte er sich aus. Scarlet Pimpernel oder Roter Gauchheil. Die kleinen Blumen wuchsen vor allem in der Gegend um Santa Barbara. Weniger in Los Angeles, da war er sich sicher.

Wann war Liz in den letzten fünf Jahren in Santa Barbara gewesen? Es musste im Frühjahr gewesen sein. Scarlet Pimpernel blühten nur kurze Zeit.

Er trank das Bier in einem großen Zug aus. Seltsam. Er fühlte sich wacher jetzt. Meinte sich dunkel daran zu erinnern, dass sie an einem langen Wochenende mit Meredith weggefahren war. Die hatte ein Wochenendhaus zwischen Santa Barbara und San Luis Obispo.

Das war etwa vier Jahre her. Er erinnerte sich nicht genau. Hatte Meredith das Foto gemacht? Damals hatte er kaum registriert, dass Liz einige Tage fort war.

Hatte das ganze Wochenende Golf geguckt. British Open. Tiger Woods hatte gewonnen. Das war dann Ende Juli gewesen.

Jetzt wünschte er, er könnte sich genauer an das Wochenende erinnern. Hatte er mit Liz telefoniert? Was hatte sie von dem Wochenende erzählt? Er hatte sie vermutlich nicht danach gefragt.

Er spürte innere Unruhe. Irgendetwas war da.

Noch eine Dose Bier.

Er beschloss, es für den Moment dabei zu belassen, und öffnete seine E-Mails. Jede Menge Junk. Er fand in seinem Adressfolder Dereks E-Mail-Adresse.

Er hatte die Nummer nicht im Kopf gehabt. Nur im Telefonspeicher seines Handys. Das lag zwischen Seetang und angeschwemmtem Müll irgendwo in der Brandung nördlich von Summerland.

Er fasste sich kurz: »War ein paar Tage unterwegs. Bin jetzt zurück. Ruf mich bitte an. Dad.« Dann fügte er seine neue Mobilnummer hinzu.

Nach kurzem Überlegen ein PS: »Falls du mit Mom sprichst, gib ihr bitte meine neue Nummer.« Dann überlegte er es sich anders und löschte den Zusatz. Desinteressiert überflog er anschließend seine übrigen E-Mails. Larry Greenblatt? Alfies Freund Larry?

Er öffnete die Mail. Von Larry hatte er ewig nichts gehört.

»Tim, gibt's dich noch? Bin demnächst ein paar Tage in L.A. Diesmal kein Businesstrip! Habe vor, es richtig krachen zu lassen! Wir werden nicht jünger, mein Lieber. Bin frisch geschieden, und das muss gefeiert werden!! (Falls Liz dich von der Leine lässt.) Ruf mich an! Larry«

Er musste über die vielen Ausrufezeichen schmunzeln. Das war Larry, ein einziges Ausrufezeichen. Laut, direkt, unmäßig.

Sein erster Freund damals in L.A. Alfie hatte sie zusammengebracht, hatte ihm Larrys Nummer gegeben, als er mit einem Rucksack von Little Rock aufbrach.

Larry war fünf Jahre älter als Tim. Einer, der über alles lachte. Immer zu laut. Einer, der jedem auf die Schulter klopfte. Larry war großzügig und herzlich, manchmal zu großzügig. Er hatte immer Mädchen um sich gehabt. Gut aussehende Girls. Jünger als er selbst.

Schon bei ihrem ersten Treffen hatte Larry Tim für sich eingenommen, hatte ihn eingeladen. Lustige Geschichten erzählt, immer wieder lachend auf seine Schulter geklopft. »Du bist am richtigen Ort angekommen, mein Fraynd! Welcome to L.A.!«

Sie waren durch Bars und Stripclubs gezogen. Betranken sich. Larry grölte ihm dreckige Witze ins Ohr. Larrry, der immer Verschwitzte, dessen Gesicht immer gerötet war, immer im Anzug.

Ein Dandy.

Wenn er mit Larry ausging, wurde der Abend perfekt. Ständig wechselnde Sportwagen hielten freitagabends hupend vor seinem Haus, sie tranken noch im Auto eine kalte Dose Bier, in den Bars und Restaurants war ein Tisch vorbestellt, und die Mädchen ließen nicht lange auf sich warten.

Tim war damals noch in der Ausbildung. Lebte in einem billigen Einzimmerapartment. Besaß eine Matratze und eine Kochplatte. An der Wand hing ein Phish-Poster.

Ein Jahr später war Larry nach New York gezogen. Er hatte einen gut bezahlten Job bei J. P. Morgan angenommen. Das andere Ende des Spektrums. Die Highend Version von dem, was Tim später seinen Job nannte.

Eine Ära ging zu Ende.

Tims Wochenenden wurden nach Larrys Umzug ruhiger. Wenig später lernte er Liz kennen.

2001 heiratete Larry ein jüdisches Mädchen von der Upper Eastside. Tim flog mit Liz zur Hochzeit nach New York. Opulente cremefarbene Blumengestecke, Streichquartett, Fünf-Gänge Menü im Ballroom des Four Seasons. Eine feudale Feier mit dreihundert geladenen Gästen. Er fand damals, dass dieser Rahmen eigentlich nicht zu Larry passte, und nahm ihm die Ernsthaftigkeit nicht so recht ab. Larry wollte sesshaft werden?

Es war auch ein Wiedersehen mit Alfie. »Hi, Tree!«,

sagte Alfie damals nur. Er trug einen abgewetzten schwarzen Anzug, dessen Ärmel zu kurz waren. Sein Lächeln wirkte traurig. Die Umarmung war kraftlos. Die ehemals wilden Locken gestutzt, graue Schläfen. Er lebte noch immer in Little Rock.

Tim hatte sich nicht getraut zu fragen, ob Alfie immer noch in ihrer alten Wohnung lebte. Alfie sprach langsam, wirkte müde, depressiv.

So hatte Tim den ehemals engen Freund nicht in Erinnerung gehabt. Alfie war ihm fremd geworden.

Tim schämte sich noch heute, dass er es vermieden hatte, Liz den ehemaligen Freund und Mitbewohner vorzustellen. Sie hatten an unterschiedlichen Tischen gesessen.

Nach der Hochzeit war es stiller geworden um Larry.

Drei Jahre später hatten sie sich noch einmal in L.A. zum Essen getroffen. Larry war geschäftlich in der Stadt, mit seiner Frau. Er hatte ein teures Restaurant in Beverly Hills vorgeschlagen. Während Larry sein blutiges Steak hinunterschlang und einen Gin Tonic nach dem anderen kippte, sprach seine Frau vornehmlich mit Liz. Michele Greenblatt war damals Mitte dreißig gewesen. Hübsch. Helle Haut. Der Ehering an ihrer schmalen Hand wog mindestens zehn Karat. Tiffany's. Typisch Larry. Big Spender.

Kurz bevor die Rechnung kam, schnappte Tim einen Gesprächsfetzen auf. »… nach der Fehlgeburt … im fünften Monat … nur noch gearbeitet …« Michele sprach leise. Tim warf einen raschen Blick auf Liz.

Ihr Gesicht war ernst, mitfühlend. Michele Greenblatt wusste nicht, was Liz durchgemacht hatte. Die Fehlgeburt hatte sie damals fast ihre Ehe gekostet.

Dann warf er einen Blick auf Larry, der ganz mit sich selbst beschäftigt war. Mit einem Zahnstocher pulte er zwischen den Zähnen. Gleichzeitig zückte er seine Kreditkarte. Amex.

Die Verabschiedung auf dem Parkplatz fiel überraschend herzlich aus. Larry drückte ihn lange und fest. Dann sagte er: »Sorry, Buddy. Wir reden ein anderes Mal. Ich rufe dich an.« Tim roch den Alkohol in seinem Atem.

Dann das Schulterklopfen.

Er erinnerte sich nicht mehr, ob Larry ihn später tatsächlich angerufen hatte. Jedenfalls waren sie sich seither nicht begegnet.

Einmal im Jahr kam eine Karte mit Neujahrswünschen aus New York. Ein steifes Porträt von Larry und Michele. »Happy Holidays! Die Greenblatts.«

Er leerte das Bier.

Larry wiederzusehen war perfekt. Sie würden zusammen um die Häuser ziehen. Wie früher. Es gab viel zu erzählen.

Zurückgelehnt starrte er auf den Screensaver. Er hatte das Gefühl, die schöne Frau in Nahaufnahme gar nicht zu kennen.

Die Scarlet Pimpernel im Hintergrund. Liz war im Oktober vor vier Jahren in Santa Barbara glücklich gewesen. Jemand hatte ein Foto davon gemacht. Ein besonderer Moment, etwas Magisches, an das sie sich gerne erinnerte.

Plötzlich wurde der Bildschirm schwarz.

Tim streckte die Beine aus. Massierte sich den Nacken. Die letzten drei Tage waren nicht ohne gewesen. Er rieb sich das Gesicht. Spürte den Bartwuchs. Das Kinn schmerzte noch, wenn er darüberstrich. Er dachte an den alten Platzwart, das Diner, Shirley, daran, dass er den Ehering abgenommen und in die Hosentasche gesteckt hatte.

Diese Tage hatten ihn erschöpft, und er fühlte, wie langsam die Müdigkeit Besitz von ihm ergriff. Er war froh, wieder zu Hause zu sein.

Er wollte schon den Computer herunterfahren, als ihm ein Gedanke kam. Er musste schmunzeln und öffnete Google Search. Als Suchbegriff gab er »Kondor, Los Angeles, Walmart« ein. Wartete gespannt. Es gab tatsächlich drei Einträge:

»... der große Raubvogel mit einer Flügelspannweite von 2,60 m musste sich verirrt haben. Kunden einer großen Supermarktkette konnten aus sicherer Entfernung beobachten, wie der Vogel auf dem Parkplatz im Müll nach Nahrung suchte. Animalcontrol schaltete sich ein und überführte das Tier in den Los Angeles County Zoo.«

Verrückt. Kopfschüttelnd fuhr er den Computer runter, stand auf und ging ins Bett. Als er das Kissen aufschüttelte, fand er ein zusammengeknäultes T-Shirt. Es war fast unters Bett gerutscht, zwischen Wand und Matratze.

Liz hatte das T-Shirt zum Schlafen getragen. Noch vor Kurzem hatte sie neben ihm gelegen. In diesem T-Shirt. Sicher hatte sie schon gewusst, dass sie ihn verlassen würde.

Vorsichtig strich er den Stoff glatt. Rollte sich auf den Rücken. Betrachtete das Shirt. Moosgrün verwaschen. Es hatte gut zu Liz' dunklem Haar gepasst. Ein kleiner Zahnpastafleck am runden Kragen. Er strich mit dem Finger darüber. Liz hatte »Tom's of Maine«-Zahnpasta benutzt. Aus dem Bioladen.

Er inspizierte das kleine Schildchen. Größe »S«. 100 % Baumwolle.

Er bedeckte sein Gesicht mit dem weichen Stoff und schloss die Augen. Atmete die letzten Moleküle ihres Geruchs ein. Den pudrigen Geruch ihrer Nachtcreme. Ein bisschen Lavendel. Das Haaröl, das sie verwendete. Einen Hauch von Schweiß unter den kurzen Ärmeln. Duftpartikel. Bald würde nichts mehr von ihr übrig sein.

Der Geruch von Zuhause. Familie. So hatte es immer gerochen. Erst jetzt wurde ihm das klar.

Mit der Wange auf Liz' Shirt schlief er ein. Warf sich unruhig hin und her. Bilder liefen in seinem Kopf ab.

Tanzfläche Motorbar. Peter und Liz. Foxtrott tanzend

zwischen jungen Leuten in T-Shirts. Peter im grauen Anzug mit Einstecktuch. Liz mit gelber Bluse und weitem, knielangem Rock. Ihre Tanzschritte passen nicht zur Musik. Immer schneller dreht er sie. Der Rock fliegt.

Liz lacht und sieht ihn an. Sie ist ausgelassen, glücklich. Stumm und schwer steht er selbst da. Das Gesicht bleiern. Versucht zu lachen. Doch das Gesicht bleibt hart.

Peter wirbelt Liz herum. Der blaue Rock fliegt höher. Rote Unterwäsche blitzt. Ein Strumpfhalter. Peter zieht sie enger an sich. Sie tanzen langsamer. Plötzlich allein auf der Tanzfläche. Es ist stockdunkel. Die Wände haben sich in Luft aufgelöst. Ein sirrender Ton von irgendwoher.

Grelles Spotlicht auf Peter und Liz. Aus dem Dunkel Anfeuerungsrufe. Go! Go! Go! Ein unsichtbares Publikum.

Die beiden lachen sich an. Küssen sich. Vertraut. Ihre Hand greift in Peters Haar. Die Nägel lang und knallrot lackiert. Applaus brandet auf.

Peter sieht ihn an. Lächelnd. Streckt ihm die Hand entgegen. Winkt ihn vom Rand der Tanzfläche heran.

Dann wiegen sie sich langsam zu dritt. Verschlungen. Es ist nicht klar, wessen Hand ihn berührt. Er hält den Kopf schräg. Lässt sich führen. Als er aufblickt, tanzt er mit Sue und Shirley. Ernste Gesichter. Sue trägt eine Kette aus bunten Muscheln.

Langsam löst sie sich und verschwindet im Dunkel. Zigarettenrauch steigt auf. Eine zarte Säule, die das Licht sucht. Shirley hält die Zigarette mit abgespreizten Fingern. Ihr Blick traurig. Sie zieht ihn an ihr Dekolleté. Schwer legt er den Kopf ab. Langsames Wiegen. Wie sanfte Wellen, die ein kleines Kind zum Einschlafen bringen.

Er spürt, wie er schrumpft. Langsam schiebt sich der große Körper zusammen. Wird schmaler, leichter. Die Kleider fallen von ihm ab. Lösen sich auf. Bald liegt sein Kinderkopf auf ihrem Bauch. Sie streichelt ihm über das Haar.

Als er zu ihr hochschaut, zieht sie einen bunten Lolli aus dem Ausschnitt des orangefarbenen Kleides. Seine Kinderhand greift den Stiel.

Das Spotlicht bewegt sich. Es tastet sich durchs Dunkel. Findet Sue, Peter und Liz. Sie stehen eng beieinander, sehen ihn starr an. Die Gesichter weiß im Scheinwerferlicht. Schwarze Pupillen, tote Augen. Liz fängt an zu lachen. Er sieht Zähne und Zahnfleisch. Peter und Sue fallen ins Gelächter ein. Lachen aus hundert Kehlen. Von überallher aus dem Dunkel.

Es fällt ihm schwer, zu atmen.

Mit einem unterdrückten Schrei erwachte er. Auf dem Bauch liegend, das Gesicht ins Kissen gepresst. Für einen Moment rang er nach Atem. Dann rollte er sich auf die Seite, richtete sich auf.

Der Wecker zeigte 4.12 Uhr an. Sein Herz raste. Erschöpft schleuderte er das grüne T-Shirt in die Ecke.

Dann lag er eine Weile da. Es gelang ihm nicht, wieder einzuschlafen. Um fünf Uhr stand er auf und machte sich Kaffee.

Als gegen halb sieben die Sonne aufging, fühlte er sich wach. Er hatte Lust, sich zu bewegen, die Nacht aus seinen Knochen zu schütteln. Unten im Kleiderschrank fand er die grauen Laufschuhe.

Es war Jahre her, dass er nicht mehr gelaufen war. Seit der Knieoperation hatte er es nicht mehr versucht. Er würde es langsam angehen lassen. Vorsichtig tänzelte er auf dem Gehweg auf und ab. Ließ die Arme kreisen, rollte dann die Schultern. Legte den Kopf nach links, dann nach rechts.

»Good morning!«

Die Alte mit dem Pudel ging vorbei. Er nickte ihr zu.

Die Straße war jetzt belebter. Leute fuhren zur Arbeit. Männer mit Aktentaschen winkten ihren Frauen zu.

Langsam trabte er los. Vorbei an Peter Heffners Haus.

Bemühte sich, nicht hinzusehen. Zu früh für verworrene Gedanken.

Der Gehweg war uneben. Baumwurzeln hatten die Platten nach oben gedrückt. Überall brach der graue Beton. Die Stadt hatte kein Geld. Er zog das Tempo an, bog in eine kleinere Straße ein. Er hörte die Schuhe auf dem Asphalt. Sein Atem ging schneller. Er bemühte sich, regelmäßig ein- und auszuatmen. Spürte seinen Rücken. Die steifen Hüften.

Es war noch kühl. Kalifornische Morgen waren herrlich. Goldenes erstes Licht. Vogelzwitschern.

Zunehmend wurden die Muskeln geschmeidiger. Er vergaß, dass er rannte. Das schnellere Tempo lag ihm. Den Blick starr geradeaus gerichtet, überquerte er eine Kreuzung, rannte die große Straße entlang. Billboards kündigten neue Fernsehserien an. McDonald's, Starbucks, Wendy's servierten Frühstück.

Die Sonne schien ihm ins Gesicht. Der Schweiß lief ihm die Schläfen hinunter. Er hätte die Baseballkappe gegen die Sonne aufsetzen sollen.

An der Tankstelle an der nächsten Ecke machte er Halt. Verschwitzt ging er in die Hocke, zog den rechten Schuh aus. Ein kleiner Stein fiel heraus. Es roch nach Öl und Benzin. Die Sonne brannte auf seinen Rücken.

»Tim?«

Frank. Die Stimme klang unsicher. Tim hatte seine Anwesenheit gespürt, noch bevor er ihn hörte. Wortlos blickte er zu ihm auf. Zog die Schlaufen seines Schuhs fest. Doppelknoten.

Unschlüssig stand Frank da. Im Anzug. Plastikbecher und Donuttüte in der Hand. Den Autoschlüssel in der anderen. Nervös spielten die dicken Finger mit dem Schlüsselring. Dann machte er zwei kleine Schritte auf Tim zu.

»Du bist ja früh unterwegs. Alle Achtung! Alles klar?«

Schwer atmend erhob Tim sich. Wischte sich den Schweiß von den Augenbrauen, musterte Frank. Er kannte den grauen, zu engen Anzug.

»Und bei dir?« Er klang unfreundlicher als beabsichtigt.

Frank zuckte mit den Schultern. »Kann nicht klagen.« Unwillkürlich trat er einen Schritt zurück.

Der Feigling zupfte sich am Jackett. Tim spürte, wie seine Schläfen zu pochen begannen. Er war sich nicht sicher, ob es vom Rennen kam. Langsam trat er auf Frank zu. Sein Gesicht juckte vom Schweiß.

»Scheint, als würdest du das Beste aus der freien Zeit machen.« Frank grinste dumm. Da lag etwas in Franks Blick. Tim konnte es genau sehen.

Frank wusste, dass Liz weg war. Cynthia Sheldon hatte es sofort weitergeplappert.

Das Pochen wurde heftiger. Ein Hund bellte. Hinter ihm das laute Grollen eines anfahrenden Motorrads.

Mit einer einzigen Bewegung des rechten Arms schlug er Frank den Kaffeebecher aus der Hand. Hatte nur schnell den Arm gehoben, den Ellenbogen durchgedrückt und blitzschnell zugeschlagen. Hellbrauner Kaffee spritzte auf Franks Hosenbein, der Becher fiel klatschend zu Boden. Die Donuttüte daneben. Frank wich zurück, er winselte, ließ den Autoschlüssel fallen. Doch noch bevor die dicken Finger den Schlüssel aufheben konnten, hatte Tim heftig zugetreten. Der Schlüssel rasselte über den Asphalt und blieb vor einer Zapfsäule liegen.

Franks Kopf war knallrot. Angsterfüllt blickte er Tim an. Die Hände beschwichtigend erhoben.

»Tim, ich …«

»Halt's Maul, du Arschloch! Fuck you!«

Er brüllte so laut, dass sich der alte Mann an der Zapfsäule gegenüber erschrocken umdrehte.

Die Worte hallten in seinem Kopf nach. Ein letzter Blick auf Frank. Er kniete da, schwitzend vor Angst. Mickrig.

Tim empfand kurz Genugtuung. Er hätte Frank allzu gerne in die Fresse getreten. Aber es reichte jetzt, er riss sich zusammen. Atmete tief ein. Es war genug. Dann machte er auf dem Absatz kehrt und rannte los.

Er sprintete fast, lief die breite Straße entlang. War angespannt. Adrenalin flutete seinen Körper. Sein Atem ging laut und schnell. Erst Minuten später verlangsamte er das Tempo wieder. Die Lungen brannten. Das Pochen in den Schläfen verschwand. Er fühlte sich besser.

Als er in sein Viertel einbog, zog er das T-Shirt aus und wischte sich das Gesicht ab. Die letzten Meter ging er. Cool down. Die Sonne brannte jetzt grell.

Aida saß auf ihrer Veranda. Kaffeetasse und Zigarette.

Boxershorts, Hemdchen und pinker Seidenbademantel.

»Hey, Nachbar!« Sie grinste.

Er sah die Zahnlücke von Weitem und winkte ihr.

»Kaffee?« Sie hielt ihm die Tasse entgegen. Das schwarze Haar floss über den pinken, glänzenden Stoff.

Er zögerte. Er hatte sich auf einen ruhigen Morgen allein gefreut. In den letzten drei Tagen hatte er mehr Menschen getroffen, mehr Gespräche geführt als in all den Monaten zuvor.

Warum aber eigentlich nicht? Fuck it!

»Bist du noch 'ne Weile da? Ich dusche nur kurz.«

Heiseres Lachen. Wieder die Zahnlücke.

»Klar. Bis gleich.«

Unter der Dusche pfiff er. Frank war vergessen.

8

Sein Haar war noch nass, als er auf ihre Terrasse trat.

Sie lachte ihn an. Immer noch in Boxershorts und Bademantel. »Milch? Zucker?«

»Nur Milch.«

Sein Blick wanderte umher. Heffners hatten die Veranda nicht genutzt. Er konnte sich nicht daran erinnern, mit Peter jemals hier gesessen zu haben. Gut so.

Die weiße Farbe blätterte von der Armlehne des Gartenstuhls. Der Tacoma parkte nicht in der Einfahrt. Ihr Freund war anscheinend nicht da.

Es war ziemlich warm. Würde ein heißer Tag werden.

Aida kam zurück. Barfuß. Eine verzierte Blechschachtel klemmte unter ihrem Arm. Sie reichte ihm eine Tasse.

»Rauchst du Pot?«

»Hmm?« Er verstand nicht.

»Marihuana?«

»Klar.« Warum nicht.

Sie fummelte losen Tabak aus einer Packung. Konzentriert. Fingerfertig.

»Wohnst du schon lange hier? Ich habe dich noch nie gesehen«, fragte er. Small Talk mit Leuten, die er nicht kannte, war für ihn ungewohnt. Heute fühlte er sich überraschend entspannt.

Aida überlegte. »Wir sind vor zwei Jahren eingezogen.«

Er war tatsächlich nicht viel zu Hause gewesen.

Sie bröselte trockenes grünes Kraut in den Tabak. Mischte. Vielleicht war sie Künstlerin. Schauspielerin?

»Was machst du? Beruflich, meine ich.« Er nahm einen Schluck. Der Kaffee war gut. Stark.

»Schmeckt's dir? Ist puerto-ricanischer Kaffee. Meine Mammita schickt mir immer welchen. Jeden Monat. Den kriegt man hier nicht.«

Sie war also Puerto-Ricanerin. Da war ein kleiner Akzent.

»Kennst du Cheetas? Hollywood Boulevard?«

Er hatte davon gehört. Stripclub. »Nein.«

»Ich tanze da. Neben meiner Friseurausbildung.«

»Bei Cheetas?« Er wollte sie auf den Arm nehmen. Der Gedanke, dass sie Stripperin war, war aufregend. Sie hatte tolle Beine.

Aida grinste. »Das eine tagsüber, das andere nachts.«

Sie rollte den Joint und schob vorsichtig einen Filter hinein.

»Und du?«

»Banker.« Er war zu faul zum Lügen.

»Echt? Hast du heute frei?«

»Gefeuert. Arbeitslos.«

»Echt? Scheiße.« Sie schien angenehm unbeeindruckt. »Was sagt deine Frau dazu?« Sie zündete den Joint an. Zog so lange, bis Glut aufglomm.

»Weg. Sie ist seit fast zwei Wochen weg.«

Aida hielt die Luft an, betrachtete ihn aufmerksam. Dann blies sie den Rauch zur Seite. »Shit. Das tut mir leid.« Sie reichte ihm den Joint. »Dann kannst du das jetzt brauchen.« Sie lächelte. Hatte recht.

Tim nahm einen tiefen Zug. Er hielt die Luft an, bis die Lunge brannte. Atmete aus. Weißer, dicker Rauch. Würzig.

Aida lehnte sich entspannt zurück, beobachtete ihn.

Er musste husten. Das letzte Mal war er während der Ausbildung high gewesen. Mit Larry Greenblatt. Sie hatten durchgefeiert, und er war auf Larrys Couch eingeschlafen, als der Morgen graute. In dessen Fünfzig-Quadratmeter-Wohnzimmer mit Blick auf den Hollywood-Schriftzug. Larry lag mit zwei Mädchen im Kingsize-Bett im Schlafzimmer.

Er spürte, wie sein Kopf leicht wurde. Seine Hand zitterte ein wenig. Er gab ihr den Joint zurück und sah in ihre roten Augen. Sie giggelte.

In einem tiefen Zug trank er den Kaffee aus. Sein Hals war trocken.

Beiläufig sah er seine Tasse an. Eine abstrakte Zeichnung eines Fernsehturms. »Toronto high up«, stand in fetter roter Schrift darauf.

Er musste unwillkürlich lachen. »High? Oder ›high‹?«

»So hab ich das noch nie gesehen!« Sie lachte und zog noch einmal an ihrem Joint.

Rosige Wangen, lange dunkle Wimpern. Kein Make-up. Sie sah gut aus.

»Wo ist denn der ›KK‹?« Er musste über seinen eigenen Witz lachen.

»Wer?« Laszuv blies sie den Rauch aus.

»Der Kleine Kanadier.« Er lachte laut.

Sie lachte auch, schnappte nach Luft. »Na, in Kanadaaa!«

Er dachte daran, wie aggressiv der Typ bei ihrem ersten Treffen gewesen war.

Aida konnte Gedanken lesen. »Du hast ihm einen schönen Schrecken eingejagt.« Sie lachte wieder. »Dean ist ein Arsch, manchmal.«

»Seid ihr verheiratet?«

Sie verschluckte sich am Rauch. Hustete. »Ja, für seine Greencard …«

Sie trug einen Ehering, ein schmales Metallband. Nichts Teures.

Er nahm einen Schluck aus ihrer Tasse. Es war keine zwölf Uhr, und er war high. Fuck it.

Sie zog die Beine an. Grinste. »Wie heißt du eigentlich, Nachbar?«

Stimmt, sie kannte seinen Namen noch gar nicht. Er bemühte sich, ernst zu klingen. »John. John McClane.« Ein Lächeln zuckte in seinen Mundwinkeln.

Aida sah ihn fragend an. Dann gingen die Mundwinkel hoch. Zahnlücke.

»Willst du mich verarschen?« Sie brach in schallendes Gelächter aus.

»Ja.«

Sie trat über den Tisch in seine Richtung.

Mit dem Handrücken wischte er sich Tränen von den Wangen. Er gab ihr die Hand. Ganz artig. »Tim Wilkins.«

Sie griff fest zu. Mit der anderen Hand hielt sie ihn am Handgelenk fest und grinste frech. Unvermittelt zog sie ihn vom Stuhl. Er wehrte sich spielerisch. Kitzelte sie an der Hüfte.

Quietschend wand sie sich im Sessel. Trat noch einmal nach ihm. Er schnappte ihr schmales Fußgelenk, zog sie herunter auf den Boden. Dabei fiel der kleine Tisch um, die Kaffeetassen rollten über die Tischplatte und fielen auf die Veranda.

Sie roch gut. Ihr Körper war weich, ihr Haar berührte sein Gesicht. Für einen Moment rangen sie miteinander. Sie boxte ihm in die Seite, biss ihn kichernd in den Oberarm. Ohne Anstrengung packte er sie, warf sie auf den Rücken.

»Ist das alles, was du draufhast, John McClane?« Sie lachte dreckig.

Tim drückte ihre Arme nach oben und setzte sich auf sie. Ihr T-Shirt war hochgerutscht. Der Bauch lag frei. Sie atmete schneller. Ihr Haar war zerzaust, ihre Augen funkelten. »Und jetzt, John McClane?«

Nebenan bellte ein Hund. Aus dem Augenwinkel sah Tim den Nachbarn mit einem Gartenschlauch. Er wirkte beschäftigt.

Tim spürte den Holzboden an den Knien. Schwitzte. Verdammt, er war high, dachte er und beugte sich langsam zu ihr herunter. Küsste ihren Hals.

Ihr Lachen verstummte. Sie begann, heftiger zu atmen.

Sanft biss er in ihr Ohrläppchen. Keine Kreolen heute. Wieder ihr Hals. Dann der Mund. Er öffnete ihre Lippen mit der Zunge. Saugte daran. Sie griff seinen Nacken. Ließ ihre Zunge kreisen. Irgendwo ging laut ein Rasenmäher an.

Keuchend lösten sich ihre Münder. Zahnlückengrinsen. »Vielleicht sollten wir reingehen?«

Sie nahm seine Hand, zog ihn hoch.

Drinnen war es kühler. Er kannte den Flur. Mein Gott, er war ewig nicht hier gewesen.

Der Kopf wurde schlagartig klarer. Beklommen sah er sich um. Nichts erinnerte an seinen Freund.

Die Wände waren nackt. Heffners hatten gerahmte Kunstdrucke gehabt. Damals hingen in allen Zimmern von Reisen mitgebrachte Kelims und Uoshaks.

Unter seinen Füßen glänzte ein nussbrauner Holzboden. Es roch nach Räucherstäbchen und Zigaretten. Tim hörte sich kichern. Es klang nicht nach ihm. Wenn Peter ihn jetzt sehen könnte. Ihm brach der Schweiß aus.

Aida ging vor ihm her zum Wohnzimmer, ließ beiläufig den Bademantel fallen. Ein Blick zurück.

Er stand im Flur, spürte, wie sein Schwanz weicher wurde. Versuchte ein Lächeln. Wieder brachte er nur das alberne Kichern zustande.

Sie ließ ihre Hände über den Bauch hinunter zum Becken wandern, zog die Boxershorts aus. Striptease. Giggeln.

Er konnte ihre Nippel durch das dünne T-Shirt sehen. Mit ausgestreckter Hand kam sie auf ihn zu. Bewegte sich langsam, wiegte die Hüften und griff seine Hand. Aida bemerkte nicht, wie gelähmt er war.

Shit, er hätte einfach nach Hause gehen sollen. Seine Lust war verflogen. Irgendwo verloren gegangen zwischen Verandatür und Flur. Der Scheißjoint war schuld. Für einen Moment überkam ihn das Gefühl, Peter würde in seinen braunen Cordhosen um die Ecke kommen. Tim, mein Guter.

Er musste gehen. Sein Kopf raste. Ihr T-Shirt fiel vor seine Füße. Dann spürte er, wie sie ihre großen, nackten Brüste an seinem Oberkörper rieb. Er roch den Duft ihres Haares. »Bist du high, John McClane?«, flüsterte sie mit geschlossenen Augen.

Sein Mund war staubtrocken. Hinter den Schläfen wummerte wieder der Kopfschmerz.

Dort in der Ecke hatte Peters Fernsehsessel gestanden. Grau-blaues Muster. Dezent. Er sah Peter mit übereinandergeschlagenen Beinen darin sitzen, der Blick verständnisvoll. Tim, mein Lieber, hast du mal einen Therapeuten in Erwägung gezogen?

Es fiel ihm schwer, sich zu konzentrieren. Wohin mit den Händen?

»Und das im Dienst …« Schwer atmend griff Aida ihm in den Schritt. Unmerklich zuckte er zusammen. Die Berührung war ihm unangenehm, zu intim. Die Selbstverständlichkeit, mit der sie ihm an den Schwanz griff, nervte ihn plötzlich. Sie war verheiratet. Ging Liz auch so um mit ihrem Lover?

Der Gedanke tauchte aus dem Nichts auf.

Seine Schläfen pochten immer heftiger. Aggressiver Widerstand regte sich in ihm.

Als er sie auf die Couch schleuderte, stieß sie einen überraschten Schrei aus. Keuchend drückte er sie nieder. Fuck it! Sollte Peters Geist ihn doch daran hindern!

Spielerisch versuchte Aida, Widerstand zu leisten, aber er hielt sie so fest, dass sie keine Chance hatte, drückte sie ins braune Velours. Sie lachte ihn dreckig an. Die Brüste hoben und senkten sich vor seinen Augen. Ihr Atem ging schnell. »Komm, Jonny … fick mich!«

Während er sie ohne große Kraftanstrengung mit einem Arm in das Sofa gedrückt hielt, riss er ihr mit der anderen den Slip herunter.

Sie versuchte, ihn zu küssen.

Er wich ihrem Mund aus und legte sich schwer auf sie.

Sie stöhnte, als er in sie eindrang. Fingernägel gruben sich spitz in seinen Rücken. Achtlos warf er die störenden Sofakissen ins Zimmer. Schnelle, harte Stöße. Schweiß rann ihm den Rücken herunter.

»Langsam! … Warte … Laaangsam!« Keuchend versuchte sie sich gegen seine Brust zu stemmen, ihn zu bremsen.

Tim ignorierte sie. Hielt ihr mit einer Hand den Mund zu. Was wusste sie schon? Hier hatte er vor nicht allzu langer Zeit mit Peter gesessen. Bevor dieses verdammte billige Sofa hier stand. Sie hatten hier zusammen Platten angehört. Gequatscht, von den Kindern, den Ehefrauen erzählt. Hier wohnten Tims Erinnerungen.

Außerdem war dieses Flittchen verheiratet! Sie war genauso ein verdammtes Flittchen wie Liz! Verdammte Scheiße …

Er kam heftig. Stemmte sich noch mehr auf ihren Arm und brach dann zuckend auf ihr zusammen.

Lange bewegten sie sich nicht. Draußen hörte er den Rasenmäher brummen.

Dann zog sie langsam ihren Arm aus seiner Umklammerung. Nur ihr beider Atem war zu hören. Mühsam stand er auf und suchte seine Sachen zusammen. Sah sie nicht an.

Ihm war übel. Er hatte pochende Kopfschmerzen und verspürte das dringende Bedürfnis, sofort zu gehen. Fast wäre er hingefallen, als er schwerfällig seine Shorts anzog. Sie kicherte und band sich das Haar zum Pferdeschwanz. Rasch warf sie sich ihren ausgewaschenen pinken Bademantel über. Beobachtete ihn vom Sessel aus. »Alles okay?«

Tim streifte sein T-Shirt über.

»Alles bestens.«

Dann erbrach er sich neben die Couch.

Das Wasser war eiskalt. Gierig trank er, füllte sein Glas nach, trank wieder.

Danach fühlte er sich besser. Er hatte sich zum totalen Affen gemacht. Zum Glück war Aida auch high gewesen. Sie hatte kichernd die Kotze aufgewischt und ihm ein kaltes Küchentuch in den Nacken gelegt. Beim Abschied hatte sie sich entschuldigt.

»Sorry. Das Pot war vielleicht zu heftig.«

Als er ging, rollte der Nachbar gegenüber den Gartenschlauch zusammen. Grüßte.

Langsam ließ der Druck auf seinen Kopf nach.

Zu Hause duschte er kalt. Hielt das Gesicht in den Wasserstrahl. Als er sich abtrocknete, hörte er in der Küche das Telefon klingeln.

Derek.

»Hey, Dad! Alles klar bei dir? Ja, hmmm ... Bin die ganze Woche unterwegs. Sollen wir nächste Woche lunchen? Ok ... Meld dich!«

Derek klang angespannt. Gestresst. Tim ging in die Küche und hörte sich die Nachricht noch mal an.

Alles klar bei dir, klang besorgt. Nein, misstrauisch.

Er war *die ganze Woche unterwegs*. Unterwegs oder beschäftigt? Es schien ihm, als wolle Derek ihn nicht sehen. Da war ein angespannter Unterton. Andererseits gab es diesen Unterton ständig zwischen ihnen. Selten gingen sie entspannt miteinander um. Derek war ein Muttersöhnchen, so war es nun mal.

Fuck it.

Er klaubte einen Berg dreckiger Wäsche zusammen und warf ihn in die Waschmaschine.

Immer noch durstig, trank er ein weiteres Glas Wasser. Dann setzte er einen starken Kaffee auf.

Nur mit einem Handtuch um die Hüften setzte er sich an den Küchentisch. Zettel, Stift und Bier vor sich. Er nahm einen Schluck, starrte auf das Papier. Er hatte das Gefühl, Dinge aufschreiben zu müssen. Was es jetzt alles zu tun gab. Was es zu erledigen galt. Womit er seine Zeit füllen konnte. Er stand auf und holte Zigaretten und Aschenbecher. Rauchte. Starrte vor sich hin. Er trank sein Bier aus, dann schrieb er:

Larry?
Versicherung
Kassensturz
Doreen anrufen?
Liz?
Job?
Pool Wasser? (Kostenvoranschlag)
Garage (Platten?)
Agnes anrufen

Eine lange Liste. Als er sie zusammengestellt hatte, goss er sich einen Kaffee ein. Es gab keine Milch. Er trank ihn schwarz, las das Geschriebene. Dann fügte er hinzu:

Neue Laufschuhe

Er seufzte. Er musste einen Kassensturz machen. Sehen, wo er finanziell stand. Unterlagen und Papier bewahrte er im Schreibtisch auf.

Er fand den großen Folder. Autoversicherung. Hauskauf. Leasing für den Wagen. Lebensversicherung, diverse Konten. Es dauerte nicht lange. Er war an Zahlen gewöhnt. Bereits nach zwanzig Minuten war klar, dass ihm nicht viel blieb.

Das Haus würde in drei Monaten abbezahlt sein. Die Rücklagen deckten die Kreditzahlungen. Die Fixkosten waren das Problem: Auto, Lebensunterhalt, Versicherungen, zum Jahresende würde ihm das Geld zum Leben fehlen.

Er starrte auf die Zahlen vor sich. Wenn er die Lebensversicherung einlöste, würde das Geld noch einige Monate länger reichen. Dann war Ende. Ende. Mit neunundvierzig war er am Tiefpunkt.

Die Klarheit über seine Situation hatte etwas Befreiendes. Er brauchte einen Job. Oder er würde das Haus verkaufen müssen. Den Pool würde er jedenfalls nicht mit Wasser füllen können, so viel war klar. Er strich den Punkt auf der Liste durch.

Er öffnete noch ein Bier. Entschied dann, dass er etwas Härteres brauchte. Scotch. Einen doppelten.

Langsam klaubte er das Papier zusammen. Suchte nach einer Büroklammer. Er versuchte, die große schmale Schublade zu öffnen, doch sie klemmte. Heftig zog er am Messingknauf. Die Lade löste sich mit einem Ruck, und der halbe Inhalt fiel auf den Boden. Ächzend hockte er sich hin. Machte sich daran, Papiere, Stifte, Heftklammern einzusammeln. Da fiel ihm ein zusammengefalteter Ausriss einer Anzeige in die Hände.

Ein großer Fernsehsessel. Lazyboy. Er strich das Papier glatt. Erinnerte sich, dass er einen Lazyboy hatte kaufen wollen. Mit verstellbarer Rückenlehne, Federkern und Fußstütze. Ideal für seine Größe.

Liz war dagegen gewesen. Zu wuchtig, hatte sie gesagt.

Er holte einen Müllbeutel aus der Küche und heftete den Lazyboy-Ausriss an den Kühlschrank. Dann warf er die Wäsche in den Trockner und fuhr mit dem Aufräumen der Schublade fort: alte Schlüssel, ein Handyladegerät, dreckige Radiergummis, Kassenbons, er warf alles weg.

Dann entdeckte er die Ursache dafür, warum sich die Schublade verklemmt hatte. Ein kleiner zerknüllter Zettel hatte sich ganz hinten verkeilt. Die Schrift darauf war fast nicht mehr zu erkennen. Offenbar hatte jemand in Eile das Papier zerrissen und die eine Hälfte in die Lade gestopft.

»… so kompliziert ist. Atme. Beruhige Dich. Liz, mein Engel, ich werde mit ihm sprechen. Alles wird gut. P.«

Was war das? Er las den Zettel noch einmal.

»… Liz, mein Engel …« Was war das, um Himmels willen?

Er wühlte in der Lade. Kippte sie wieder aus und suchte nach dem fehlenden Teil der Nachricht. Aber außer einigen leeren Briefumschlägen, einem Notizblock, unzähligen Stiften, Magneten und Heftzwecken fand er nichts.

»Beruhige Dich …«

Beruhige Dich? Warum sollte Liz sich beruhigen?

Unterzeichnet mit »P.«

Sein Magen schmerzte. Es drängte sich ein Gedanke auf. Er spürte Übelkeit. Der Körper kannte die Antwort.

Peter hatte Liz diesen Brief geschrieben. Das passte zu ihm. Peter hatte immer kleine Kärtchen oder Nachrichten geschrieben. Und sie hatte alles aufgehoben. Weihnachtskarten, Neujahrsgrüße. Er fand die verzierte Schachtel oben auf dem Regal. Mintfarbene Pappe mit zartrosa Blüten. Hastig leerte Tim sie aus. Bunte Karten fielen auf den Boden. Er musste nicht lange suchen:

»Liebe Freunde, ein gutes Jahr geht zu Ende. Wir können es nicht erwarten, auf ein glorreiches neues mit Euch anzustoßen. Merry Christmas! Herzlich, Peter & Doreen.«

Peter hatte die Karte geschrieben. Die verdammte Karte.

Dieselbe Handschrift.

Tim setzte sich zwischen Weihnachtskarten, Müllbeutel und herausgerissener Schublade auf den Boden. Der ganze Körper tat weh.

Was für ein Idiot er war.

Die Stille des Hauses summte in seinen Ohren. Ein metallenes Klimpern drang über den Flur ins Arbeitszimmer. Er horchte, starrte vor sich hin. Bis er schließlich dem Geräusch nachging. Es kam aus dem Trockner. Als er die Klappe des Geräts öffnete, fiel ihm warme, wohlriechende Wäsche entgegen. Er riss alles heraus und schaute hinein.

Unten in der Metalltrommel fand er seinen Ehering.

9

Tim saß inmitten des großen Wäschehaufens auf dem Kachelboden. Betrachtete den goldgelben Ring. Die zarte Gravur auf der Innenseite: »Liz & Tim 13.9.1980«

Sie hatten im kleinen Kreis geheiratet. An einem Samstag. Indian Summer. Liz' Eltern, seine Schwester Agnes, ihr Bruder John und ungefähr zwanzig Freunde. Eine schlichte Trauung im Garten des Santa Monica Hotels.

Liz in zartem Chiffonkleid mit altmodischer Spitze. Sie trug den schulterlangen Schleier seiner Mutter. Das dunkle Haar hochgesteckt. Sonne fing sich in den Diamanten ihrer zierlichen Ohrstecker.

Er hatte einen schwarzen Anzug getragen mit Krawatte und Einstecktuch. Als ihr Vater Liz zum Altar führte, hatte er Tränen aufsteigen gespürt. Hatte sich gewünscht, seine Mutter hätte das alles miterleben können. Liz war über das Gras geglitten, weiß, ihr Blick auf das Bouquet gesenkt. Ein kleiner Strauß Lilien.

Vorsichtig hatte er ihre andere Hand genommen. Klein und schmal hatte Liz neben ihm gestanden. Wie eine zerbrechliche Porzellanfigur. Unsicheres Lächeln. Im Mittelpunkt zu stehen war ihr immer unangenehm gewesen.

Er hatte ihre Hand sanft gedrückt. »Hey.«

»Hey.« Sie hatte sich entspannt.

Er war glücklich gewesen. Stolz. Stolz auf die schöne Frau an seiner Seite. Die Frau, die alle mochten. Nach der sich jeder erkundigte. Die Wärme und Herzlichkeit ausstrahlte. Er würde sie immer lieben. Immer dankbar sein, dass es sie gab. Das hatte er damals gedacht.

In der Aufregung hatte er dem Pastor kaum zugehört und wie im Nebel den Ring an ihren schlanken Finger gesteckt.

»… in guten und in schlechten Zeiten. Bis dass der Tod euch scheidet.«

Später hatten sie getanzt. Langsam wiegend hatte er seine Frau gehalten. Seine Frau.

Er ließ sich zurücksinken in den Wäscheberg. Shit. Er streifte den Ehering über. Betrachtete seine Hand. Bemerkte erste Falten, müde Haut auf dem Handrücken.

Sie waren einmal glücklich gewesen. Wann hatte das aufgehört? Die ersten Jahre waren gut gewesen. Sicher. Als sie das Haus gekauft hatten, hatte er sie über die Schwelle getragen. Ihr eigenes Haus.

Sie hatten gemeinsam die Wände gestrichen, gesungen und herumgealbert. Liz malte Herzchen an die Wand, sie frühstückten an dem alten Holztisch auf der Terrasse. Die Bäume waren kleiner. Die Büsche weniger dicht. An den Wochenenden pflanzte er die Zitronenbäume, legte einen Kräutergarten an. Später dann die Akelei und Lupinen. Sie hatte Limonade gebracht und im Bikini auf der Terrasse gelegen.

Nach der Schwangerschaft war das Leben langsamer geworden. Häuslicher. Sie waren viel spazieren gegangen. Sie verbrachten ihre Abende auf der Couch, Liz' Kopf in seinem Schoß.

Er hatte sich erwachsen gefühlt. Vielleicht war er zum ersten Mal glücklich gewesen, ganz bei sich.

Nach der Beförderung hatte er mehr gearbeitet, sie sahen sich seltener.

Dann die Fehlgeburt. Liz hatte still gelitten, statt ihr zu helfen, war er ins Büro geflüchtet. Hatte sie mit Derek allein gelassen. Ihm hatte im Schmerz nichts zur Verfügung gestanden. Nichts, das ihren Schmerz hätte lindern können. Er kannte sich mit so was nicht aus.

Er wusste nur, dass Zeit alle Wunden heilte.

Irgendwann hatte sie sich gefangen. Und dennoch blieb etwas. Ein dunkler Fleck. Die Verbindung war gestört. Es wurde schwieriger, das war ihm damals schon klar, obwohl sie wenig sprachen. Es war immer wenig Zeit da gewesen, verdammt. Morgens Kaffee im Stehen. Abends hatte er sie oft schlafend auf der Couch gefunden.

Derek war Liz' einziger Halt gewesen. Die Beziehung war immer enger geworden.

Ihn hatte es damals nicht gestört, dass ihr Leben nur an den Wochenenden stattfand. Ihre Küsse flüchtiger wurden, dass sie einander weniger zuhörten.

Als Derek aufs College ging, war Liz dann allein. Probierte sich aus.

Er bekam nicht viel davon mit. Arbeitete, spielte Golf. Gleichgültigkeit hatte unbemerkt Besitz von ihm ergriffen.

Liz war angespannter. Verschlossener. Und er hatte mit seinen Wutausbrüchen zu kämpfen. Verdammt, diese Wutausbrüche. Das hatte alles mit der Scheiße im Büro begonnen. Der Ungerechtigkeit. Frank. Er hasste es, wenn Dinge über seinen Kopf hinweg entschieden wurden.

Dann der Therapeut, Medikamente. Fürs Erste hatte sich damit die Wut gelegt. Gleichgültigkeit und Müdigkeit nahmen ihre Stelle ein. Das waren wohl Nebenwirkungen.

Irgendwo da, da hatten sie sich ganz aus den Augen verloren.

Jetzt lag er hier in einem Berg frischer Wäsche. Allein. Angst überkam ihn. Angst davor, einsam zu sein.

Er schloss die Augen, rollte sich zusammen und deckte sich mit einem Handtuch zu. Sein Leben war zu Ende. Zumindest fühlte es sich so an.

Er blieb bis zum späten Nachmittag im Bett. Gedankenlos starrte er an die Decke. Nickte immer wieder ein. Versuchte sich einzureden, dass es phantastisch war, den ganzen Tag im Bett liegen zu können.

Irgendwann stand er auf, um Bier zu holen. Sonnenstrahlen fielen durch den Schlitz zwischen den Gardinen.

Er machte sich ein Sandwich. Weißer Toast. Labberig. Er war zu faul, den Toaster zu benutzen. Zwei Scheiben Cheddar. Mayonnaise. Er aß es im Bett. Später döste er halb wach mit leerem Kopf ein. Krümel auf dem Kopfkissen.

Am nächsten Tag erwachte er schon um halb sieben.

Mit Kopfschmerzen blieb er eine Stunde im Bett liegen. Dann holte er sich ein Glas Wasser. Zwei Aspirin. Welcher Wochentag war es?

Er war schockiert, dass es ihm egal war. Keine Lust zu duschen. Keine Lust auf Licht.

Als er auf die Couch im Wohnzimmer umsiedelte, zog er dort die Vorhänge zu. Ein Berg aus Schokoriegeln, Bierdosen, Zigaretten und Aschenbecher lag vor ihm auf dem Couchtisch. Bis in den Nachmittag schaute er fern.

Ein vorsichtiges Klopfen an der Haustür ignorierte er. Er erwartete niemanden. Geduckt sah er durchs Küchenfenster Aidas Rücken. Wackelnde Arschbacken in enger Jogginghose.

Wieder Couch. Er war zu müde, Kaffee zu machen. Die Zigaretten gingen zu Ende.

Irgendwann hörte er sein Handy summen. Eine Textnachricht von Derek:

»Dad, treffen wir uns Dienstag um 13h zum Lunch? The Ivy? Derek« Welcher Tag war heute? Er hasste The Ivy. Ein Paparazzi-umschwärmtes, überbewertetes Restaurant in Beverly Hills. Teurer Landhausstil, die Tische, die standen zu eng beieinander. Aber Dereks Büro lag um die Ecke.

Wahrscheinlich hatte er nicht viel Zeit. Es war Jahre her, dass sie dort gegessen hatten. Derek hatte Liz und ihn eingeladen. Es war Liz' vierzigster Geburtstag gewesen.

Er erinnerte sich, dass sie bis vor der Tür des Restaurants gestritten hatten. Worüber hatten sie gestritten?

Fuck it. Er musste Derek sehen. Er antwortete: »Ok.« Die zwei Buchstaben kosteten Kraft. Checkte den Kalender. Bis Dienstag war es noch eine Ewigkeit.

Am Abend trank er den Scotch aus und schrieb Larry Greenblatt, dass er ihn unbedingt treffen wolle. Fügte seine neue Nummer hinzu. Erschöpft und betrunken schlief er vor dem Fernseher ein.

Frühe Sonne. Vogelzwitschern.

Er zog die Vorhänge einen Spaltbreit auf, öffnete das Fenster. Der Rücken schmerzte. Er musste wach werden.

Er ging in die Küche und setzte Kaffee auf. Danach duschte er lange. Heiß, dann kalt.

Er nahm sich eine von den neuen Boxershorts, T-Shirt und blaue Shorts vom sauberen Wäschehaufen.

Kaffee schwarz und die letzte Zigarette.

Er musste einkaufen. Musste die Fäden wiederaufnehmen.

Der Koreaner räumte Dosen ins Regal.

»Sie sind's!« Er klang nett.

Als Tim versuchte, sich an ihm vorbeizuschieben, riss er einige Klopapierrollen vom Regal. Tim schnaubte wütend. Unterdrückte den Impuls, nach den Rollen zu treten, und stampfte wie ein Kind mit dem Fuß auf.

Verdammt. Der Laden war zu klein.

»Oh, sorry! Sorry!« Erschrocken fing der Koreaner an, die Rollen aufzuheben.

»Nein, nein! Das ist meine Schuld!«, sagte Tim. Er hatte den Mann verängstigt. Es tat ihm leid.

Er kaufte Milch, Brot, Chips, Zigaretten und eine überteuerte Flasche Scotch.

Er nahm sich vor, demnächst zum Supermarkt zu fahren. Er musste haushalten, konnte sich auf Dauer die teuren Einkäufe in dem kleinen Laden nicht leisten.

Noch einen Kaffee. Diesmal mit Milch. Während er trank und rauchte, starrte er vor sich hin. Ließ den Blick über den Wandschrank zum Kühlschrank gleiten. Der Lazyboy-Ausriss hing schief mit Tesafilm an der metallenen Front.

Hinter dem Krug auf der Anrichte, aus dem Kochlöffel und Schneebesen ragten, steckte ein Stapel mit Take-out Broschüren. Sie hatten oft vom Chinesen bestellt.

Oben auf dem Schrank mit den Gläsern und Tellern drei große Vasen. Grünes und blaues Glas. Hochzeitsgeschenke.

An der Wand neben der Spüle ein Geburtstagskalender. Jeden Monat ein anderes Foto von seltenen Blumen. Ein Geschenk von Derek. Mindestens zehn Jahre alt. Der Mai zeigte eine pinke »Desert Beauty«. Seit drei Monaten hatte Liz den Kalender nicht umgeblättert.

Seltsam.

Er rieb sich das Gesicht.

Nach einer halben Stunde setzte die Wirkung des Koffeins ein. Es kribbelte im Körper. Er fühlte sich rastlos, unternehmungslustig.

Jetzt würde er sich die Garage vornehmen.

Wer weiß, was Liz dort versteckt hatte. Er hoffte auf seinen alten Plattenspieler.

Er nahm den Garagenschlüssel vom Schlüsselboard. Ein kleiner Schlüssel mit Micky-Maus-Anhänger. Dieses Mal benutzte er nicht die Hintertür. Er ging ums Haus herum zur Einfahrt, öffnete das große Garagentor. So hatte er mehr Luft und Licht.

Er zog den Kopf ein. Staub kitzelte in der Nase. Vor ihm

die Wand aus Kartons. Wo sollte er beginnen? Er versuchte, die verblichenen Beschriftungen zu lesen, und hob die oberen Kartons herunter. Alte Bücher, Kleidung, Kinderspielzeug. In einem schweren Karton Fotoalben. Obenauf ein mit grünem Stoff bezogener Band mit Storch.

In goldener Schrift las er den Namen »Derek«.

Vorsichtig trug er den Karton ins Haus. Setzte ihn mitten im Wohnzimmer ab. Er konnte sich nicht daran erinnern, wann er die Fotos zum letzten Mal gesehen hatte. Ob er sie überhaupt schon einmal gesehen hatte. Liz hatte die Alben zusammengestellt und aufbewahrt. Vorsichtig nahm er eins nach dem anderen aus der staubigen Kiste.

Die ganz alten mit buntem Stoff bezogen, die neueren aus Kunstleder. Er fuhr mit der Hand über das oberste. Das grüne mit Storch. So viel Vergangenheit. Bevor er den Mut aufbrachte, eines der Alben zu öffnen, brauchte er einen Drink. Er holte Eiswürfel aus der Küche und goss sich einen Scotch ein.

Doppelt.

10

1983. Liz in Jeanslatzhose, Derek auf ihrem Arm. Ein dickes blondes Baby. Nackte Speckbeinchen im blauen kurzen Strampler. Das Bild war in ihrem Garten aufgenommen worden. Lupinen im Hintergrund. Er stand am Grill, Peter daneben mit Schnurrbart. Kleiner, schmaler, verschmitzt. Kurze Jeans, offenes Hemd. In ihren Händen Heineken. Sie prosten sich zu.

Sie hatten Heffners gerade kennengelernt. Liz war täglich mit dem Kinderwagen spazieren gegangen. Hatte in der Nachbarschaft ihre Kreise gezogen. Die Frauen waren sich immer wieder auf der Straße begegnet. Hatten Müdigkeit und Unsicherheit der anderen erkannt und sich verbunden gefühlt. Bald waren sie gemeinsam spazieren gegangen, tauschten sich täglich aus. Liz erwähnte Doreen immer öfter.

Dann lud Doreen sie zum Dinner ein. Die Ehemänner sollten sich kennenlernen. Er war dagegen gewesen, hatte keine Lust gehabt, nach der Arbeit zu Nachbarn zu gehen. Liz reagierte mit Tränen. Es war ihr offenbar wichtig.

Ein paar Abende später gingen sie mit einer Flasche Wein unter dem Arm hinüber zu Heffners. Liz' Freundin Meredith sprang als Babysitter ein. Peter hatte ihn sofort für sich eingenommen. Seine offene Art, die verbindliche Ernsthaftigkeit hatten ihm gefallen. Natürlich musste Liz das auch gefallen haben. Peter war so viel galanter als er. Er erinnerte sich, dass er sich in Peters Gegenwart oft hölzern gefühlt hatte. Wie ein Geselle, der noch einiges lernen kann vom Meister.

Peter hatte ihn wie einen alten Freund begrüßt. Herzlich und aufmerksam. Sie hatten über Golf und Baseball gesprochen. Peter war Red Sox Fan. Klar. Er stammte aus Boston.

Auch Doreen strahlte Wärme und Herzlichkeit aus. Er bemerkte, wie entspannt Liz in ihrer Gegenwart war. Das Reden über die Kinder tat ihr gut. Sie tranken bis spät in die Nacht Wein. Und einige Wochen später kamen Heffners zu ihnen. Bald waren sie fester Bestandteil ihres Lebens.

Tim wischte sich die Augen. Goss sich nach, schob eins der Sofakissen in den Rücken. Diese verdammte kleine Couch.

Das nächste Bild war etwa zwei Jahre später aufgenommen, 1985. Die Familie zusammen auf einer Decke im Garten. Derek mit Latzhose und Eis am Stiel. Liz mit kurzem Haar. Sie sah müde aus. Angespannt.

Wenige Wochen zuvor hatte sie die Fehlgeburt gehabt und sich das lange Haar abgeschnitten.

Durchweinte, schlaflose Nächte und endlose Arztbesuche zehrten an ihren Kräften. Liz hatte das zweite Baby im sechsten Monat verloren. Ein Albtraum, auch für ihn. Peter hatte das Bild gemacht. Hatte er damals schon ein Auge auf Liz geworfen? Tims Magen zog sich zusammen. Möglich war alles. Er blätterte weiter. Dereks erster Kindergartentag, das erste Fahrrad, Fußball spielend, mit Geburtstagskuchen vor sich.

Mit den Bildern flogen die Jahre vorbei. Damals hat man nicht so viele Fotos gemacht, dachte er.

Immer wieder Peter im Hintergrund. Manchmal Doreen. Er betrachtete das Bild genauer. Wollte etwas finden, das er übersehen hatte. All die Jahre.

Liz und Peter hatten sich immer gut verstanden. Er band die stille Liz in Gespräche ein, brachte sie zum Lachen. Dennoch unterhielten sich meist die Männer untereinander. Niemals hatte er auch nur im Traum daran gedacht, dass Peter und Liz ein Verhältnis haben könnten. Der Gedanke war immer noch absurd.

Er trank den Scotch in einem Zug aus. Dann nahm er das nächste Album zur Hand. Blauer Stoffumschlag. Abgewetzte Ecken. Knisterndes Pergamentpapier zwischen den Seiten. Er zögerte, es zu öffnen, hatte Angst vor dem, was er sehen könnte.

Fuck it.

Er schlug es auf.

Die Männer wieder beim Grillen. Jahre später. Peters Hand auf Tims Arm, beide lachen in die Kamera. Gebräunt. Entspannt. Bier in der Hand. War das in Heffners Garten?

Bei genauerem Hinsehen kam ihm Peters Lachen falsch und oberflächlich vor. Hatte er sich jahrelang in ihm geirrt?

Das nächste Bild zeigte Peter und Liz tanzend. Ihr achtundzwanzigster oder neunundzwanzigster Geburtstag. Zusammen mit Peter hatte er eine Überraschungsparty organisiert.

Sie hatten mit Freunden im Garten gefeiert.

Peter zwinkert dem Fotografen verschmitzt zu, während Liz auf ihre Füße schaut. Ihr Haar wieder schulterlang. Peter hält Liz fest im Arm. Eine Hand ruht auf ihrem Rücken, fast auf ihrem Po.

Tim schaute sich das Foto näher an. Was für ein Idiot er doch gewesen war! Das Bild war 1991 entstanden. Hatte die Affäre bereits begonnen? Er bezweifelte es.

Hatte Doreen davon gewusst? Doreen war immer gutmütig gewesen. Ein Fels in der Brandung. Schwer zu glauben, dass Peter sie so hintergangen hatte.

Er blätterte weiter. Dereks Einschulung. Einige Urlaubsfotos aus Mexiko. Liz im Bikini mit Sonnenhut. Derek mit großem Softeis.

Ein verwackeltes Bild von ihm und Liz vor einer Kirche. Sie im zartrosa Sommerkleid mit Sonnenbrille. Sein Arm um ihre Taille. Der Kopf angeschnitten.

Derek musste das Bild gemacht haben. Sie hatten eine herrliche Zeit gehabt. Zwei Wochen Cabo San Lucas. Strand, Entspannung, Familie. Im Hotel gab es nachmittags eine Kindergruppe. Wann immer der Sohn untergebracht war, zogen sie sich zurück. Tranken Cocktails. Hatten Sex. Machten kleine Ausflüge zu zweit. Er erinnerte sich, dass sie viel gelacht hatten in dem Urlaub. Undenkbar, dass Liz da bereits eine Affäre hatte.

Dann ein Bild im Schnee. Derek, etwa elf Jahre alt. Ein alter Mann daneben. In dicker Winterjacke aus schwarzrotem Flanell. Die strengen Züge seines Vaters, an die aufrechte Haltung erinnerte er sich gut. Stolz hatte der Alte einen Arm um seinen Enkel gelegt. Im Hintergrund das rote Haus, in dem Tim aufgewachsen war. Die verschneite Veranda.

Dann ein Bild von Tim mit seinem Vater. Momente später entstanden. Steif. Der obere Bildrand schnitt ihre Stirnen ab. Die Arme berühren sich nicht. Bemühtes Lächeln auf seinem Gesicht. Er erinnerte sich, wie kalt es an dem Tag gewesen war. Sein Vater stand mit geöffnetem Mund da, den rechten Arm erhoben. Angestrengter Blick in die Kamera. Offenbar hatte er Derek Anweisungen gegeben, worauf er beim Fotografieren zu achten hatte. Eine tiefe Falte teilte seine Stirn.

Liz hatte damals durchgesetzt, den Alten zu besuchen. Er hat ein Recht darauf, seinen Enkel zu sehen, hatte sie gesagt.

Tim bestand darauf, bei Agnes zu wohnen. Ein Hotel kam nicht infrage, und beim Vater im Haus wollte er auf keinen Fall wohnen.

Merkwürdig, wie leicht es ihm gefallen war, Agnes zu ignorieren. Ihre verhärmte, unterwürfige Art ließ sie fast unsichtbar erscheinen. Das empfand er bis heute so.

Drei Tage Jasper. Kalt, ungastlich, langweilig. Dank Liz war es ihm aber gelungen, größeren Streitereien aus dem Weg zu gehen.

Der Vater mochte sie. War weicher, wenn sie dabei war. Sie hatten das Grab der Mutter besucht. Es ging ein schneidender Wind. Der Friedhof war zugeschneit, das Grab vereist. Derek schlitterte auf dem zugefrorenen Grab herum, bis Tim ihn am Arm packte. Ungewollt hart. Das Kind weinte. Liz schwieg, aber ihr Blick war missbilligend. Sie legte den Arm um Derek und ging zurück zum Wagen.

Er musste zurückdenken an seine frühe Jugend in Jasper, geprägt von Angst um die Mutter. Und Wut gegen den Vater. Endlose Nachmittage in seinem Zimmer. Musik über Kopfhörer. Poster an der Wand. Schule. Die Mutter war immer still. Stand am Herd in ihrer rot gemusterten Schürze. Die Schwester dicklich, schweigsam. Das Wohnzimmer die Festung des Vaters.

Ein Ort, den man mied, wenn er zu Hause war.

Der Herbst in Jasper war grau, regnerisch. Blätter mussten geharkt werden. Irgendwann begann ihr Husten. Leise hörte er seine Mutter in der Küche. Sie war krank. Als die Diagnose kam, geriet der Vater außer sich, wusste nicht wohin mit seinem Zorn. Dann rührte er sie nicht mehr an. Kam kaum nach Hause.

Die Schwester und er kümmerten sich um die Mutter. Fuhren sie zum Arzt. Ins Krankenhaus. Führten den Haushalt.

Das Gesicht der Mutter war blass. Sie schlief den ganzen Tag. Der Arzt sagte, das seien die Nebenwirkungen. Tim half ihr, den Tee zu trinken. Streichelte ihren dünnen Arm. Blaue Adern traten dick unter ihrer durchsichtigen

Haut hervor. Der Vater schlief im Wohnzimmer auf der Couch. Erster Schnee. Der Winter kam. Kurz vor Weihnachten.

An einem Montag bat die Mutter ihn, den Vater zu holen. Widerwillig kam er die Stufen hoch, trat mit hängenden Schultern zu ihr herein. Wie ein Gang zum Schafott.

Tim wartete mit Agnes auf dem Flur. Sie trauten dem Alten nicht. Drinnen wurde leise gesprochen. Dann eine lange Stille. Als der Vater eine Stunde später leise die Tür schloss, waren die Augen gerötet.

Am nächsten Tag starb die Mutter.

Er war zum Weinen auf den Dachboden gegangen. Zusammengekauert hatte er dort gesessen. Agnes blieb bei einer Freundin. Der Vater hatte sich im Wohnzimmer verbarrikadiert. Jeder trauerte für sich.

Nach der Beerdigung packte Tim seine Sachen. Schaute nicht mehr zurück. Little Rock. College. Alfie. Den Schmerz weggesoffen hatte er. Die Nächte zum Tag gemacht, sich des Abschieds von ihr beraubt.

Das alles war lange her. Mein Gott, war das lange her. Sein Kopf fühlte sich bleischwer an. Die Stille im Haus wurde plötzlich unerträglich.

Schon als Kind hatte er es als beruhigend empfunden, das Klappern und Surren der Nähmaschine seiner Mutter zu hören. Nach ihrem Tod hielt die Stille Einzug ins Haus. Unerbittlich und kalt. Sie schnitt ihm ins Fleisch und trieb ihn davon.

Als er das dritte Album aufschlug, klingelte das Handy. Er legte das Album hin und nahm ab. Larry Greenblatt.

»Tim! Oy, du alter Schlepper!« Larry sprach laut und schnell. Wie früher. Es tat gut, seine dröhnende, gut gelaunte Stimme zu hören.

»Wann sehen wir uns?«

»Wann kommst du?«

»Nächste Woche, Dienstag oder Mittwoch.«

»Dann sehen wir uns. Ich hab Zeit.«

»Wunderbar, mein Fraynd! Ich reserviere was! Lassen wir's ein bisschen krachen, ja?«

Tim musste lachen. »Auf jeden Fall.«

»Warn Liz schon mal vor, dass du spät nach Hause kommen wirst, mein Fraynd.«

»Liz ist weg.« Es kam bitterer, als er beabsichtigt hatte.

»Ein Kumpel von mir hat Downtown einen neuen Club aufgemacht, ich mache da was klar …« Larry hatte nicht zugehört.

»Larry. Liz ist weg.«

Stille.

»Was? Weg?«

»Ja.«

Larry atmete laut aus. »Oy wey … Das tut mir leid.«

Es war eine Weile still.

Ungewohnt leise fuhr Larry fort. »Wir sprechen nächste Woche. Dann erzählst du alles.«

Situationen wie diese waren nicht Larrys Stärke. Aber er fing sich schnell wieder. »Na, dann erst recht, was? Was, mein Guter? Dann sind wir beiden ja wieder zu haben! Das müssen wir feiern!«

Larrys dummes Gequatsche tat trotz allem gut in diesem Moment.

Er wusch sich mit kaltem Wasser das Gesicht. Scotch am Vormittag war keine gute Idee. Er spülte zwei Tylenole mit einem großen Glas Orangensaft herunter.

Es gab noch vier weitere Alben. Später. Mehr Vergangenheit konnte er jetzt nicht ertragen.

Er legte sich auf die Couch. Verspürte ein Kratzen in der Kehle. Als er hustete, schmerzte der Hals. Dann suchte er die Fernbedienung und zappte zwei Stunden lang mit leerem Kopf durch die Kanäle. Kochshows, Nachrichten, Realityshows.

Irgendwann brannten seine Augen. Er fühlte sich fiebrig. Hatte keine Lust zu rauchen.

Er wünschte, Liz wäre da.

Verspürte plötzlich das starke Gefühl, um sie kämpfen zu wollen. Sie war schließlich *seine* Frau! Es gab noch genug, das sie verband. Das Haus, der Sohn, ihre gemeinsamen Erinnerungen.

Er fühlte sich zu schwach, um zu kämpfen.

Er holte die Bettdecke. Nieste. Shit, es hatte ihn voll erwischt. Er suchte in der Küche nach Kleenex, als es an der Tür klingelte. Er spähte durchs Küchenfenster. Aida. Er öffnete ihr.

Sie lächelte ihn an. »Hi, Nachbar!« Sie trug pinkfarbene, enge Shorts, ein schwarzes Tanktop und das Goldkettchen.

»Hey.« Er kniff die Augen zusammen. Das grelle Sonnenlicht schmerzte.

»Bist du okay?« Ihr Lächeln verschwand. Sie klang besorgt.

»Hmm, nein. Grippe wahrscheinlich.«

»Shit. Brauchst du was?«

»Nein, danke.« Es fiel ihm schwer, sich zu unterhalten. Er musste sich hinlegen. Nieste noch einmal.

»Komm.« Sanft drängte sie sich an ihm vorbei. »Leg dich wieder hin, ich mach Tee.«

Bald hörte er sie in der Küche Schränke öffnen. Er legte sich wieder auf die Couch. Sie kam mit einem feuchten Küchentuch. Legte es sanft auf seine Stirn.

»Dich hat's ganz schön erwischt.« Zahnlückenlächeln.

Sie sah sich um.

Er bemerkte ihren kritischen Blick.

Das Wohnzimmer sah wüst aus. Getrocknetes Blut auf

dem Teppich, der Vitrinenschrank ohne Glas, der zerstörte Kunstdruck, leere Flaschen, volle Aschenbecher.

»Das nächste Mal, wenn du eine Hausparty machst, sag Bescheid.« Sie lächelte. Dann deckte sie seine Füße zu. Bevor sie ging, stellte sie eine dampfende Tasse Tee vor ihm auf den Couchtisch. Mit geschlossenen Augen hörte er sie ein Fenster öffnen.

»Ich schau später noch mal nach dir, okay?« Sie flüsterte. Dann entfernten sich ihre Schritte, und er hörte, wie die Haustür ins Schloss fiel.

Mit Kopfschmerzen erwachte er am späten Nachmittag. Seine Augen brannten. Die Gelenke schmerzten. Die Kleenex-Packung war leer. Er nieste in ein altes T-Shirt.

Fuck it.

Er holte ein Glas Wasser aus der Küche. Die Knie zittrig. Spürte die Fliesen unangenehm kalt an den nackten Füßen. In den letzten Jahren war er selten krank geworden. Nach der Knieoperation hatte er einige Tage zu Hause im Bett verbracht. Liz hatte ihm Lunch ans Bett gebracht und abends gekocht. Sie hatte die Kissen aufgeschüttelt, ihm Gesellschaft geleistet. Hatte auf der Bettkante gesessen und von ihrer Boutique erzählt. Er hatte sich nur gewünscht, sie würde ihn allein lassen.

Krank sein und Nichtstun waren nicht seine Stärke. Sobald er aufstehen konnte, war er immer ins Büro gefahren.

Am Abend wieder leises Klopfen. Zahnlücke. Sie hielt ihm einen Plastikcontainer hin. »Vorsicht, heiß!« Hühnersuppe.

Aida setzte sich in den Sessel vor ihn. Die Beine angezogen, betrachtete sie ihn, wie er die heiße Suppe schlürfte.

»Danke.« Er sah auf. Schwaches Lächeln.

Sie fuhr sich durchs Haar. Ließ den Blick wieder durch das Wohnzimmer wandern. »Klar. Gerne.« Ernst fuhr sie fort. »Ist scheiße, wenn man krank ist. Und allein.«

»Ja.«

»Deine Frau hat Geschmack …« Sie wies mit dem Kopf auf die dänische Essecke.

»Ja.«

»Wieso ist sie weg?« Aida legte den Kopf schräg. Sie schien unsicher, ob die Frage zu indiskret für ihn war.

Matt zuckte er mit den Achseln. Er hatte keine Ahnung. Weil er ein Arschloch war? Weil sie Peters Tod nicht verkraftet hatte? Weil ein anderer aufmerksamer als er war? Weil ihr Zuhause ihr zu einsam und langweilig geworden war?

»Sie hatte einen anderen«, sagte er schließlich.

Sie biss sich auf die Unterlippe. »Klassisch.«

Sie beugte sich vor. Sah ihn ruhig an. »Wenn die Kinder aus dem Haus sind, sind die Frauen allein. Ein bisschen Yoga und Kaffeekränzchen reichen irgendwann nicht mehr. Sie versuchen, mit dem Mann zu reden, die Ehe wieder in Schwung zu bringen. Die Frauen wollen reden und verstanden werden. Die Männer verstehen nicht, sind genervt. Es hat sich doch nichts geändert. Es ist anstrengend, langweilig. Beide wissen, dass es langweilig ist. Bis irgendwann entweder eine Jüngere kommt – oder ein Typ, der Lust hat zu reden.«

Sie verzog den Mund.

»So oder so ähnlich geht's immer. Ich höre die Storys jeden Abend.«

Es klang so einfach.

Es nervte ihn, dass eine junge Stripperin es ihm erklären musste.

»Meine Oma hat meinen Opa mit zweiundsiebzig verlassen. Es ist nie zu spät, neu anzufangen«, sagte sie. Es war aufmunternd gemeint. Bevor sie ging, schrieb sie ihre Nummer auf eine der alten Zeitungen. »Ich hab noch eine Woche sturmfrei. Meld dich, wenn's dir besser geht.«

Er nickte und hörte wieder die Haustür ins Schloss fallen.

11

Mit einem Handtuch um die Hüften trat er ins Wohnzimmer. Wasser tropfte auf den Teppich. Er strich das nasse Haar zurück. Fühlte sich besser.

Sein Blick ging durch den Raum, ein einziges Chaos. Achtlos in die Ecke geworfene Sofakissen. Teller mit verklebten Essensresten. Leere Tassen, Becher, Flaschen auf dem Boden. Zigarettenasche überall. Das Ganze übersät mit zerknüllten Taschentüchern. Drei Tage lang Grippedelirium. Jetzt hatte er alles ausgeschwitzt, weggeschlafen. Seufzend ging er ins Bad zurück.

In einer Stunde würde er Derek zum Lunch treffen.

Angespannt hupte er. Ein fetter silberner BMW blockierte die Straße. Valet Parking. Vor dem Restaurant standen die Leute Schlange. The Ivy. Klar. Er zog an dem ganzen Zirkus vorbei. Fuck Valet Parking.

Vier Blocks entfernt fand er einen Parkplatz. Bewusst langsam lief er zum Restaurant zurück. Fühlte sich unwohl.

Die Sonne grell, es ging ein leichter Wind.

Geliftete Damen in teuren Kostümchen glitten an ihm vorbei. Handy am Ohr. Übergroße Designer-Sonnenbrillen. Teure Handtaschen. Es roch sauber. Kaum Hunde zu sehen. Teure Autos rauschten vorbei. Bentley, Jaguar, Mercedes. Niemand hupte, man hatte Zeit.

Blumenkübel mit bunten Blüten. Gepflegt. Beverly Hills hatte Geld und zeigte es auch.

Gebräunte Männer seines Alters verabschiedeten sich vor den Restaurants. Joviales Schulterklopfen. Man hatte beim Lunch einen Deal besprochen.

Mexikaner in weißen Hemden mit Weste rannten, um die geparkten Mercedes und BMW zu holen, während die Upperclass einen Dollar Trinkgeld bereithielt.

Er hasste Beverly Hills.

Er senkte den Blick und atmete tief ein.

Seit drei Wochen hatte er den Sohn nicht gesehen. Shit, es war so viel passiert.

The Ivy. Ein alberner weißer Zaun, eng stehende Bistrotische. Hoffentlich hatte Derek drinnen reserviert. Als er das Restaurant betrat, spürte er Schweiß in den Handflächen. Auch hier Luxus. Man sprach leise. Teure Sonnenbrillen neben den zierlichen Tellerchen auf den kleinen Tischen.

Derek saß schon an einem Tisch hinten rechts und winkte ihm.

Er trug einen grauen Anzug, weißes Hemd und Krawatte.

Unbewusst hatten sich Tims Hände verkrampft. Zu Fäusten geballt. Langsam schob er sich an Kellnern, Tischchen und auf dem Boden abgestellten Handtaschen vorbei. Fühlte sich schon jetzt beengt. Er setzte trotzdem ein angestrentes Lächeln auf.

»Hey!« Derek stand auf und breitete die Arme aus. Gespielt überschwänglich.

Kurze Umarmung.

Derek war eins fünfundneunzig. Sie begegneten sich fast auf Augenhöhe. Als sie sich lösten, hielt der Sohn ihn an der Schulter fest. Betrachtete ihn genauer. »Bart steht dir gut!«

Statt etwas zu entgegnen, klopfte er seinem Sohn auf die Schulter. Dabei stieß er an den Nachbartisch. Die zierlichen Gläser wackelten. Er murmelte eine Entschuldigung.

Er brauchte einen Drink.

Sie setzten sich. Tim schob den Stuhl so weit es ging zurück. Trotzdem stieß er mit den Knien an die Tischkante.

Ein Kellner trat an ihren Tisch. Zu nah. Unterwürfig stand er da. Beine durchgedrückt, Hacken zusammen, übertrieben gerade, den Kopf leicht gesenkt.

Derek bestellte einen Eistee.

»Scotch.« Tim sah nicht auf.

»Holla! Hast du noch was vor?« Derek ließ ein unechtes Lachen hören. Aber er fing sich sofort wieder, machte Smalltalk. Er habe zwei neue Klienten. Ob Tim den neuen Film von Ridley Scott gesehen habe?

Der Kellner brachte die Getränke. Tim leerte seinen Scotch in einem Zug. Das unwohle Gefühl war jetzt sehr präsent. Wie lange würde er den Smalltalk durchhalten? Sein Blick ruhte auf Derek. Der gestikulierte viel beim Reden. Hatte die Krawatte gelockert, als Tim den Scotch kippte.

Jetzt redete er davon umzuziehen. Eventuell ein kleines Haus in den Hills zu kaufen. Tim nickte dazu. Indifferent. Kämpfte gegen die Anspannung.

Der Sohn sah gut aus. Er hatte Liz' dunkles Haar. Grübchen. Blaue Augen. Er wirkte dynamisch. Tim bemerkte erste kleine Falten um dessen Augen. Mein Gott, sie wurden beide alt.

Sie bestellten Burger. Er einen weiteren Scotch dazu. Er spürte die Irritation des Sohnes.

Fuck it. Derek wusste doch genau, was los war. Wie lange würde er noch so tun, als wäre alles beim Alten?

Abwesend starrte er die Leute an. Das Restaurant war voll. Lunchtime. Man aß Salat, trank Weißwein. Cola light. Überall Blond. Dünne Frauen mit großen Brüsten. Gepflegte Nägel. Knochige Hände gestikulierten. Dicke Adern traten unter der Haut hervor. Teurer Schmuck.

Der Scotch begann, ihn zu beruhigen. Langsam wurde ihm warm.

»Dad? Dad!«

Er zuckte zusammen. »Sorry.« Derek hatte ihn aus tiefen Gedanken geholt.

»Wie ... wie geht es dir?« Er sah ihn ernst an. Natürlich wusste Derek, dass Liz weg war.

Die Burger kamen. Tim bestellte den dritten Scotch. Diesmal doppelt. Fuck it. Der Smalltalk war vorbei. Er würde den Doppelten brauchen.

Derek betrachtete ihn abwartend.

Langsam faltete Tim die Serviette auseinander. Nervös.

»Mir geht's beschissen. Ich bin seit einer Woche arbeitslos. Gekündigt.« Er biss in den Burger. Tomatenstücke fielen an den Seiten herunter auf die Serviette.

Dereks Gesicht wirkte ehrlich überrascht. »Das wusste ich nicht.« Für einen Moment schien er aus der Bahn geworfen.

»Dass deine Mutter mit ihrem Lover weg ist, weißt du ja sicher. Ich war ein paar Tage unterwegs, bin von fünf Typen verprügelt worden. Auf einem Campingplatz.« Tim sprach schnell, fast teilnahmslos. Er riss sich zusammen.

Derek war im Begriff gewesen, von seinem Burger abzubeißen, als Tim angefangen hatte zu reden. In der Bewegung erstarrt, glotzte er seinen Vater mit offenem Mund an.

»Habe eine Dreiundzwanzigjährige kennengelernt. Sue. Wir hatten Sex, im Gästezimmer ihrer Oma.«

Kurze Pause. Warum sollte er jetzt nicht alles sagen.

»Wusstest du, dass Peter Heffner, der übrigens seit zwei Jahren tot ist, und deine Mutter eine Affäre hatten?«

Scharf sah er Derek an. Derek blickte verschlossen zurück.

Der Burger war gut. Ein bisschen zu blutig, aber gut, dachte Tim.

Als der Kellner den nächsten Scotch brachte, griff Derek nach dem Glas, bevor Tim die Hand danach ausstrecken konnte, und leerte es in einem Zug.

»Noch zwei«, sagte Derek bestimmt.

Der Kellner nickte artig.

Tim nahm einen Bissen von seinem Burger. Fürs Erste war alles gesagt. Gespannt wartete er auf die Reaktion des Sohns, dessen Gesicht sich plötzlich aufhellte. Aber sein Grinsen wirkte wie eine Grimasse.

Derek sprang auf.

Der Typ im Anzug kam aus dem Nichts. Älter. Typ Anwalt.

»Wilkins! Wie geht's?« Schulterklopfen.

»Kann nicht klagen.« Derek sprach zu laut.

»Oh, mein Vater …« Derek zeigte auf seinen Vater.

Tim blieb sitzen. Sie tauschten einen lockeren Händedruck aus. »Freut mich.« Der ältere Typ beachtete ihn kaum.

Zu Derek sagte er: »Ruf mich nächste Woche an wegen Universal. Mit den Backends, das bekommen wir hin. Und: gute Arbeit!«

Dann war der Spuk vorbei. Derek setzte sich wieder. Starrte auf den Teller, räusperte sich und griff in sein Jackett. Noch bevor der Umschlag die Tischplatte berührte, wusste Tim, was es war.

»Von Moms Anwalt.« In Dereks Blick lag Trauer. Die Scheidungspapiere.

»Sie wollte, dass ich es dir gebe.«

Tim blickte auf den Umschlag. »Silberberg & Knupp LLP«, stand darauf.

Er sah Derek an. »Wusstest du davon?« Tim sprach leise. Es klang ungewollt drohend.

Derek kaute lange. »Ich wusste, dass sie unglücklich war. Ja.«

»Wer ist ihr Typ?«

»Keine Ahnung.« Die Antwort kam zu schnell.

»Kenn ich ihn?«

Eine steile Falte lag jetzt auf Dereks Stirn. »Dad, ich habe keine Ahnung.«

Still aßen sie eine Weile.

»Wo ist Mom jetzt? Ich muss mit ihr reden.«

Tim sah, wie Derek die Kiefer aufeinanderpresste.

Der Kellner brachte die zwei Scotch. Statt einer Antwort biss Derek trotzig in den Burger.

»Derek, ich hatte keine Ahnung. Ich hatte keine Ahnung, dass Peter tot ist. Ich hatte keine Ahnung, dass deine Mutter einen Lover hat und plante, mich zu verlassen.«

Die Alte vom Nebentisch sah zu ihnen herüber. Derek knetete seine Stoffserviette. »Ich weiß. Du hast nie was mitbekommen.«

»Was soll das heißen?«

Nervös rutschte Derek auf seinem Stuhl herum. Blickte sich um. »Das ist hier nicht der Ort …«

»Was soll das heißen?« Er war nicht in dieses beschissene Lokal gekommen, um Smalltalk zu machen. Um sich die Scheidungspapiere abzuholen.

Ein paar Leute schauten zu ihnen herüber. Gezupfte Augenbrauen gingen nach oben.

Derek lehnte sich vor. »Du hättest alles mitbekommen können. Aber du hast immer weggeguckt. Hast immer gearbeitet! Ignoranz enthebt dich nicht deiner Verantwortung! Du hättest es wissen müssen.« Er flüsterte gepresst. Dann lehnte er sich wieder zurück. »Als Peter krank wurde, hattet ihr längst keinen Kontakt mehr. Sie sind umgezogen, und das war's! Peter war tabu!«

Von was redete Derek? Seinem Sohn stand Schweiß auf der Stirn.

»Was heißt tabu?«

Derek starrte ihn ungläubig an. Dann bekam der Blick

etwas Verächtliches. »Mein Gott … Du hast wirklich alles verdrängt, oder?«

Tim spürte, wie sich seine Zehen in den Schuhen verkrampften. Blut begann in den Schläfen zu pochen.

Sein Sohn kippte den Scotch herunter. »Du hast verdrängt, dass du Mom geschlagen hast? Das glaubst du doch selber nicht!«

Triumph lag in seinem Blick. Die Frau am Nebentisch warf ihnen einen strengen Blick zu. Rückte ihr Stühlchen unmerklich ein Stück weg von ihnen.

Tim starrte den Sohn an.

»Ja, du hast Mom geschlagen! Dann hast du Pillen genommen und geschworen, es nie wieder zu tun. Als es dann wieder passiert ist, war Peter da … Peter hat Mom beschützt. Vor dir! Doreen hat irgendwann mitbekommen, was lief. Sie sind weggezogen. Ende der Geschichte.«

Die Ungeheuerlichkeit brachte ihn unvermittelt auf die Füße. Das Pochen explodierte in den Schläfen. Er sprang so abrupt auf, dass sein Stuhl umfiel. Blitzschnell griff er über den Tisch und erwischte den Sohn mit beiden Händen am Kragen. Riss ihn hoch. Drückte zu.

»Das ist nicht wahr!«

Derek keuchte laut. Versuchte, sich aus der Umklammerung zu befreien. Ein Glas fiel um. Besteck fiel klirrend zu Boden. Die Frau am Nebentisch rief nach dem Kellner. Das ganze Restaurant sah sie an, wie sie miteinander rangen.

Er schleuderte Derek herum. Der Tisch fiel zur Seite. Die Gäste am Nebentisch sprangen auf. Derek wehrte sich jetzt, holte aus und erwischte Tim an der Nase. Warm spürte er Blut über sein Kinn laufen. Jemand stieß einen kleinen Schrei aus.

Schlagartig kam Tim zu sich, ließ von seinem Sohn ab.

Er schüttelte den Kellner ab, der ihn am Arm gegriffen hatte. Stand keuchend da.

Auch Derek atmete schwer. Richtete sich Hemd und Jackett. Sein Blick hasserfüllt.

»Das ist mein Vater!«, schrie er, als Tim sich zum Gehen wandte.

Das ganze Restaurant war erstarrt.

Tim nahm den Umschlag vom Boden auf und verließ The Ivy. Langsam. Wie in Trance ging er vorbei an den kleinen Tischen, flüsternden Damen, erschrockenen Gesichtern. Niemand hielt ihn auf. Niemand folgte ihm.

Erschöpft trat er ins Licht.

Zum zweiten Mal, seit Liz gegangen war, rannen ihm Tränen die Wangen herunter. Er ließ es geschehen. Bemerkte die Blicke nicht. Lief ziellos die Straßen entlang, rempelte Passanten an.

Irgendwann fand er den Wagen und setzte sich schwer in den Sitz, den Umschlag auf seinem Schoß. Er hielt sich am Steuer fest und ließ den Kopf einfach hängen.

Tränen und Rotz tropften in seinen Schoß, der Knoten hatte sich gelöst.

12

Zurück in Atwater. Die Schritte zur Haustür. Wieder das Schloss, das klemmte. Wieder das leise Quietschen, bevor die Tür schwer hinter ihm ins Schloss fiel.

Dunkel lag der Flur vor ihm. Das Rauschen der Aircondition. Wieder die kleinen Möbel.

Stille.

Taub stand er im Flur. Reglos minutenlang.

Wie schön es wäre, wenn jemand käme. Seine Hand nehmen würde. Ihn führen, ihm leise zuflüstern würde, wie es jetzt weitergehen sollte. Jemand, der alles besser machen würde, der Liz' Sanftheit besaß.

Langsam zog er sich aus. Schuhe, Socken, Hose, Hemd. Dann die Boxershorts und das Unterhemd. Er ließ alles zu Boden fallen. Den Umschlag legte er obenauf.

Nackt stand er da. Spürte kühle Luft auf der Haut. Fühlte sich unmittelbar leichter.

Er schloss die Augen. Die Bilder kamen sofort. Wie rasende Köter, endlich von der Leine gelassen, rannten sie auf ihn zu.

Liz' verheultes Gesicht. Sie gestikuliert. Sie streiten sich. Liz trägt den dunkelblauen Kaschmirpullover mit V-Ausschnitt. Es ist Herbst. Sie stehen in der Küche. Umkreisen sich. Er sagt etwas. Schlägt mit der Hand auf die Anrichte.

Aufgebracht wendet sie sich ab. Seine Hand greift ihren Oberarm. Mit der anderen Hand holt er aus und schlägt zu.

Trifft sie im Gesicht. Ihr Körper zuckt zusammen. Der Abdruck seiner Hand auf der porzellanweißen Haut. Liz weicht zurück. Das Haar im Gesicht. Sie hält sich die gerötete Wange. Ihre Augen ungläubig geweitet.

Er öffnete die Augen. Die Wahrheit hatte jahrelang in seinem Kopf gesteckt. Nun dieser Streit mit seinem Sohn, der Hass in seinen Augen.

Ein Gefühl von Übelkeit überkam ihn. Die Knie wurden weich. Schwindelnd ging er ins Bad. Der Magen rumorte, krampfte sich zusammen. In einem heftigen Schwall erbrach er sich in die Wanne. Sein nackter Körper schwer über dem Wannenrand. Es schmerzte, das kühle Acryl auf der Haut zu spüren. Ein Knie auf den harten Fliesen, das andere auf der weichen Badematte.

So blieb er eine Weile hocken, spürte immer neue Wellen von Krämpfen. Kotzte wieder und wieder.

Bis es gut war.

Irgendwann legte er das verschwitzte Gesicht auf dem Wannenrand ab. Stille kehrte ein.

Er hörte im Garten die Vögel zwitschern.

»Tim? Bist du da? Die Tür war auf!«

Er schreckte hoch. Hörte Schritte auf dem Gang.

»Tim?«

Ein absurder Gedanke durchfuhr ihn. War das Peter? Kam er vorbei, um mit ihm zu reden?

»Hey, ist jemand zu Hause?« Die Schritte kamen näher.

Larry Greenblatt.

Tim stemmte sich hoch und griff ein Handtuch. »Moment!«

Er drehte den Duschkopf auf und begann die Kotze wegzuspülen. Der Abfluss verstopfte. Tim griff in das Gemisch aus Scotch und Burger, warf den Brei in die Toilettenschüssel.

Es klopfte heftig an der Badezimmertür. »Surprise!! Lass dir Zeit, Alter, ich bin's, dein alter Kumpel Larry!«

Als er mit Handtuch um die Hüften heraustrat, fand er Larry im Wohnzimmer. Er hatte eine kleine schwarze Reisetasche vor sich abgestellt. Teures Leder.

»Alter Schlepper!«, rief Larry, und sie umarmten sich lange. Den lebendigen Freund zu spüren erfüllte Tim mit Energie und Freude.

Sie sahen einander an. »Siehst blass aus, mein Fraynd!« Herzlich rieb Larry ihm die Schulter.

Larry hatte abgenommen. Das Haar war schütter geworden. Die Falten zahlreicher, tiefer. Er trug Anzug mit rotem Einstecktuch und ein hellblaues Hemd, drei Knöpfe geöffnet. Das Brusthaar sichtbar. So kannte Tim ihn. Ready to party, so viel stand fest.

Larry sah sich um, bemerkte das Chaos, lachte laut. »Hattest du 'ne Party hier? Ist die Lady noch da?«

Befreit lachte Tim. Sein Schmerz war sofort gelindert. »Schön wär's. Mach's dir bequem. Ich zieh mir rasch was an.« Mit einer Handbewegung klaubte er im Flur seine Sachen zusammen.

Den Umschlag warf er auf die Anrichte in der Küche.

Larry hatte der Himmel geschickt.

Sie bestellten beim Chinesen. Larry hatte mit seinem iPhone einen Bestellservice in der Nähe ausfindig gemacht.

In der Tüte lagen Glückskekse. »Ihre Geduld wird auf die Probe gestellt. Jemand testet Sie«, stand auf seinem. Waren die Vorhersagen nicht immer positiv? Wieso bekam man ungefragt schlechte Nachrichten zum Essen geliefert?

Sie lachten darüber, tranken eine Flasche Rotwein und einen halben Scotch dazu. Die leeren Schachteln mit den klebrigen Stäbchen türmten sich auf dem Couchtisch.

Larrys Jackett lag auf dem Boden. Er hatte die Schuhe ausgezogen. Er war still geworden, wirkte erschöpft. Er erzählte Tim, dass Michele ihn vor zwei Monaten verlassen hatte. Sie hatte ihn rausgeschmissen. Larry nahm kein Blatt vor den Mund.

Er gestand Tim, dass er sie betrogen hatte. Und dass es ihm egal war, als sie es herausfand.

Michele war nie schwanger geworden. Sie hatten Tests gemacht. Larrys Spermien waren zu langsam. Ihm war das egal, er wollte nicht unbedingt Kinder. Michele war es nicht egal. Irgendwann hatten sie nur noch gestritten.

Und auch Larry hatte in der Krise den JP-Morgan-Job verloren. Er fand einen neuen Job als Investmentberater, verdiente aber weniger als die Hälfte. Das hieß ein kleineres Apartment, längere Arbeitszeiten. Michele hatte sich das Leben als Mrs Greenblatt anders vorgestellt. Mit drei Kindern in feudaler Wohnung.

Larry goss ihnen noch einen Scotch ein. »Ist das nicht, was 'ne gute Ehe ausmacht? Man bleibt auch, wenn's scheiße läuft …? Ich dachte immer, das ist der Grund, warum man heiratet … Dass da einer ist, der dableibt, auch wenn's anders kommt.«

Sie tranken. Rauchten.

Larry hatte recht.

Seine Frau zu schlagen fiel allerdings nicht mehr in die Kategorie »wenn's scheiße läuft«.

»Und du? Was war los? Ich dachte immer, Liz und du, ihr seid glücklich?« Larry lehnte sich vor. Sein Gesicht sah müde aus.

Tim fühlte sich augenblicklich erschöpft. »Lass uns morgen darüber reden.« Langsam stand Tim auf und öffnete die Schiebetür zum Garten.

Das Wohnzimmer war verraucht, es begann selbst ihn zu stören.

Der Garten lag im Dämmerlicht. Friedlich.

Tim atmete die kühle Luft ein. Dachte darüber nach, was Larry gesagt hatte.

Da hörte er in seinem Rücken ein leises Schnarchen.

Larry war im Sessel eingeschlafen. Sein Kinn lag auf der Brust. Die Trennung musste ihn mitgenommen haben. Auch wenn er es nicht zugab.

Tim setzte sich dem schlafenden Freund gegenüber, das leise Schnarchen entspannte ihn.

Er musste mit Derek sprechen. Er konnte nicht das letzte bisschen Familie verlieren, das ihm noch geblieben war. Dieser Gedanke beunruhigte ihn, und er suchte nach seinem Handy. »Es tut mir leid. Verzeih. Können wir reden? Dad.«

13

Der Duft von frischem Kaffee zog aus der Küche herüber. Entfernt hörte er die Maschine rattern. Schränke wurden geöffnet. Der Wasserhahn rauschte. Ein Teller wurde abgestellt. Klirrende Flaschen.

Tim schloss die Augen wieder. Er war nicht allein. Ein vergessenes Gefühl von Geborgenheit umhüllte ihn. Er schlief sofort wieder ein.

»Lunch is ready!«

Er erwachte ruckartig. Kniff geblendet die Augen zusammen. Larry stand mitten im Zimmer. Er hatte die Gardinen aufgerissen. Grelles Sonnenlicht flutete herein. Die kurzen behaarten Arme in die Seiten gestemmt, stand Larry da. Hatte sich die rot geblümte Schürze umgebunden. Dazu trug er Khakishorts und ein buntes Hawaiihemd. Larrys Version von California living.

»Pennst du immer bis mittags?« Lachend zog er seinem Freund die Decke weg.

Auf dem Tablett neben dem Bett türmten sich Sandwiches, zwei orangerote Drinks, daneben dampfender Kaffee.

Herrlich. Tim schwang die Beine aus dem Bett. »Hast mich überzeugt. Du darfst bleiben!« Sie prosteten sich zu.

Liz hatte die rote Schürze immer an Sonntagen umgebunden, wenn sie Eier und Speck briet.

Er hustete. Larry hatte stark gemixt. »Mai Tais?«

»You got it, baby! Life is a party!«

Der zweite Schluck schmeckte nach Wochenende.

Zwei Stunden später saßen sie mit glasigen Augen im Garten. Die Sonne brannte auf ihre nackten Oberkörper. Larry hatte zwei Gartenstühle aus der Garage geholt. Sie hatten sich darauf gesetzt, ohne sie abzustauben. Die Schiebetüren zum Wohnzimmer standen weit offen, die Musik drang laut in den Garten.

»Phish«, stellte Larry grinsend fest. »Perfekt.«

Tim streckte sich aus. Legte schwer den Kopf zurück und genoss die Sonne auf dem Gesicht. Er spürte die Wärme des Rums im Magen. Vergessen waren Scheidungspapiere und das lächerliche Gerangel mit dem Sohn. Fuck it.

Larry goss Cocktails nach. Schweiß stand ihm auf der Stirn. Die Küchenanrichte hatten sie zur Bar umfunktioniert. Wann immer die Karaffe leer war, mixte Larry neue Cocktails. Eine fast leere Flasche Rum stand auf der Anrichte. Ein scharfes Fleischmesser lag daneben. Die Klinge war verklebt von Limetten, Splitter von Eiswürfeln schmolzen im Ausguss. Eine Flasche Curaçao und Sirup. Brauner Zucker. Weiß Gott, wo Larry das Zeug herhatte. Wie in alten Zeiten. Tim wischte sich Lachtränen aus dem Gesicht.

»... und als der Typ dann mit runtergelassener Hose dastand, hast du die Girls reingelassen! Er hatte Teddybären auf den Boxershorts!« Larry schlug sich auf die nackten Schenkel. Er hatte ein gutes Gedächtnis. Erinnerte sich an die seltsamsten Details und besaß großes Talent im Geschichtenerzählen. Ergebnis waren absurd komische Anekdoten, in denen immer sie die Helden waren.

Gut, sie waren älter geworden. Sie hatten Jobs gehabt und wieder verloren. Sie hatten Ehefrauen gehabt und wieder verloren. Nein, nicht verloren, er hatte sie vertrieben.

Angetrunken watschelte Larry noch einmal ins Haus.

Sein Kopf hatte inzwischen die Farbe eines Hummers angenommen. Tim hatte ihn ins Haus geschickt, damit er sich eine Baseballkappe holte. Er war angenehm betrunken. Aber kaum war er allein, kamen die Erinnerungen.

Ein Samstag. Er erinnerte sich.

Liz hatte bereits gefrühstückt. Er war spät aufgestanden. Hatte schlecht geschlafen. Sein Knie schmerzte. Die Operation war unumgänglich.

Mit einer Tasse Kaffee stand er mitten in der Küche. Hatte das Gewicht aufs gesunde Knie verlagert. Stierte auf die Straße.

Liz trug zwei große Topfpflanzen herein. Er bemerkte sie nicht.

Sie versuchte, sich an ihm vorbeizuschlängeln.

Ein Topf rutschte ihr aus den Händen und fiel krachend zu Boden. Genervt sprang er zur Seite. Kaffee schwappte über.

Sie stellte die zweite Pflanze ab und schob ihn sanft zur Seite, holte ein Kehrblech unter der Spüle hervor. Anspannung lag in der Luft.

Langsam ging er in den Flur. Er musste einen Termin machen für die OP. Er trank den Kaffee aus.

Die Post wurde schwungvoll durch den Briefschlitz in den Flur geworfen. Mit lautem Schlag fiel die schmale Metallklappe wieder zu.

Gelangweilt ging er den Stapel durch. Rechnungen, Werbung und ein Briefumschlag, der an Liz adressiert war. Die Handschrift kam ihm bekannt vor. Er überlegte einen Augenblick, bevor er den Umschlag aufriss und die altmodische Karte öffnete:

Liebe Liz,
danke für Deinen Brief. Es ist schön, von Dir zu hören. Es ist gut, dass Du schreibst. Hier in Jasper ist nun auch der Herbst eingekehrt –

Heftig atmete Tim aus. Sein Vater. Warum schrieb Liz seinem Vater? Was sollte diese heimliche Brieffreundschaft?

Er spürte den Puls hinter den Schläfen. Knüllte die Karte zusammen und war mit wenigen Schritten in der Küche.

»Was fällt dir ein?« Er bellte sie an.

Liz stand ihm abgewandt und leerte gerade das Kehrblech in den Mülleimer aus. Ihr blauer Wollpullover war hinten am Rücken hochgerutscht und legte ein Stück Haut frei. Sie zuckte zusammen. »Was –?«

Er hielt ihr die Karte hin. »Seit wann schreibst du dir hinter meinem Rücken mit meinem Vater?«

Sie trat ein paar Schritte zurück. »Warum? Ich schreibe ihm nur hin und wieder ein paar Grüße und –«

»Ich habe dir zigmal gesagt, *ich will das nicht*!« Er spürte Schweiß und Hitze im Gesicht.

Liz hob beschwichtigend die Hände. Die Farbe war aus ihrem Gesicht gewichen. Sie trat noch einen Schritt zurück. Seine Wut hing flammend heiß in der Luft zwischen ihnen.

»Sprich nicht so mit mir!« Ihre Stimme bebte. Tränen stiegen ihr in die Augen.

Draußen fuhr jemand mit quietschenden Reifen an. Kurz war er abgelenkt. Sie wandte sich zum Gehen. Grob packte er sie am Arm. Ihr schmaler Körper flog herum. Er hatte vergessen, wie leicht sie war.

Bevor er sich unter Kontrolle hatte, ging sein rechter Arm hoch, holte weit aus, und die große Hand landete klatschend in ihrem Gesicht. Liz flog mit einem dumpfen Schlag gegen den Küchenschrank. Atemlos stand er mit offenem Mund da. Die Hand noch erhoben.

Tränen strömten über Liz' Gesicht. Rote Finger zeichneten sich auf ihrer blassen Haut ab. Sie sah ihn nicht an, als sie langsam wankend den Raum verließ. Sie musste sich am Türrahmen festhalten.

Einige Minuten stand er da. Unfähig, irgendetwas zu sagen oder zu tun. Erst dann beruhigte sich sein Atem.

An diesem Wochenende, es musste 2004 gewesen sein, hatten sie nicht mehr miteinander gesprochen. Mein Gott, was hatte er sich nur dabei gedacht.

Larry kam mit der Kappe zurück. Sie war zu groß für seinen kleinen Kopf. Er sah lächerlich aus.

Er schüttete Cocktails nach. Die Gläser klirrten. Sie prosteten sich zu. Tranken aufs Single-Dasein und ihre Gesundheit. Larry verscheuchte eine träge Hummel und fragte: »Was macht dein Sohn? Derek?«

Tim leerte das Glas. Zerbiss einen Eiswürfel, es zog ein wenig am Backenzahn. Er nahm sich Zeit für seine Antwort. Zerbiss knackend noch einen Eiswürfel.

»Wie immer. Alles gut.«

Das Thema wollte er für später aufsparen. Jetzt war er zu betrunken.

»Machst du noch eine Runde?« Er hob das leere Glas.

Grinsend schnappte sich Larry die leere Karaffe. Auch er war ziemlich angetrunken.

Tim betrachtete den Freund, wie er etwas wacklig ins Haus ging. Dunkle Leberflecken hoben sich deutlich auf Larrys heller Haut ab. Die weißen Beine behaart. O-Beine. Das war ihm nie aufgefallen. Ein dichtes Fell auf gerötetem Nacken und Rücken. Grau. Eine Speckrolle wölbte sich um die Hüften. Steife Hüften ließen ihn leicht humpeln beim Gehen.

Jetzt sah er die Jahre, die vergangen waren. Eine ferne Traurigkeit überkam ihn. Larry war ein Loser. So, wie er auch einer war.

Er schloss die Augen. Die Sonne brannte auf die Augenlider. Gleißendes Rot.

»SHIT!«

Fluchend kam Larry aus dem Haus. Hielt sich die rechte Hand. Blut rann ihm den Unterarm herunter. Grelles Rot auf Weiß. Von Weitem schon konnte Tim den tiefen Schnitt auf der Handfläche sehen. Die Farbe war aus Larrys Gesicht gewichen. Er schwitzte. Das Gesicht schmerzverzerrt. »Fuck!«

Eine Menge Blut war auf seinen Oberkörper und die Beine getropft. Sein Bauch war rot verschmiert. Larry stolperte, fiel schwer ins Gras und blieb liegen.

Tim sprang auf die Füße. Sofort wurde ihm schwindelig. »Was …?«

»Bin mit dem Scheißmesser abgerutscht!«, sagte Larry. Das Blut floss unaufhörlich den Arm hinab auf den Rasen.

Shit. Sie mussten zum Krankenhaus. Sofort. Wo war das nächste Krankenhaus? Panik ergriff ihn. Wie damals in der Nacht, als Liz schreiend aufwachte und die Laken blutdurchtränkt waren. Shit, waren sie nicht damals zum Cedars-Sinai Krankenhaus gefahren?

Er erinnerte sich nur, wie er jede rote Ampel hupend überfahren hatte.

Cedars war in West Hollywood.

Fuck. Er konnte nicht mehr fahren. Fest packte er Larry am Arm, zog ihn auf die Beine und hinter sich her. An seiner Hand spürte er klebrig warm Larrys Blut. Sie stolperten ins Haus. Sein Kopf raste. Eine rote Spur aus dicken Tropfen auf Teppich und Fliesen.

Im Vorbeigehen schnappte er sich ein Küchenhandtuch. Zog sich die Turnschuhe im Gehen an. Larry keuchte. Tim versuchte vergebens, das Tuch um Larrys Hand zu wickeln.

Aida! Hastig sah er sich um. Wühlte in den Sofakissen, fand das Handy nicht. Wenn Aida nicht da war, würde er einen Krankenwagen rufen müssen. Er setzte Larry in den Wohnzimmersessel.

»Bin gleich wieder da!«

Er rannte rüber zu Heffners Haus. Fiel fast über die eigenen Schnürsenkel. Klingelte Sturm. Unruhig trat er von einem Bein aufs andere.

Endlich. Schritte.

Genervt öffnete sie. »Was zum Teufel …?« Dann sah sie das Blut. Larrys Blut auf Tims Shorts.

Seine Stimme überschlug sich. »Mein Kumpel hat sich geschnitten. Kannst du uns vielleicht ins Krankenhaus fahren?«

Gemeinsam hievten sie Larry auf den Rücksitz. Dicke Schweißperlen standen auf seiner zitternden Oberlippe. Er roch stark nach Alkohol.

Aida hatte sich die blutende Hand angesehen. Gekonnt einen festen Knoten in das Tuch gemacht. Sie war ganz ruhig geblieben.

»Halt den Arm hoch!«

Tim war sich nicht sicher, ob Larry sie gehört hatte. Es schien, als habe er das Bewusstsein verloren.

Verzweifelt quetschte er sich neben seinem Freund auf die Rückbank. Hielt die blutende Hand hoch. Das Küchentuch war schon vollkommen durchweicht. Er bewunderte, wie ruhig Aida blieb. Geschickt nahm sie kleine Abkürzungen, umfuhr Ampeln und stockenden Verkehr.

»Zum Hollywood Presbyterian Medical Centre, okay? Das ist das nächste Krankenhaus!«

Besorgt warf sie einen Blick auf Larry. Er war kreidebleich. »Versuch, ihn wach zu halten!«

Sie fuhr schnell, in weniger als fünfzehn Minuten waren sie dort.

Sie parkte direkt vor der Notaufnahme, rannte hinein. Kam nach wenigen Minuten mit zwei Pflegern und einer Trage zurück.

Sie hoben Larry aus dem Wagen. Teilnahmslos rollte sein Kopf von links nach rechts, als man ihn in die Notaufnahme schob. Der linke Arm baumelte von der Trage.

Während Aida den Wagen parkte, erledigte Tim die Formalitäten. Fahrig füllte er Papiere aus, verschrieb sich immer wieder. Die Rezeptionistin war gelangweilt. Gähnte mit weit aufgerissenem Mund. Als er ihr das Papier zurückgab, wies sie ihn müde an zu warten.

Erschöpft ließ er sich auf einen der harten Plastikstühle im Warteraum fallen, stützte den Kopf in die Hände. Das Blut auf seinen Shorts war getrocknet.

Aida betrat den Warteraum und brachte ihm ein frisches T-Shirt. »Hier. Hab ich im Kofferraum gefunden.«

Erst jetzt bemerkte er, dass er mit nacktem Oberkörper losgefahren war. Seine Hände zitterten leicht, als er sich das T-Shirt über den Kopf zog. Es roch nach Zigaretten und billigem Aftershave. Fuck.

Er erinnerte sich an die Nacht im Emergency Room, als Derek eine Blinddarmentzündung hatte. Das war bestimmt fünfzehn Jahre her. Mitten in der Nacht hatte der Junge sich vor Schmerzen gekrümmt und nicht aufgehört zu weinen. Er hatte den Zwölfjährigen fest im Arm gehalten und wie ein Kleinkind gewiegt, ihm die verschwitzte Stirn geküsst und voller Sorge nach einem Arzt oder Pfleger Ausschau gehalten.

Die Notaufnahme war überlaufen. Liz hielt sich nervös an ihm fest, rieb Dereks Rücken und redete ihm gut zu.

Irgendwann ging er mit dem wimmernden Kind auf dem Arm den schmalen Gang auf und ab. Es machte ihn verrückt, dass der Sohn die schrecklichen Schmerzen aushalten musste. Er fühlte sich schuldig. Nahm sich vor, mehr Zeit für das Kind zu haben. Irgendwann war endlich ein Arzt gekommen, und der Junge wurde sofort für die Operation vorbereitet.

Sie hatten auf ähnlichen Plastikstühlen wie diesen gesessen und gewartet. Er hatte Liz' Hand gehalten, sie war irgendwann mit dem Kopf an seiner Schulter eingeschlafen.

Die Erinnerung erschöpfte ihn. Plötzlich hatte er das Gefühl, das Unglück anzuziehen.

Dann spürte er Aidas Hand auf seinem Rücken.

»Da drüben ist eine Toilette. Wasch dir erst mal die Hände.«

Sie waren blutverkrustet. Wacklig stand er auf, blieb einen Moment unsicher im Raum stehen.

Weiße Wand. Weiß gekachelter Boden. Ein leerer Metallmülleimer neben der Rezeption. Erst jetzt bemerkte er den hustenden Mann neben einer Topfpflanze. Eine fette Frau mit schlafendem Kind.

Er war außerstande, sich zu bewegen. Hilflos sah er Aida an. Sie führte ihn langsam zur Toilette. »Alles wird gut.« Ihr Flüstern beruhigte ihn.

Die Neonröhren auf der Herrentoilette blendeten ihn.

Braunrotes Wasser lief von seinen Armen ins Waschbecken. Aida reichte ihm Papierhandtücher, tupfte ihm Stirn und Nacken ab. Er hielt sich an ihrer Schulter fest. Atmete tief ein. »Danke.«

»Kein Problem.«

Dann warteten sie. Aida holte Kaffee aus dem Automaten.

Tim streckte die Beine aus. Die Afroamerikanerin an der Rezeption gähnte wieder.

Das Kind auf dem Schoß gegenüber war aufgewacht und beobachtete ihn neugierig. Er winkte ihm. Verschämt vergrub der Kleine das Gesicht im ausgeleierten Pullover der Mutter. Aida tippte etwas in ihr Handy. Sie hatte versichert, dass es für sie in Ordnung war zu bleiben. »Ich hab heute Abend frei.« Sie hatte ihn angelächelt.

Irgendwo öffnete sich eine Tür.

»Mr Greenblatt? Gehören Sie zu Mr Greenblatt?«

Sie folgten der Schwester einen fensterlosen Gang hinunter. Der Arzt kam ihnen entgegen. Ein hoch aufgeschossener Inder. Mitte dreißig. Er hielt sich an einem

Clipboard fest. Seine Stimme klang angenehm melodisch. Er hatte dunkle Ringe unter den Augen.

»Ihr Freund hat ziemlich viel Blut verloren. Wir haben den Schnitt genäht, und er bekommt jetzt eine Infusion. Wir möchten ihn gerne über Nacht hierbehalten. Zur Sicherheit. Wenn Sie möchten, können Sie kurz zu ihm.«

Tim bemerkte ein leichtes Lispeln. Der Arzt erinnerte ihn an einen Kollegen aus der Bank. Sahid.

Wieder folgten sie der Schwester durch endloses Weiß in ein kleines Zimmer. Es roch nach Putzmittel. Geräuschlos zog sie den weißen Vorhang beiseite. Klein und blass lag Larry da. Sein Kopf versank zwischen zwei weißen Kissen. Ein Infusionsbeutel mit Blut hing an einem Ständer neben dem Bett. Larry hatte einen Schlauch im Arm. Die Hand war verbunden.

»Hey …« Ein mattes Lächeln.

Tim setzte sich. Der Stuhl war zu niedrig. Er stand wieder auf, berührte Larrys Arm.

»Hey, du machst Sachen. Das nächste Mal mixe ich die Drinks!« Er bemühte sich, heiter zu klingen.

»Hast du mir ein Mädchen mitgebracht?« Larry nickte Aida zu und lächelte noch einmal.

Schweigend fuhren sie zurück nach Atwater. Er fühlte sich erschöpft. Der Tag hatte ihn mitgenommen.

Fuck. Fast wäre sein alter Kumpel vor seinen Augen abgekratzt. Sie hatten verdammt viel Glück gehabt.

Aida parkte in der Einfahrt. »Komm, ich bring dich ins Haus.«

Er war dankbar dafür. Während er sich im Sessel ausstreckte, holte sie einen nassen Aufnehmer aus der Küche.

»Hier sieht's aus, als wäre einer abgestochen worden.«

Auf allen vieren begann sie, die getrocknete Blutspur wegzuwischen. Woher sie wusste, wo der Aufnehmer lag?

»Ich bin eine Frau! Es gibt ein paar Dinge, die machen

alle Frauen gleich. Wir räumen Putzzeug, das oft gebraucht wird, unter die Spüle.«

Ihr Lachen tat gut, obwohl es ein bisschen verächtlich klang. Sie besah sich das braune Blut auf dem hellen Velours.

»Der Teppich ist hinüber.«

Dann warf sie das Putztuch in die Ecke und kam zu ihm. Sie trug kein Make-up. Sah jünger aus. Sie musterte ihn, fuhr mit ihren Fingern langsam durch sein Haar. Die Geste berührte ihn seltsam. Es lag etwas ernst gemeint Liebevolles darin.

»Was kann ich dir Gutes tun?«

Müde zuckte er mit den Achseln. Alles war gut, wie es war in diesem Moment. Larry war nicht verblutet und würde morgen aus dem Krankenhaus kommen.

Das Wohnzimmer lag im Halbdunkel. Sie sah sich um.

Die Hi-Fi-Anlage blinkte noch. Sie nahm einen Stapel hüllenloser CDs und betrachtete sie. Über einige schüttelte sie lächelnd den Kopf. »Oh Mann, Guns N' Roses?«

Grinsend hob er die Hände. »Hey! Guilty pleasures! Mach dich nicht über den Musikgeschmack eines alten Mannes lustig.«

Sie warf ihm einen gespielt ernsten Blick zu. Fand eine weitere CD neben dem Fernseher. »Ella Fitzgerald, okay?«

Er nickte.

Leise strömte die Musik in den verwüsteten Raum. Legte sich sanft über das Chaos und hüllte Tim ein.

Aida wiegte sich fast unmerklich. Weiche Bewegungen. Ihre Augen waren halb geschlossen. Das Gesicht entspannt. Er sah zum ersten Mal, wie lang und dicht ihre Wimpern waren.

Selbstvergessen griff sie sich ins Haar. Einige Strähnen fielen ihr über das Gesicht. Langsam glitten ihre Finger durch die Haare, bis die Hand den Nacken erreichte. Genussvoll strichen ihre schmalen Finger langsam vom

Schlüsselbein zu den Brüsten. Streichelten die vollen Rundungen.

Er beobachtete, wie sich ihre Brustwarzen gegen den dünnen Stoff des Hemdchens abzeichneten. Das goldene Kettchen lag auf ihrer olivfarbenen Haut. Ihre Hände glitten hinunter zum Bauch. Langsam. Die Hüften kreisten unablässig, als sie sich langsam abwandte.

Elektrisiert schaute er zu. Sie tanzte für ihn. Sie war gut. Unendlich langsam zog sie ihre Trainingsjacke aus. Ließ den schwarzen Stoff die Arme hinuntergleiten, dann beiläufig von der Hand auf den Teppich tropfen. Darunter dünner weicher Stoff. Die Arme trainiert, gebräunt.

Ihr Oberkörper ging nach vorne. Sie streckte ihm ihren Hintern entgegen, verführerisch schwenkte sie die runden Arschbacken von links nach rechts.

Er setzte sich auf. Wollte sie anfassen. Ihr die Jogginghose herunterziehen. Atemlos beobachtete er, wie ihre Hände über ihren Po glitten. Als könne sie Gedanken lesen, streifte sie langsam die Hose ab.

In schwarzem Slip und Hemdchen kam sie auf ihn zu. Scheinbar gelangweilt zog sie die Füße über den Teppich.

Ein gespielt herablassendes Lächeln um den Mund. Langsam setzte sie ein Knie neben ihm auf der Armlehne ab. Als sie sich langsam vorbeugte, spürte er ihr Haar auf seiner Wange. Sie hielt sich mit beiden Händen an der Rückenlehne fest. Setzte dann das zweite Knie auf der anderen Armlehne ab.

Ihre Brüste wenige Zentimeter vor seinem Gesicht, spürte er die Wärme ihres Körpers. Sie roch gut. Schweiß, Gesichtscreme, Vanille.

Als er ihre Taille berührte, griff sie ihn hart am Handgelenk. »Hände weg!« Legte seine Hand zurück auf die Armlehne.

Er schloss die Augen. Hörte ihren Atem. Dann war die Musik zu Ende. Es war dunkel geworden.

Stille.

Als er es nicht mehr aushielt, packte er sie. Spürte ihren Puls. Feuchte Haut. Sie protestierte nicht, als er sie ins Schlafzimmer trug.

Mitten in der Nacht wachte er auf. Ihr dunkles Haar lag auf dem Kissen neben ihm. Das weiße Laken bedeckte ihren nackten Körper bis zu den Hüften. Das Fenster stand offen. Er hörte die Nachtvögel vom Garten her. Fühlte sich hellwach und doch schläfrig.

Er stand auf und ging nackt ins Wohnzimmer, ohne Licht zu machen. Nahm sich Zigaretten und Feuerzeug und trat in den dunklen Garten.

Der Mond fast voll. Silbernes Licht schien auf die beiden Gartenstühle. Er setzte sich. Berührte mit dem Fuß das halb volle Cocktailglas vom Nachmittag. Genussvoll sog er den Rauch ein, spürte das Plastik kühl und klebrig auf der Haut. Er blies den Rauch in die Nacht. Genoss den Frieden. Die letzten zwei Tage waren anstrengend gewesen. Die letzten Wochen.

Er dachte an Larry. Den kleinen blassen Kopf auf dem großen Krankenhauskissen. Verdammt, Larry hatte viel Blut verloren. Er hatte noch nie so viel Blut gesehen.

Er sah zum Haus hinüber. Auf den leeren Pool. Die unbeweglichen Pflanzen. Wann würde es wieder bergauf gehen?

Vor zwei Jahren hatte er das Wasser aus dem Pool gelassen. Er erinnerte sich genau an den Tag. Nach der Finanzkrise hatte er sofort mit Sparmaßnahmen begonnen. Liz stand kopfschüttelnd vor dem leeren Pool. Aber sie nahm es einfach zur Kenntnis. Sie hatten den Pool nur selten genutzt.

Es war ihm unverständlich gewesen, wie viele Leute die Lage unterschätzten. Täglich sprachen sie im Büro davon. Diskutierten Prognosen, aber sie waren sich über die

Konsequenzen für ihr eigenes Leben nicht im Klaren. Der Pool war immer noch leer. Er hatte den alltäglichen Fluss der Dinge irgendwann für selbstverständlich gehalten. Warum musste erst alles kaputtgehen, bevor man verstand? Er trank den abgestandenen Mai Tai aus. Schüttelte sich.

Fuck it. In diesem Moment gab es keine Lösung.

Er hatte sich noch einmal ins Bett gelegt und war sofort eingeschlafen. Er erwachte gegen Mittag. Draußen war es jetzt windig.

Etwas schlug gegen die Hauswand.

Aida war verschwunden. Nur einige schwarze Haare auf dem Kissen erinnerten daran, dass sie neben ihm gelegen hatte.

Schläfrig stand er auf und machte Kaffee. Als er sich nach einigen Zigaretten und einer halben Kanne Kaffee wach genug fühlte, holte er Handbesen und Kehrblech unter der Spüle hervor. Er fegte den Küchenboden, wusch die restlichen Blutflecken ab, warf die zerquetschten Limetten und alles, was Larry für seine Cocktails gebraucht hatte, weg und begann, die Spülmaschine einzuräumen.

Mit einer großen Mülltüte und dem Staubsauger trat er ins Wohnzimmer. Sammelte Essensreste, Flaschen, Zigarettenschachteln, Asche und Scherben auf und stopfte sie in die Plastiktüte. Nachdem er die Sofakissen eingesammelt hatte, begann er zu saugen. Aida hatte recht. Der Teppich war hinüber. Getrocknetes Blut hatte überall große braune Flecken hinterlassen.

Der Teppich war teuer gewesen. Liz hatte ihn ausgesucht, Farben verglichen, während Derek und er gelangweilt herumstanden. Derek war noch auf dem College gewesen, er war für einige Tage zu Besuch zu Hause.

»Mom mag Beige«, hatte er beiläufig gesagt.

»Meinst du wirklich?« Sie wollten Liz auf den Arm nehmen. Sie hatte sich nicht beirren lassen.

Nach dem Teppichkauf hatten sie zusammen mittaggegessen. Es war ein guter Tag gewesen.

Er öffnete die Schiebetüren zum Garten und ließ frische Luft herein. Das Wohnzimmer sah wieder halbwegs präsentabel aus. Er war mit sich zufrieden. Er hatte die Initiative ergriffen, es durfte nicht alles so weitergehen.

Am Spätnachmittag hielt ein gelbes Taxi vor der Tür.

Tim hörte das bellende Lachen schon von drinnen. Larry Greenblatt war zurück. Er trug die Shorts und das Hawaiihemd vom Vortag. Man hatte die Sachen über Nacht gewaschen. Larrys Hand hing in einer Schlinge aus Mull.

Sie umarmten sich. Tim bemühte sich, die verbundene Hand nicht zu berühren.

Larrys Stimme klang heiser. »Alter Lebensretter!«

Für einen Moment hatte Tim das Gefühl, dem Freund würden die Tränen kommen. Er klopfte ihm auf die Schulter.

»Willst du was trinken, Alter?«

»Ja, ich nehme einen doppelten Mai Tai!«

Als sie ins Wohnzimmer traten, stieß Larry einen Pfiff aus. Ließ den Anblick des sauberen Wohnzimmers auf sich wirken.

»Mein Fraynd, das war dringend nötig!«

Den Abend verbrachten sie auf der Couch.

Der Wind hatte zugenommen. Die Lupinen bogen sich vor den Fenstern. Staub wirbelte auf. Der Mond war fast voll.

Larry schien ganz der Alte. Rastlos wie immer. Er erzählte mit großen Gesten von den unattraktiven Krankenschwestern und wie hart das Bett gewesen war.

»Da lob ich mir eine weiche Couch!«

Es kostete ihn einige Anstrengung, den Arm ruhig zu halten.

Tim hatte sich selbst überrascht und Spaghetti mit Tomatensoße gekocht.

Sie aßen vor dem Fernseher. Es wurden einige Episoden »Cheers« wiederholt, eine angestaubte Comedy. Sie lachten trotzdem. Larry wischte sich den Mund mit dem Handrücken ab. »Phantastisch! Aber morgen gehen wir aus! Ich habe bei Musso & Frank's einen Tisch für uns bestellt.«

Irgendwann hatten sie genug. Larry wirkte müde.

Der Abend schien schon zu Ende, und Tim machte Anstalten, ins Bett zu gehen, da wurde Larry plötzlich munter.

»Jetzt erzähl doch mal. Was ist mit Liz?«

Sie hatten den ganzen Abend nur Wasser getrunken, Tim war zu nüchtern, um über Liz zu reden.

Larry gab so schnell nicht auf. »Ist sie mit einem anderen weg?« Er hatte seine Geschichte erzählt, jetzt war Tim an der Reihe. »Wann ist das alles passiert?«

»Vor knapp einem Monat. Eine Woche, bevor mir gekündigt wurde.«

Dann begann er doch zu erzählen. Er ließ nichts aus, beschönigte nichts. Larry nickte hin und wieder. Als Tim zu seinem Fund im Schreibtisch und Peter Heffner kam, glitt ihm die Geschichte ein bisschen aus der Hand. Larry konnte ihm nicht mehr folgen. Welche Rolle spielte Peter Heffner? Ungeduldig rutschte er auf der Couch herum.

Tim kürzte ab und endete mit dem Lunch im The Ivy. Erzählte knapp und emotionslos, was vorgefallen war. Als er fertig war, unterdrückte Larry ein Gähnen.

»Okay, also dein alter Nachbar, der jetzt tot ist, hatte was mit deiner Frau? Und jetzt ist sie mit einem anderen Typen weg?« Er überlegte. »Sie hat dich also quasi zweimal betrogen?«

So hatte Tim das noch nie gesehen. Shit.

»Ja.«

»Wieso läss du dich zweimal betrügen?« Larry schien ehrlich sprachlos. »*Das* verstehe ich nicht.«

»Was weiß ich. Ich war nie da …« Er zuckte mit den Achseln. Fühlte sich wie ein Idiot.

»Und was hast du unternommen? Weißt du, wer der Typ ist? Hast du sie zur Rede gestellt?«

»Nein. Ich kann sie nicht erreichen.«

Ratlos ließ sich Larry in den Sessel zurückfallen. »Ich bin mir nicht sicher, ob du deine Frau wirklich zurückwillst, mein Fraynd.«

Es war einen Moment still.

Larry klopfte mit der gesunden Hand auf den Couchtisch. »Wenn ja, dann musst du kämpfen! Ihre E-Mails lesen, ihre Freundinnen zur Rede stellen, deinen Sohn fragen, der weiß doch bestimmt etwas!«

Tim starrte auf seine Hände und schwieg.

Larry blieb dran. »Das kannst du mir nicht erzählen, dass dein Junge nichts weiß!«

»Ja ja, du hast sicher recht. Ich werd darüber nachdenken, Larry.« Er wusste, dass er abwehrend klang. Das Gespräch wurde ihm zu anstrengend.

»Oy wey. Du brauchst Urlaub, mein Fraynd!« Larrys Mitgefühl war echt.

Einen Moment lang sagte keiner von ihnen ein Wort. Beide schauten auf den Couchtisch vor ihnen. Schließlich stand Tim auf und holte zwei Bier aus der Küche. Als er zurückkam, war Larry mit dem Kinn auf der Brust eingenickt.

Seufzend ließ Tim sich in den Sessel fallen. Nahm einen kalten Schluck Heineken. Der Geschmack spätsommerlicher Grillabende mit Peter.

Der hätte ihm jetzt einen guten Rat gegeben. Absurderweise hätte Peter genau gewusst, was jetzt zu tun wäre. Sein Freund Peter, in dem er sich jahrelang getäuscht hatte.

Tims Blick ruhte auf dem in sich zusammengesunkenen Larry. Er überlegte, ob Larry und Peter sich je begegnet waren. Larry war einfacher, direkter, weniger charmant als Peter. Aber bei Larry wusste er, woran er war.

Fuck. Fast hätte Larry gestern den Löffel abgegeben.

Das Leben kam ihm in diesem Moment beängstigend zerbrechlich vor.

Wie damals, 1985. Im Februar.

Er war von Liz' Wimmern erwacht. Die große Blutlache im Bett, grelles Rot auf Weiß. Nass leuchtete es im Dunkel. Es war mitten in der Nacht. Liz' Schreie weckten Derek. Ihre Hände umarmten verzweifelt den großen Bauch. Sie hatten sofort gewusst, was das alles bedeutete.

Tim beruhigte den kleinen Derek, hielt ihn fest im Arm. Er ging mit ihm ins Wohnzimmer, damit Derek das Blut und Liz' Tränen nicht sah.

Dann kam Doreen. Beruhigte das aufgewühlte Kind. Umarmte Liz.

Liz und er waren ins Krankenhaus gefahren. Da war der Fötus schon tot gewesen. Im sechsten Monat.

Die Ärzte waren verständnisvoll, boten Möglichkeiten an. Liz lag blass und apathisch auf dem Krankenhausbett, ihre Hand kraftlos in seiner.

Er wusste nicht, was er Liz sagen sollte, wie er sie trösten konnte. Wollte sich auflösen im Grau.

Eine Woche später ging er wieder zur Arbeit. Liz war zu Hause mit dem Sohn. Doreen leistete ihr Gesellschaft.

Der Verlust hing frisch in der Luft, keiner von ihnen hatte sich von der Nacht erholt. Als er am ersten Abend heimkam, hatte Liz sich ihr Haar abgeschnitten. Er erkannte sie kaum wieder. Wenn er gekonnt hätte, hätte er sich vor Schmerz eine Hand abgeschnitten. Geändert hätte es nichts.

Er spülte diese Erinnerungen mit einem großen Schluck Bier hinunter. Aber der Tag war noch nicht zu Ende.

Als er aufstand, um ins Bett zu gehen, klopfte es an der Haustür.

14

Leise trat sie ein. Streifte seinen Arm.

»Larry ist noch hier.« Flüsternd zeigte er Richtung Couch.

»Geht's ihm besser?« Ihr Flüstern war vertraut.

Er nickte. Ihr Haar roch warm nach Sandelholz. Unter ihrem Arm klemmte ein Buch. Und er bemerkte das verzierte Kästchen von der Veranda. Fragend hob sie die Brauen. »Soll ich gehen?«

Eigentlich war er müde. Aber sie trug wieder den schwarzen Trainingsanzug, und er musste an den Striptease denken.

Als er sie packte und spielerisch über die Schulter warf, kicherte sie leise.

Schwitzend rollte er zur Seite. Sein Atem beruhigte sich nur langsam. Er war nicht mehr der Jüngste. Spürte, wie sie ihren Arm unter seinem Rücken hervorzog.

»Sorry.« Er rutschte zur Seite, blickte immer noch schwer atmend an die Decke. Schweiß rann seine Schläfen herunter. »Bist du gekommen?«

Sie sah ihn überrascht an und musste lächeln. »Das hat mich schon lange keiner mehr gefragt!«

»Fragt man das heutzutage nicht mehr?«

»Nein. Jeder kämpft für sich allein, schätze ich.«

»Hm. Und?«

»Ja. Schon vor fünf Minuten.«

Sie öffnete das Kästchen. Tabak, Blättchen, Filter und ein paar trockene Knollen Gras.

»Magst du?«

»Ja.« Warum nicht.

Er musste sofort husten. Das Zeug war stark. Es kratzte im Hals. Dicker weißer Rauch hing im Schlafzimmer. Er erinnerte sich, dass er das letzte Mal, als er mit ihr gekifft hatte, Peter Heffner vor sich gesehen hatte. Shit.

Ins dünne Laken gehüllt, saß Aida da. Im Schneidersitz. Ihre Wimperntusche war verwischt. Sie rauchte bedächtig, hatte die Augen geschlossen.

Er betrachtete sie. Ihre geröteten Wangen waren frisch und feucht. Sie war gut im Bett. Er mochte ihr Lachen. Aber er spürte dieselbe Traurigkeit, die er nach dem letzten Mal Sex mit ihr gespürt hatte. Traurigkeit und Sehnsucht nach Liz.

Sie war anders gewesen als Aida. Zarter, fragiler, stiller.

Er hatte das immer gemocht. Liz war unschuldig und naiv, wenn sie nackt war. Dann überraschend lustvoll. Sie genoss sein Berührungen. So hatte es jedenfalls immer den Anschein gehabt. Er hatte sie manchmal beobachtet, wenn sie kam. Ihr Gesicht hatte dann etwas entrückt Fassungsloses gehabt, ihr Höhepunkt reglos mit angehaltener Luft, dann völlige Entspannung.

Während er an sie dachte, wich die Traurigkeit einer sorglosen Leichtigkeit. Der Druck im Magen löste sich auf, er fühlte Wärme um die Augen.

Er war high. Grinsend reichte er Aida den Joint zurück.

»Ich hab dir ein Buch mitgebracht. Haben wir beim Einzug im Schrank gefunden.« Sie zeigte auf den Nachttisch.

»Wann kommt dein Kanadier zurück?«

»In zwei Wochen oder so. Hat 'n Job gekriegt.«

»Gnadenlos«, Tom Clancy. Das Buch kam ihm bekannt

vor. Thriller. Er meinte, das Buch vor vielen Jahren verschenkt zu haben. Er selbst hatte nie viel gelesen.

Wieso hatte Aida es mitgebracht? Er begann darin zu blättern, als Aida die Beine aus dem Bett schwang und sich ihre Sachen überzog. »Ich muss nach Hause, schlafen. Kümmer du dich um deinen Freund, wir sehen uns morgen!« Sie küsste ihn auf den Mund und schlich über den Flur zum Ausgang. Leise fiel die Haustür hinter ihr zu.

Tim blickte wieder ins Buch. Auf der ersten Seite seine eigene Handschrift. Erstaunt kniff er die Augen zusammen. »1993, Für meinen Freund Peter, herzlich, Tim.«

Er legte das Buch zur Seite. Eins von Peters Büchern in den Händen zu halten fühlte sich merkwürdig an. Vielleicht lag es daran, dass er high war. Als würde sein ehemaliger Freund aus dem Totenreich mit ihm kommunizieren.

Seltsam, dass das Buch jetzt zu ihm zurückkam. Er hatte es Peter 1993 geschenkt. Wahrscheinlich zum Geburtstag. Peter liebte Thriller und Kriminalromane. Oft hatte er Tim Bücher empfohlen. Aber er musste gemerkt haben, dass Tim kein guter Gesprächspartner war, was Bücher anging. Liz hingegen las viel. Die Bücher im Arbeitszimmer hatte sie alle gelesen. Peter hatte sich bald vor allem mit ihr ausgetauscht. Sie hatte sich stapelweise Bücher von ihm geliehen. Wann immer er vorbeikam, um Tim abzuholen, hatte er Liz einen neuen Roman mitgebracht. Tim erinnerte sich, dass sie eine schnelle Leserin war.

Das Lesen hatte er fast vergessen. Eine Gemeinsamkeit. Genug, um der Anfang einer Affäre zu sein. Er erinnerte sich, dass Liz »Gnadenlos« auch gelesen hatte. Peter hatte es ihr irgendwann später geliehen.

Ein absurder Gedanke beschlich ihn. Vielleicht war es die Paranoia, die letzte Phase des Highseins?

Noch einmal nahm er das Buch zur Hand und blätterte es Seite für Seite durch.

Hatten sie so heimlich untereinander kommuniziert?

Er fasste das Buch am Rücken und schüttelte es. Die Seiten raschelten. Schließlich fiel der kleine Zettel heraus. Er segelte zu Boden und blieb vor Tims Füßen liegen. Fuck! Sein Herz begann zu pochen. Er hielt die Luft an. Faltete das Papier mit zitternden Händen auseinander.

»Du fehlst mir. D. sieht mich an, als wisse sie Bescheid. Bin morgen von 12–2 im Park. Komm, wenn Du kannst. L.«

Er las die Zeilen noch einmal. Unverkennbar Liz' Schrift. Er tat sich schwer zu begreifen. Wut stieg in ihm auf und machte es ihm schwer, in Ruhe nachzudenken.

Liz glaubte, Doreen hätte Wind von der Affäre bekommen. Sie wollte Peter im Park treffen. Wahrscheinlich meinte sie den Griffith Park. Er, Tim, kam gar nicht vor. Kein Wort über ihn. Er, der ahnungslose Idiot.

Es machte ihn wütend, dass Liz beunruhigt war, Doreen könne etwas wissen. Während es ihr egal zu sein schien, ob ihr Ehemann etwas ahnte.

Von wann mochte die Nachricht sein? Laut stieß er Luft aus. Verdammt, es war scheißegal. Die Tatsache, dass Peter die Nachricht im Buch aufgehoben hatte, dass er sich auf diese romantische Weise mit Liz ausgetauscht hatte, machte Tim für einen Moment rasend eifersüchtig. All die Jahre hatten sie dieses Geheimnis vor ihm bewahrt.

Peter und Liz hatten etwas gehabt, das sie miteinander teilten. Heimlich. Vertrauensvoll. Kein Zweifel.

Larrys Schnarchen klang leise aus dem Wohnzimmer herüber.

Es war kurz nach fünf Uhr morgens. Tim fühlte sich hellwach. Immer noch high. Rastlos. Er leerte in wenigen Zügen eine Flasche Bier. Fuck!

Zu gerne würde er jetzt zu Heffners hinüberlaufen, Sturm klingeln und Peter zur Rede stellen. Ihn anbrüllen. Den schmalen Körper schütteln, ihm die Faust ins Gesicht schlagen, bis er blutete.

Plötzlich hielt er inne. Mit einem Mal wusste er genau, was zu tun war.

Er rannte ins Arbeitszimmer. Blieb vor dem großen Bücherregal stehen und schaute auf die Hunderte von Buchrücken. Sechs Reihen. Schmale, dünne, dicke. Romane, Novellen, Gedichte, Reiseführer. Alle ungeordnet. Dreihundert oder vierhundert Bücher.

Gab es noch andere Nachrichten? Er ließ die Hand über die Buchrücken gleiten. Prüfte, ob eins der Bücher weiter herausragte als die anderen.

Liz musste gewusst haben, dass der sicherste Ort für eine Nachricht ihre Bücher waren. Er hatte nie welche angerührt.

Fuck.

Ihr Geheimnis war vor ihm sicher gewesen. Er zwang sich, ruhig zu atmen. Dann riss er einen Roman heraus, von dem er glaubte, Peter könnte ihn gelesen haben. Hatte er den Umschlag nicht mal bei Heffners gesehen? John Grisham. Heftig schüttelte er die Seiten. Nichts. Achtlos ließ er das Buch auf den Boden fallen und griff das nächste.

Stephen King. Nichts. Margaret Atwood, dann Richard Ford. Wieder nichts.

Seine Wut wuchs, und er begann, wahllos Seiten aus den Büchern zu reißen.

»Timbuktu« von Paul Auster zerriss er mit einem Ruck in zwei Hälften. Schließlich zog er mit beiden Händen Bücher aus dem Regal, ließ sie auf den Boden fallen, schüttelte sie und riss ganze Bündel von Seiten heraus. Bis er einen kleinen Zettel entdeckte. Er segelte zu Boden und glitt zwischen den chaotischen Stapel Bücher, der dort lag. Tim ging auf die Knie, suchte und fand die Notiz:

»Mein Engel. Das Wochenende war schön. Kann Dich noch riechen auf meiner Haut. D. geht es schlechter. Werde Dich nächste Woche nicht sehen. P.«

Liz und Peter hatten ein ganzes Wochenende miteinander verbracht? Wie war das möglich? Er wünschte, er wäre aufmerksamer gewesen. Konnte sich an keine Anhaltspunkte oder Details erinnern. Wann war Liz ohne ihn weggefahren? Außer dem einen Wochenende, an dem das Foto mit den Blüten im Hintergrund entstanden war. Oder bezog sich die Nachricht vielleicht auf dieses Wochenende?

Wieso hatte er nie Verdacht geschöpft? Er musste mit Doreen sprechen. Offensichtlich hatte sie ja damals etwas bemerkt. Zumindest hatte Liz das geglaubt.

Aber seine Wut kam zu spät. Peter war tot, Liz hatte ihn verlassen, und Doreen lebte nicht mehr in Atwater. Was gab es noch zu sagen?

Außer dass er ein Vollidiot war. Alle hatten etwas gewusst. Alle.

Außer ihm.

Er saß zwischen den herausgerissenen Büchern. Die ersten Vögel riefen draußen. Autos fuhren am Haus vorbei. Leute mussten zur Arbeit.

Langsam ging er ins Bad. Larrys Schnarchen klang noch immer sonor durchs ganze Haus. Tim wusch sich das Gesicht mit kaltem Wasser und dachte daran, dass er sich einen Job suchen musste.

Bald. Aber zuerst musste er schlafen.

Er wurde wieder von Kaffeeduft geweckt. Larry saß rauchend in der Küche, rieb sich den Kopf. Das Gesicht müde und zerknittert.

»Wie geht's der Hand?«

Der Verband war fleckig und hatte sich gelockert.

»Alles okay. Muss nachher zum Doc, Verband wechseln.«

Tim spürte leichten Kopfschmerz. Er hatte einen Kater. Der Kaffee tat gut. Dann fiel ihm ein, was er Larry schon am Vortag hatte fragen wollen.

»Wie lange hast du eigentlich frei?«

Larry räusperte sich. »Zwei Wochen. Ich kann dir noch ein bisschen auf den Nerv gehen, wenn du magst.« Er machte sich am Toaster zu schaffen. Zwei Wochen Wohngemeinschaft mit Larry. Warum nicht. Alles besser, als allein zu sein.

»Du gehst mir nicht auf die Nerven. Es ist gut, dass du da bist.«

Larry schien froh darüber. »Vorsicht, heiß!« Er warf ihm eine Scheibe Toast zu.

Nachdenklich beobachtete Tim, wie die Butter auf dem heißen Brot schmolz. Noch einen Schluck Kaffee. Er dachte an die letzte Nacht. Die vielen Bücher. Die Suche nach Hinweisen.

Er biss in seinen Toast. Dann gab er sich einen Ruck und erzählte Larry von der Notiz, die er an diesem Morgen gefunden hatte.

Sie gingen hinüber ins Arbeitszimmer, und Larry blieb schockiert im Türrahmen stehen, vor dem riesigen Bücherhaufen auf dem Boden, den herausgerissenen Seiten und der geöffneten Schublade und dem ausgeleerten Inhalt der Schreibtischschublade.

»Mein Fraynd … das sieht aus wie bei einer Bücherverbrennung …«

Larry liebte Bücher. Vorsichtig hob er eine Schmuckausgabe von Melvilles »Moby Dick« auf und strich die Seiten glatt.

Tim stieg durch die Papierhaufen aus losen Seiten und Buchdeckeln. Er zeigte Larry die zwei Nachrichten, die er gefunden hatte. »Die beiden haben sich heimlich Nachrichten geschrieben und sie in den Büchern versteckt?«

»Ja.«

»Raffiniert.«

Er schaute nachdenklich. »Aber du bist ein Idiot, mein Fraynd.«

Er schob Tim wieder in Richtung Küche. Er goss Kaffee nach und setzte sich zu Tim an den Tisch. Ein ungewohnt ernster Blick. Larry zeigte in Richtung Arbeitszimmer. »Das da drinnen sieht aus wie das Werk von einem, der den Verstand verloren hat. Die Geschichte, die du mir erzählst, ist hart. Deine Frau hat dich mit deinem Kumpel betrogen, und sie haben sich hinter deinem Rücken Zettelchen geschrieben. Das ist scheiße, aber so ist es nun mal. Und es ist lange her. Dein Kumpel ist mittlerweile tot. Du kannst nicht den Verstand darüber verlieren, verstehst du?«

»Ich habe die Zettel gerade gefunden. Habe ich kein Recht darauf, sauer zu sein?«

Larry hob die Brauen. »Du bist ein bisschen spät dran mit deiner Wut.« Er lachte, versuchte, heiter zu wirken.

Tim war genervt von Larrys altklugem Gefasel. »Wann verjährt so was denn? Du musst das doch wissen! Ich habe meine Frau jedenfalls noch nie betrogen.«

Larry blieb ruhig. »Das kommt darauf an, ob Liz Peter geliebt hat und es vielleicht immer noch tut. Vermisst sie ihn? Hatten sie gemeinsame Pläne? Ist ihr Neuer wie Peter?« Er hielt einen Moment inne. Sah Tim nicht an. »Weißt du, mein Fraynd, zu einem Betrug gehören immer zwei. Einer, der betrügt, und einer, der sich betrügen lässt.« Das saß.

Den Nachmittag über war Tim allein im Haus. Larrys Worte echoten in seinem Kopf. Er saß in der Küche und sah auf die Straße hinaus. »… von einem, der den Verstand verloren hat.« Hatte er den Verstand verloren? Nein, seine alte Wut war wieder in ihm aufgestiegen.

»Können Sie die Wut beschreiben?«, hatte der Therapeut damals gefragt. Tim hatte auf seine Hände gesehen, die geschwollenen Finger geknetet. Das hier war ein Fehler gewesen, verdammt. Peter hatte ihm den Therapeuten empfohlen. Er war hingegangen, weil er seine Wut nicht mehr im Griff hatte. Weil er Angst hatte, irgendwann jemanden zu verletzen. Weil die Wut ihn immer öfter in unbemerkten Momenten überfiel.

»Hat Ihre Wut … eine Farbe?«

Tim ballte die Fäuste. Hätte dem Typ gerne eine verpasst. Eine Farbe? Fuck it. Ja! Gleißendes Weiß! Verficktes grelles Weiß, das in heißes Tiefrot überging.

Dann hatte er eine Entschuldigung gemurmelt und war aufs Klo gegangen. Musste seinen Atem beruhigen. Er legte das heiße Gesicht an die hellblauen Kacheln und schloss die Augen. Als er zurückkam, hielt ihm der Therapeut einen Zettel entgegen. »Dies ist ein Rezept für Tegretol. Ich denke, das ist sinnvoll.«

Als er Tim das Papier reichte, zitterte die Hand. Blaue dicke Venen liefen über den Handrücken. Altmännerhand. Loser.

Vielleicht hatte er ihm unrecht getan. Wie auch immer. Dieser Therapeut jedenfalls hatte sein Problem nie lösen können, lange war er nicht zu ihm gegangen.

Tim stand auf, lüftete durch, machte eine Maschine Wäsche und fuhr zum Supermarkt einkaufen. Mit fünf vollen Plastiktüten kehrte er nach Hause zurück und hatte das Gefühl, dem Verrückten namens Tim Wilkins, der nachts besinnungslos Bücher zerriss, Paroli geboten zu haben. Er war mit sich zufrieden, machte sich einen starken Kaffee und rauchte zwei Zigaretten.

Er ignorierte das Chaos im Arbeitszimmer und setzte sich an den Schreibtisch, den Blick starr auf den Computer geheftet. Er würde später aufräumen. Jetzt hatte er Wichtigeres zu tun. Während er den Computer hochfuhr, erinnerte er sich an etwas, das ihm seine Mutter ins Ohr geflüstert hatte, als er ein kleiner Junge war. Wann immer in seinem Zimmer Kleidung, Schuhe, Bücher und Spielsachen den Boden bedeckten, sodass kein Teppich mehr sichtbar war, hatte sie ihn in den Arm genommen und gesagt: »So sieht es in dir drinnen aus. Wenn du das ändern willst, dann räumst du auf, einverstanden?« Ihr Flüstern hatte ihn am Ohr gekitzelt. Zärtlich hatte sie ihm dabei über den Kopf gestreichelt. Das hatte er nie vergessen.

Fuck it. So wie in diesem Raum sah es tatsächlich in ihm aus. Aber erst wenn sich das änderte, würde er hier Ordnung machen.

Er begann, Stellenanzeigen zu googeln. Friseure und Gärtner schienen gebraucht zu werden. Finanzberater oder Buchhalter nicht.

Dann hatte er eine Idee, googelte eine Telefonnummer und rief das Guitar Centre an. Ein verschlafener Typ meldetete sich am anderen Ende. Laute Musik im Hintergrund. Es klang, als probierte jemand eine E-Gitarre aus. Tim erklärte, dass er einen Job suche. Er sei so etwas wie ein Finanzberater, könne aber auch Buchhaltung machen. Der Typ notierte seine Nummer. »Kann sein, dass wir da demnächst tatsächlich jemanden brauchen. Big Dee hat mal so was gesagt. Der ist aber jetzt nicht da. Er ruft dich zurück.«

Tim stellte sich vor, wie er zum Guitar Centre zur Arbeit gehen würde. In T-Shirt und Jeans. Vielleicht Turnschuhe. Wie er die coolen Tätowierten hinter der Theke grüßen würde. Sich im Vorbeigehen einen Kaffee eingießen, im Büro eine Zigarette anstecken, Musik aufdrehen und anfangen würde zu arbeiten. Natürlich würde er weniger verdienen. Das war egal. Es würde reichen. Vielleicht würde er sogar das Haus halten können.

Zum ersten Mal schöpfte er Hoffnung.

15

Das Restaurant war gut besucht. Sie saßen an einem Ecktisch. Burgunderrote Sitzbank. Glänzendes Leder. Ein Klassiker. Ein für L.A. untypisches Lokal. Dunkel, hohe Decken, Laminat. Europäisches Flair. Statt der sonst jungen, blonden Bedienungen alte Herren mit weißen Schürzen. Murmeln, Lachen, rufende Kellner, Gespräche perlten von den gekachelten Wänden. Einige Familien mit Kindern, Paare, ältere Leute. Die Atmosphäre war lebendig.

Es war richtig gewesen, das Haus zu verlassen, dachte Tim. Musso & Frank's war perfekt. Tim mochte italienische Küche.

Ihre Hochzeitsreise war nach Venedig gegangen. Fünf Tage lang ein kleines lautes Hotel in der Nähe des Canale Grande. Sie hatten jeden Abend Pasta und Risotto gegessen und Wein dazu getrunken. Nie wieder hatte er später noch einmal so viel Romantik verspürt. Sie hatten danach oft von einem Häuschen in Italien geträumt. Vielleicht, wenn sie alt waren. Nach der Rückkehr waren sie zwei Jahre lang nur zum Italiener essen gegangen.

Das war lange her.

Als der Kellner die dampfenden Nudeln vor ihnen abstellte, hatten sie bereits zwei Flaschen Rotwein geleert. Larry hatte auf Poliziano bestanden. Sein Gesicht war wieder gerötet. Anstelle des Verbands klebte jetzt ein riesiges Pflaster auf seiner Hand.

Er hob schon wieder das Glas: »Auf das Leben, mein

Fraynd!« Ein dicker Spritzer Tomatensoße hing an seinem Kinn. »Weißt du, am Ende habe ich Michelle nichts mehr erzählt. Ich war zwei Tage im Krankenhaus, weil sie mir die Nierensteine rausgenommen haben. Zwei Tage. Ich hab ihr erzählt, ich muss nach Nevada zu einer Hochzeit.« Seine vollen Backen bewegten sich beim Sprechen auf und ab. »*Zwei* Tage hatte ich im Krankenhaus meine Ruhe!«

Tim wartete auf den Clou, aber die Story hatte keinen. Warum verheimlichte Larry Michelle seine Nierensteine? Eine traurige Vorstellung.

Er schaufelte Parmesan nach. Leerte sein Glas. Der Alkohol war ihm ungewohnt schnell zu Kopf gestiegen. Sein Gesicht war entspannt. Der Kopf leichter als sonst. Er fühlte so etwas wie Heiterkeit. Verdammt, Musso & Frank's war gut.

Italien. Das wäre es. Mit glasigem Blick sah er lächelnd ins Nichts. Noch einmal nach Venedig. Rom. Wein trinken und Pasta essen.

Aber er müsste alleine dorthin reisen.

»... danach war ich völlig erholt, sag ich dir. Zwei Tage nur für mich!« Larry fuhr mit seiner Anekdote fort. Vielleicht gab es ja doch eine Pointe.

Plötzlich verspürte Tim Lust, Larrys blöder Nierensteingeschichte etwas entgegenzusetzen. »Mir hat unsere Rezeptionistin mal auf der Weihnachtsfeier einen geblasen.« Er sagte es so beiläufig wie möglich.

Larry lachte, Tim konnte Nudeln und Soße in seinem Mund sehen. »Das glaube ich nicht!«

Was sollte so unglaublich daran sein, dass ihm die Rezeptionistin einen blies? Er bereute es, Larry davon erzählt zu haben.

»Und dann?« Larry klang amüsiert. Wartete auf Details. Aufgekratzt rutschte er auf der Lederbank hin und her.

Wie genau er mit Cynthia Sheldon in der engen Toilettenkabine gelandet war, daran erinnerte Tim sich nicht mehr. Er hatte sich an dem Abend darauf eingelassen, Schnäpse zu trinken. Hatte sich überschätzt. Dann Cynthias erhitztes Gesicht an seinem Schritt. Schwer atmend hatte sie den Reißverschluss der grauen Anzughose geöffnet. Er sah nicht hin, lehnte sich schwer gegen die Wand der Kabine, bis es vorbei war.

Er hatte ein Taxi nehmen müssen, so betrunken war er gewesen. Hatte sich geduscht und zur schlafenden Liz ins Bett gelegt.

Am nächsten Morgen zwei Tylenole. Über den Vorfall hatte er nicht weiter nachgedacht. Erst als er Cynthia Sheldon im neuen Jahr wiedergesehen hatte, als sie mit knallrotem Gesicht in ihrem hellgrauen Twinset an der Rezeption saß und versuchte, sich hinter dem Tresen zu verstecken, war es ihm wieder eingefallen.

Er hatte kein schlechtes Gewissen gehabt. Daran erinnerte er sich noch. Dass er erstaunt festgestellt hatte, dass er kein schlechtes Gewissen besaß. Hatte er Liz betrogen? Nicht wirklich. Ein Ausrutscher.

»Habt ihr's wieder getan?«

Larrys Neugier nervte.

»Nee. Ist ewig her.«

Enttäuscht wandte sich Larry seinem leeren Teller zu. Mit einem Stück Weißbrot wischte er braune Soßenreste vom weißen Porzellan.

Tim entschuldigte sich. Er musste zur Toilette. Fühlte sich wackelig, als er aufstand. Er hatte eine ganze Flasche Wein und zwei Martini intus. Vorsichtig durchquerte er den Raum. Ging zwischen voll besetzten Tischen hindurch, bemüht, nirgendwo anzustoßen. Hielt den Blick verkrampft auf den Boden gesenkt. Es waren immer die Handtaschen. Auf dem Boden abgestellte Handtaschen. Stolperfallen.

Runde Tische mit weißen altmodischen Tischdecken.

Eine alte Dame vor ihm stand auf. Unendlich langsam. Höflich wartete er, bis sie es geschafft hatte.

Am Tisch direkt neben ihm saß eine Familie mit erwachsenem Sohn. Der Vater sportlich gekleidet, grau meliert, aber doch fast jugendlich. Er trank ein Bier. Seine Frau etwas jünger. Im Kleid. Brünett. Rot lackierte Fingernägel. Sie lachte über etwas, das der Sohn gesagt hatte, legte dem Vater die Hand auf den Arm. Der Sohn war dem Vater wie aus dem Gesicht geschnitten. »Mom, Mom ... Du verstehst nicht!« Er griff ihre Hand, zwinkerte dem Vater zu. Schien sie zu etwas überreden zu wollen.

Lachend entzog sie ihm ihre Hand. »Um Gottes willen! Das werde ich natürlich nicht machen! Da könnt ihr euch noch so zusammentun!«

Der Sohn fiel in ihr Lachen mit ein. Er trug ein Sweatshirt mit Princeton-Aufdruck. Die Mutter tupfte sich die Tränen von den Wangen. Und küsste herzlich die Wange ihres Sohnes. »Du wirst uns fehlen, verrückter Kerl.«

Tim hörte und spürte die Intimität des Augenblicks. Es versetzte ihm einen Stich. Fuck. Es war so simpel.

Schmaler dunkler Gang. Schwingtür zur Küche. Kellner balancierten Teller an ihm vorbei.

Ungünstiger Ort für Toiletten. Ein älterer Herr stand vor dem Klo. Wartete. Auch er grau meliert in dunkelblauem Anzug. Völlig ruhig stand er da, in Gedanken versunken.

Dann bemerkte er Tim. Nickte ihm freundlich zu.

Die Tür der Damentoilette gegenüber öffnete sich langsam. Eine silbergraue Dame in dunkelgrauem Kleid kam heraus.

Sie kämpfte mit dem Knauf, die Tür war schwer.

Der Mann kam ihr zu Hilfe, hielt ihr galant die Tür auf.

»Bist du wieder schneller als ich.« Sie kicherte verlegen. Tim bemerkte die Runzeln um ihre Augen. Ein seltener Anblick in dieser Stadt der ewigen Jugend, dachte er.

Zärtlich strich die Frau dem Alten leicht über die Wange. »Holst du dann die Mäntel?«

»Natürlich.«

Er lächelte Tim an, der die Szene beobachtet hatte. Tim lächelte zurück. Gerührt. Die Vertrautheit war unübersehbar.

Mein Gott, er war sentimental.

»Ihre Frau?«

»Wir sind dreiundvierzig Jahre verheiratet!« Er lachte, Stolz lag in seiner Stimme.

Tim blieb allein im Gang zurück.

43 Jahre. Das hatte er nicht geschafft.

Als er zum Tisch zurückkehrte, saßen zwei Mädchen auf seinem Platz. Kurze, enge Kleider. High Heels. Brünett und blond.

Larry, weit über den Tisch gelehnt, gestikulierte wild.

Das Bild war Tim bekannt. Ein Déjà-vu. Larry, der Hahn im Korb, große Gesten, Alkohol, Mädchen. Er hatte es so oft gesehen. Es überraschte ihn, dass es ihm heute nicht gefiel. Es nervte ihn.

Die beiden Frauen warfen lachend das Haar zurück.

»Tim! Die beiden Engel hier sind Tracy und ...?« Larry sprach zu laut. Das Mädchen mit Pferdeschwanz tat beleidigt. »Susan.«

»Tracy und Susan aus Texas!« Larry schlug mit der flachen Hand auf die Tischplatte. »Herrlicher Akzent!« Er ahmte ihren breiten Texas-Slang nach. Seine überschwängliche Anmache war Tim peinlich. Er kannte das Funkeln in Larrys Augen. Eine Mischung aus Ausgelassenheit und Gier.

»Hi!« Er lächelte angestrengt. Bemühte sich, beim Händedruck nicht zu fest zuzudrücken. Die beiden waren Anfang dreißig, trugen keine Eheringe. Viel Make-up, glatt geföhntes Haar, glitzernde Ohrringe. Ein bisschen billig. Provinziell.

Und angetrunken, klar. Sonst hätte Larry keine Schnitte gehabt. Sie waren trotz allem nicht unattraktiv.

Der Kellner brachte vier Gläser Champagner.

»Stell dir vor, die Mädels sind Singles! Und sie sind zum ersten Mal in L.A. Da haben wir doch alle was zu feiern!« Larry kam gleich zur Sache.

Sie stießen miteinander an. Larry zwinkerte ihm verstohlen zu. Unnötig. Er verstand auch so, was der Plan war.

Tim spülte sein Unbehagen mit einem einzigen großen Schluck hinunter. Fuck it. Vielleicht hatte Larry recht. Ein bisschen flirten, feiern, Mädchen kennenlernen, war genau das Richtige. Er würde ihn später fragen, wie er die beiden klargemacht hatte.

Dann kam das Dessert. Pannacotta und Schokoladenkuchen mit vier Gabeln.

Eigentlich war dies ihr Abend gewesen. Tim hätte gerne ihr ernstes Gespräch vom letzten Abend wieder aufgenommen. Doch dazu war es nun zu spät. Larry gockelte herum. Spreizte sich, zeigte das Gefieder. Erzählte, dass er auf »Urlaub« sei. Das müsse auch mal sein bei seinem stressigen Job an der New Yorker Börse.

Lässig klopfte er Tim auf die Schulter. »Wir sind dreißig Jahre befreundet. Haben uns hier irgendwo um die Ecke kennengelernt.«

Das war nicht mal gelogen. Bei ihrem ersten Treffen 1978 waren sie auf dem Hollywood Boulevard um die Häuser gezogen. Larry hatte damals schon gut verdient und ihn den ganzen Abend lang freigehalten. Ihm war Los Angeles unbekannt und fremd gewesen. Larry hatte ihn gern unter seine Fittiche genommen. Es hätte damals nicht besser kommen können. Larry, der Partylöwe. Seine kleine Statur und die liebenswerte Art machten alles Laute, Aufdringliche wett. Diese Mischung hatte bei Frauen immer gezogen.

Vor Larry mussten sie keine Angst haben.

Die Mädchen stocherten unsicher im Dessert herum, als die Rechnung kam. Die Blonde sagte: »Danke für die Drinks und so … Wir wollten euren Männerabend nicht stören …« Unsicherer Blick zur Brünetten, dann zu Tim.

»Ja, wir sollten euch jetzt mal allein lassen …« Ihre Unsicherheit war echt. Rührend.

»Ach was!« Larry wischte ihre Worte mit einer Geste vom Tisch. »Der Abend geht doch gerade erst los! Wir freuen uns über weibliche Gesellschaft!« Er warf Tim einen aufmunternden Blick zu. »Oder, Tim?«

»Ja, auf jeden Fall.«

Was hätte er anderes sagen sollen? Fuck it. Er war sowieso schon betrunken.

Larry zahlte mit seiner goldenen Amex. Das beeindruckte die Frauen immer. Die Karte kam nur zu diesen Anlässen zum Einsatz. Das kannte Tim noch von früher.

Zwei Blocks östlich ein Irish Pub. Es war kühler geworden, und ein leichter Wind wehte. Die Mädchen hakten sich bei ihnen unter. Sie gingen langsam. Das Laufen auf hohen Absätzen fiel angetrunken schwer.

Sie waren für zwei Tage in L.A. Dann würden sie weiterfahren zu einer Hochzeit nach Santa Barbara.

Larry war entzückt. »Seid ihr Brautjungfern?«

Ja, waren sie.

Staunend stöckelten sie vorbei an Billboards, blinkenden Lichtern und Schaufenstern, deren Auslage Latexbustiers und Lackschuhe mit Zwölf-Zentimeter-Absätzen präsentierten. Der Hollywood Boulevard hatte hier etwas Anrüchiges, Frivoles.

Bars, Nachtclubs und billige Unterwäscheläden säumten die Straße. Nachtlager aus zerfledderten Kartons, lallende Penner, mit Zeitungspapier zugedeckt. Betrunkene grölten, Jugendliche rauchten in kleinen Grüppchen, schubsten einander herum. Eine lange Schlange vor einer

Disco. Jede Menge Paradiesvögel. Großstadt. Los Angeles war rau und laut am Wochenende.

Tim erinnerte sich, wie schockiert er über Dreck und Armut gewesen war. Der naive Junge aus Arkansas hatte sich Los Angeles damals glitzernd und sauber vorgestellt. Armut hatte in Arkansas ein anderes Gesicht.

Die Mädchen stammten auch aus einer Kleinstadt. Lewisville. Ein Vorort von Dallas. Nervös hielten sie sich an den Männern fest. Sie waren froh, Beschützer zu haben in dieser fremden Welt. Die Blonde ging mit Tim. Susan. Sie wirkte schüchtern. Er bemerkte ein kleines Lispeln, wenn sie sprach. Susan sah beim Gehen auf ihre Füße.

Sie hatte keinen Sex-Appeal. Nicht wie Sue, deren Blicke elektrisierend auf ihn gewirkt hatten. Deren Interesse an ihm spürbar gewesen war. Sue hatte den Abend aufregend gemacht. Wahnsinn, das war schon wieder Wochen her.

»Was machst du?«

»Hä?« Er war unvorbereitet.

»Na, jobmäßig.« Sie sprach leise. Ihr Griff jetzt fester.

Larry war außer Hörweite. Er hatte seinen Arm um die Brünette gelegt, sie überragte ihn um einen Kopf.

»Cop. Auf Urlaub.« Fuck it. Die Story zog.

»Cool!« Susan sah ihn mit großen Augen an. Schien erleichtert.

Die stark geschminkten Augen glänzten. »Tracy, Tracy! Tim ist 'n Cop!«

Tracy blieb stehen. »Was?« Sie war ziemlich angetrunken und lallte ganz schön.

Larry stützte sie mit beiden Armen. Der Kunstfellkragen ihres Kurzmantels streichelte seine Wange. Die beiden schlossen zu Tim und Susan auf.

»Wir sind in sicheren Händen! Tim ist 'n Cop!«, sagte Susan noch einmal.

Larry warf ihm einen überraschten Blick zu. Dann nickte er anerkennend. Nicht schlecht, das Cover.

»Oh ja, Ladys! Und kein schlechter! Mein Fraynd hier hat die Ermittlungen beim Highschool Shooting in Compton geleitet!«

Larry war sichtlich stolz auf seinen Quatsch, und er wartete gespannt die Wirkung seiner Worte ab. Er würde die ganze Sache bis ins Unendliche treiben.

»Na ja, nein, so ähnlich. Ich bin ja kein Detective …«

Der Versuch, die Angelegenheit herunterzuspielen, entzückte die Mädchen. Sie mochten seine Bescheidenheit.

»Trägst du 'ne Waffe?«, flüsterte Tracy.

»Nein, natürlich nicht. Bin ja nicht im Dienst.«

Larry schaltete sich wieder ein. »Aber er hat eine. Eine große. Was sag ich, du hast einige, nicht? Zu Hause. Vielleicht zeigt er sie euch später.«

In der Bar war es rappelvoll. Tim brach sofort der Schweiß aus. Dicht gedrängte Körper, überschwappendes Bier, johlende Typen, erhitzte Gesichter. Irgendwo spielte eine Liveband. Honkeytonk. Nicht sein Ding.

Zu laut, um sich zu unterhalten. Das war gut.

Larry drängelte an die Bar. Bestellte Bier und Tequila-Shots. Tim blieb mit den Mädchen zurück. Zur Musik wippend, standen die beiden da. Kichernd, flüsternd.

Tim versuchte, ruhig zu atmen. Er fühlte sich beengt. Der Raum war schlauchartig, die Decke niedrig. Das war nichts für ihn.

Nass geschwitzt kam Larry mit dem Bier zurück. Als er zur Bar zurückging, um den Tequila zu holen, nahm Tim ihn beiseite. »Das ist zu eng hier. Das packe ich nicht.«

Larry kannte das Problem von früher und klopfte Tim auf die Schulter. »Kein Problem, mein Fraynd. Wir trinken aus und ziehen weiter! Okay, Officer?«

»Sergeant!«

Sie lachten. Sie waren immer noch ein gutes Team.

Bereitwillig kippten die Mädchen den Tequila. Tranken das Bier. Texaner konnten trinken.

Tim fühlte sich angenehm betrunken. Atmete ruhiger. Er ließ den Blick durch den Raum schweifen. Glaubte für einen Moment, Henry Geffen zu sehen. Henry hatte im Büro gegenüber gearbeitet. Private Banking. Ein junger rothaariger Typ. Sie kannten sich nicht wirklich.

Bei genauerem Hinsehen war Tim sich nicht mehr sicher.

Verdammt. Wann war er zum letzten Mal im Büro gewesen?

Es schien ihm eine Ewigkeit her.

Er war gegangen, ohne sich zu verabschieden. Eigentlich schade. Ein paar Kollegen hätte er gerne auf Wiedersehen gesagt. Sie hatten ihn bestimmt schon vergessen. Als sie damals Ben Wyngham gefeuert hatten, redete nach zwei Tagen auch keiner mehr von ihm.

Er brauchte bald einen Job.

Da blies Larry zum Aufbruch.

Der Wind hatte zugenommen. Die Mädchen fröstelten. Sie drängten sich aneinander.

Ihr Anblick erinnerte Tim an eine Schafherde. Schafe, die eng beieinanderstanden, um sich zu wärmen. Vor Jahren war er mit Liz in Irland gewesen. Ein kalter, nasser Urlaub. Sie hatten viel gestritten. Die Landschaft hatte er grau und trostlos in Erinnerung. Überall irische Schafe. Die Art und Weise, wie sie stundenlang in Wind und Wetter dastanden, hatte ihn damals sehr fasziniert. Tiere streiten nicht. Sie tun, was getan werden muss, sie wärmen einander. Das hatte er gedacht.

Es dauerte, bis ein Taxi hielt. Wohin jetzt? Larry hatte bereits einen Plan. »Cheetas. Gentlemen's Club.«

Der Taxifahrer war ein wortkarger Inder mit Turban. Er nickte. »Hollywood Boulevard?«

»Yes, Sir!«

Die Mädchen kicherten. »Ist das ein Stripclub?«

Larry saß zwischen den beiden auf der Rückbank.

»Yep. Ein Gentlemen's Club für Gentlemen.«

Es war viel Verkehr auf der Amüsiermeile. Stoßstange an Stoßstange schoben sich die Autos die Straße entlang.

Langsam fuhren sie in östlicher Richtung. Tim starrte in die Nacht. Er war fast fünfzig. Was tat er hier? Eine Frage, die er sich vor Kurzem schon einmal hatte stellen müssen. Es war Zeit, in der Wirklichkeit anzukommen.

Er sah die Scheidungspapiere auf der Küchenanrichte vor sich. Wie lange konnte man die unbeantwortet lassen? Er würde morgen Larry fragen.

Es dauerte eine Weile, bis der Türsteher sie einließ. Die Schlange vor dem Club war beachtlich. Erst als Larry sich bereit erklärte, für einen Tisch mit Flaschenservice zu zahlen, kam Bewegung in die Sache.

Sie nahmen direkt an der Bühne Platz.

Die Bedienung trug einen knallroten Lackbikini und Strapse. Ihr Gesicht war müde. Sie hatte tiefe Falten um die Augen. Ihr Blick ging ins Leere. Das Outfit passte nicht zu ihr. Sie wirkte kostümiert. Noch bevor sie die Jacken ausgezogen hatten, kam sie mit einem Sektkübel zurück.

»Champagner oder was anderes?« Sie beugte sich zu Larry hinunter. Man hatte den Eindruck, ihre großen Brüste müssten jeden Moment aus dem kleinen Oberteil fallen und in Larrys gerötetes Gesicht klatschen.

»Hi, Sweety!« Larry lallte ein bisschen. Die lange Fahrt hatte ihn keinen Deut nüchterner gemacht. Er warf einen glasigen Blick in die Runde. »Was haltet ihr von Wodka?«

»Klar.«

Vor ihnen wirbelte eine Afroamerikanerin an einer Stripperstange herum. Ihre Arme muskulös. Geschmeidig streckten sich die langen Beine. Samtige dunkle Haut glitt die kühle Stange hinab.

Sie lächelte Tim zu. Ging auf die Knie und kroch lasziv am Bühnenrand entlang. Auf ihren Brustwarzen klebten kleine glitzernde Sterne.

Keine Brustwarzen oder Muschis. Der Gentlemen's Club war ein moderater Stripclub.

Eine größere Gruppe von Mittzwanzigern feierte einen Junggesellenabschied. Der Bräutigam wurde jetzt unter anfeuernden Rufen der anderen genötigt, mit den Zähnen einen Geldschein ins üppige Dekolleté der Tänzerin zu versenken.

Vereinzelt ein paar ältere Herren. Sich an einer Flasche Bier festhaltend. Armenier und einige Asiaten. Kaum einer nüchtern.

Auch hier war die Musik laut.

Die Mädchen staunten. Zogen ihren Lippenstift hinter kleinen Handspiegeln nach. Einige Männer sahen zu ihnen herüber.

Larry goss Wodka ein. Sie prosteten einander zu. Tranken auf Texas, Los Angeles, das Single-Dasein, das Leben.

Eine zierliche Asiatin jetzt an der Stange. Weniger sexy, mehr Akrobatik. Sie hing kopfüber, schüttelte das glänzende Haar, spreizte die dünnen Schenkel, rutschte langsam die Stange hinab. Ihre prallen Brüste passten so gar nicht zum knabenhaften Körper.

Tim schob den roten Plüschsessel zurück, setzte sich bequem hin. Er hoffte, Larry würde die Mädchen nicht mit nach Hause nehmen. Wenn es nach ihm ging, konnte Larry sie beide haben. Er selbst hatte genug. Aus dem Augenwinkel sah er, dass Larry mit der Brünetten Brüderschaft trank. Bald knutschten sie wild herum.

Susan sah lächelnd zu ihm herüber. Alkohol im Blick.

Sie rutschte näher an ihn heran. Tim hielt den Blick starr auf die Asiatin gerichtet. Schwankend stand er auf. Wo war hier die Toilette? Fast wäre er mit der halb nackten Bedienung zusammengestoßen.

»Hinten links.« Sie lächelte.

Er wankte, atmete tief durch. Es war ziemlich dunkel.

Jemand berührte seinen Arm. »Hey!«

Um ein Haar hätte er sie nicht erkannt. Aida war stark geschminkt, trug einen engen glitzernden Body. Sie arbeitete hier. Richtig. »Hey!« Er umarmte sie. Zu überschwänglich. Das war der Alkohol.

Sie wich zurück, sah ihn prüfend an. »Wow, du bist ja richtig betrunken!« Dann lachte sie. Es tat gut, die Zahnlücke zu sehen.

»Ist Larry auch hier?«, fragte sie.

Er wies mit dem Kopf zu ihrem Tisch.

»Ihr habt euch ein paar Mädels mitgebracht?« Aida hob amüsiert die Brauen.

»Larry.«

»Und, was ist euer Plan für den Rest des Abends?«

»Larry scheint einen zu haben. Ich will bald ins Bett.«

Er pinkelte lange. Musste sich an der Wand über dem Pissoir festhalten. Dann wusch er sich ausgiebig die Hände und checkte sein Handy. Es war kurz vor zwei. Keine Anrufe. Keine Nachrichten.

Wankend ging er zum Tisch zurück. Der Club war noch voller geworden. Lauter. Drei leere Sessel. Larry saß allein am Tisch.

Die Wodkaflasche war fast leer.

»Wo warst du?« Larry klang genervt.

»Wo sind die Mädels?«

Larry verzog das Gesicht. Auch er sah jetzt müde aus. »Keine Ahnung. Sind zusammen aufs Klo.« Dann zuckte er mit den Schultern. »Vor 'ner Weile schon.«

Erleichtert ließ Tim sich in einen Sessel fallen. Sie würden nicht zurückkommen. Das war klar. Er klopfte dem Freund auf die Schulter. »Mach dir nichts draus!«

»Shit, weißt du, wie viel ich heute investiert habe?« Dann grinste er breit. »Was soll's, mein Fraynd, komm, machen wir zusammen die Pulle leer.«

Das war das Bemerkenswerteste an Larry. Egal, wie es kam, der Abend endete mit ihm immer gut.

Eine tätowierte Stripperin beendete ihre Showeinlage mit einem Spagat. Sie klatschten. Das Mädchen kroch am Bühnenrand entlang, sammelte Dollarnoten ein.

Tim fummelte einige Geldscheine aus seiner Hosentasche und steckte sie ihr ins Höschen. Er konnte den Schweiß auf ihrem Dekolleté sehen. Sie bedankte sich mit Luftkuss.

Larry war tief in den Sessel gerutscht. Nur mühsam konnte er die Augen offen halten. »... sich aushalten lassen von einem alten Glatzkopf, der es nötig hat ... Seh ich so aus, als ob ich's nötig hätte? Verdammt, ich habe seit vier Wochen keinen Sex gehabt.«

»Na, Jungs!«

Aida war abgeschminkt und trug Jeans. Die Haare zum Pferdeschwanz zusammengebunden. Sie strich Larry über den Kopf. »Dir scheint's ja besser zu gehen.«

»Aaah, die Verdi-Oper!« Larry zog sie in einen der freien Sessel hinunter. »Das Mädchen kommt immer im richtigen Moment!«

Tim goss den restlichen Wodka in drei Gläser. Fischte eine Handvoll halb geschmolzener Eiswürfel aus dem Kübel.

Sie stießen an. Alle tranken auf ex.

»Wie sieht's aus? Braucht ihr eine Mitfahrgelegenheit?« Aida erhob sich.

Larry hatte recht, sie kam immer im richtigen Moment.

16

Die letzten Tage des Septembers. Larry wohnte seit zehn Tagen bei ihm. Der Streit mit Derek lag über zwei Wochen zurück. Zwei Wochen Stille. Sein Geld würde noch bis Jahresende reichen. Drei Monate. Alles ließ sich errechnen. In Zahlen ausdrücken. Zahlen waren einfach. Schmerzlos.

Larry stand morgens meist als Erster auf und machte Kaffee. Dann rauchten sie, lasen Zeitung und redeten bis in den frühen Nachmittag hinein. Manchmal ging Tim eine Runde Joggen.

Abends kam Aida vorbei. Brachte Joints mit. Zusammen hingen sie auf der Couch im Wohnzimmer, guckten fern, aßen Chips.

Die Tage kamen und gingen. Nichts war wichtig. Er hatte aufgehört, in Liz' Büchern nach Briefen zu suchen. Larry hatte sich irgendwann kopfschüttelnd daran gemacht, die Bücher ins Regal zurückzustellen. Nach Autoren geordnet.

»Moby Dick« legte er auf Tims Nachttisch. »Tree, solltest du lesen. Verbitterter Typ mittleren Alters kämpft gegen Riesenwalfisch …«

Tim verspürte keine Lust auf Selbstanalyse. Wenn er high war, hatte er hin und wieder Momente, in denen er sich von außen betrachtete. Momente, in denen er einen blassen Loser auf der Couch sah. Das reichte. Ein gescheiterter Ehemann mit erwachsenem Sohn, der sich benahm wie ein Achtzehnjähriger.

Er steckte fest. Zwischen zwei Leben. Einem alten, das er noch nicht richtig verstanden hatte und zu dem er nicht mehr zurückkonnte, und einem neuen, von dem er nicht wusste, wie es aussah und was für eine Rolle er darin spielen würde. Eine gefährliche Zwischenwelt.

John McClane hatte das beunruhigende Gefühl, auf dünnem Eis zu stehen.

Wann würde er einbrechen?

Schon den ganzen Tag hatte Larry in Jogginghose und Unterhemd abgehangen. Hatte »November Rain« von Guns N' Roses gesummt. Überall ließ er Socken, leere Chipstüten und anderen Kram liegen. Benutzte Tims Zahnpasta, und wenn er geduscht hatte, hinterließ er Wasserpfützen auf dem Badezimmerboden.

Das Unterhemd hatte Kaffeeflecken am Bauch.

Aida schien sein Anblick nicht zu stören. Sie mochte Larry. Alberte ungezwungen mit ihm herum, als sei er ihr großer Bruder. Larry ließ sich ihre Neckereien gefallen und phantasierte herum, dass er sie mit nach New York nehmen würde.

Die sexuelle Spannung zwischen ihnen hatte nachgelassen, seit Larry eingezogen war. Wenn sie abends high und vollgefressen waren, hatten sie keine Lust mehr. Ihm sollte es recht sein.

Aida hatte ihren Kopf auf Larrys Schulter gelegt. »Lieblingsfilme, los!«, sagte sie.

Larry kratzte sich die Stirn. Als würde er sich mit Filmen auskennen.

»Larry guckt keine Filme!« Das wusste Tim.

»Hey, das stimmt nicht!«

»Dann fang ich an! ›Big Lebowski‹, ›Fear and Loathing in Las Vegas‹ und ... ›Cheech and Chong‹!«

Larry schlug sich übertrieben auf die Schenkel. »Das sind alles Stonerfilme, Verdi!« Seit ein paar Tagen war das

Larrys Kosename für Aida. »Tree, jetzt du!« Er benutzte wieder Alfies Spitznamen für ihn.

Tim überlegte. Seine Augen brannten, und er fühlte sich mal wieder müde.

Larry aß laut schmatzend die letzten Chipskrümel aus der Tüte.

Es fiel Tim schwer, sich zu konzentrieren. Im Kopf ging er Filme durch, die er mit Liz gesehen hatte.

»Die Reifeprüfung«, »Marnie« und … »Frühstück bei Tiffanys«.

Er mochte Audrey Hepburn nicht, aber Liz hatte ihre Filme geliebt.

»Audrey Hepburn ist heiß!« Larry öffnete noch ein Bier.

»Hey, das war das letzte!«, sagte Tim. Er war am Spätnachmittag zum Chinesen gegangen und hatte ein Sixpack geholt. Die Selbstverständlichkeit, mit der Larry die letzte Dose griff, nervte ihn.

»Na, dann teilen wir!«

»Jetzt du!«, drängte Aida Larry.

»Ich mag ›Seinfeld‹, ›Cheers‹ und ›Yentl‹, Barbara Streisand ist meine heimliche Liebe.« Er zwinkerte. »Abgesehen von dir.«

»›Seinfeld‹ und ›Cheers‹ sind keine Filme.«

Tim griff die letzte Dose und leerte sie in einem einzigen Zug.

»Spielverderber.« Zu Aida sagte Larry: »Eh? Der Große ist schlecht drauf.«

Aida betrachtete Tim, stieß ihn mit dem Fuß an. »Was ist los, Nachbar?«

»Nichts ist. Ich bin müde.«

Sie stand auf und stellte die Musik lauter. Dann zog sie Larry aus dem Sessel, und die beiden begannen wild herumzuhüpfen. »Komm, zeig mir mal deinen Sexydance!«

Larry wiegte sich, wackelte mit seinem flachen Hintern. Es sah bescheuert aus. Aida zeigte ihm, wie man das

Haar zurückwarf. Sie beugte sich lasziv vor und rieb sich mit den Handflächen über die Arschbacken.

Ungelenk machte Larry sie nach, rieb seine kurzen, behaarten Finger über seine Speckrolle auf den Hüften und zwinkerte Tim zu. »Komm, Baby!« Forderte ihn auf mitzutanzen. Schweiß lief ihm über das Gesicht.

Ekelhaft.

Tim winkte ab.

»Lass ihn.« Aida zog Larry an sich, wirbelte ihn herum, bis er taumelte.

Tim brauchte noch ein Bier. Er war nicht betrunken genug. Und er war nicht zu Albernheiten aufgelegt.

Kichernd zog sich Larry das Unterhemd aus.

»Laaangsam, langsam. Das geht viel zu schnell!« Aida feuerte ihn an. Er verhedderte sich. Blieb mit dem Kopf im Ausschnitt hängen.

Die beiden krümmten sich vor Lachen.

Die Musik verstummte. Sie ließen sich aufs Sofa fallen. Das Bier war aus, die Party war vorbei.

Aida stand auf, strich Larry über die Glatze. »Okay, Boys. Ich werde euch jetzt ein paar Tage alleine lassen.«

Der Kanadier kam zurück. Der Greencard-Ehemann.

Larry schmollte. »Was? Aber du kommst noch mal vorbei vorm Wochenende, ja? Ich fahre bald!«

Tim musste zugeben, dass ihn der Gedanke, Larry bald los zu sein, mit Erleichterung erfüllte.

Am nächsten Morgen fand er sein Handy wieder. Er hatte eine Sprachnachricht von einer unbekannten Nummer. Ein Typ namens Jessy vom Guitar Centre. Der Chef sei zurück. Ob er am Freitag zum Vorstellungsgespräch kommen könne. »Yessss!« Er ballte die Faust. Da war sie. Seine Chance.

Sofort rief er Jessy zurück und verabredete einen Termin für den nächsten Tag. Ein Gespräch mit Big Dee. Dann zog er die Laufschuhe an und wollte zum Griffith Park aufbrechen.

Larry stand mit vorwurfsvoller Miene in der Küchentür. Die leere Kaffeedose in der Hand. Wieder fleckiges Feinripp. Ausgebeulte Boxershorts.

»Kaffee ist alle.«

»Dann hol welchen beim Cornerstore.« Tim ignorierte Larrys Gesichtsausdruck.

»Bin noch nicht angezogen. Du hast doch schon Schuhe an.«

»Nein, ich will laufen gehen.«

Larry griff sich Tims Trainingsjacke vom Stuhl. »Hast du Cash da?«

Bevor Larry den zweiten Arm in den Jackenärmel stecken konnte, hatte Tim sie ihm grob aus der Hand gerissen. Larrys Arm hing fest, sie rangelten kurz.

»Es ist ja wohl nicht zu viel verlangt, dass du ein paar Einkäufe machst! Du säufst das letzte Bier aus, trinkst meinen Kaffee, dann kannst du auch mal einkaufen gehen!« Es klang sehr scharf.

Larry glotzte ihn an. Reichte ihm schweigend die Trainingsjacke. Dann sagte er: »Ach, so ist das. Aber sich von mir am Wochenende einladen zu lassen ist okay, ja?«

»Du musst ja sofort deine Amex hinlegen, um vor irgendwelchen Mädchen anzugeben!«

»Ich habe dich gerne eingeladen, mein Fraynd. Zumal du deinen Job verloren hast.« Das saß.

Larry war noch nicht fertig.

»Ich bin nur noch bis zum Sonntag hier. Danach kannst du dein Bier und deinen Kaffee wieder alleine saufen und in Selbstmitleid ertrinken.«

Verbissen schnürte Tim sich die Laufschuhe zu. Der Streit war kindisch. Er musste aufpassen, dass er sich nicht vergaß.

»Ich wollte hier eine Party schmeißen. Als Überraschung für dich. Meine eigene Abschiedsparty. Ich habe

Alfie eingeladen!«, sagte Larry. Der depressive Alfie war der letzte Mensch, den Tim gebrauchen konnte.

»Er kommt morgen.« Larry klang jetzt kleinlaut. »Ich dachte, du freust dich.«

Tims Schläfen begannen zu pulsieren. Bevor er etwas sagte, das er bereuen würde, verließ er das Haus.

Als er Stunden später verschwitzt zurückkam, war es still im Haus. Er fand ein Sixpack Bier und drei Dosen Kaffee auf der Küchenanrichte. Er musste grinsen. Konnte sich genau vorstellen, wie Larry bockig zum Cornerstore gestiefelt war.

Sein eigener Ärger war beim Laufen im Park vergangen. Die kühle Luft, der Blick aufs Wasserreservoir hatten ihn versöhnt. Es war angenehm warm gewesen.

Vielleicht war er zu harsch gewesen. Larry meinte es gut. Tim war sogar gespannt darauf, Alfie zu sehen. Eine Party hatte das Haus schon lange nicht erlebt.

Unter der Dusche wanderten die Gedanken zum Guitar Centre. Er freute sich auf den Termin. Er versuchte, sich Big Dee vorzustellen. Wahrscheinlich ein junger, cooler Typ. Einer, der perfekt Gitarre oder Drums spielte. Ob sie über Musik sprechen würden? Er musste sich ein paar Sachen im Kopf zurechtlegen.

Er war unsicher, was er zu dem Gespräch mitbringen sollte, und hatte sich seinen Lebenslauf und Referenzen ausgedruckt, die er in eine Klarsichthülle gesteckt hatte. Man wusste nie.

Mit nassem Haar horchte er in den Flur. Wahrscheinlich hatte sich Larry am Computer im Arbeitszimmer verschanzt. Es war Zeit, den Streit zu beenden. Er klopfte an die Tür. Wartete. Klopfte wieder. Larry war unbemerkt gegangen. Shit. Larrys Tasche und einige Kleidungsstücke waren noch da. Er würde wiederkommen.

Tim schmiss sich auf die Couch und zappte herum. Irgendwann hatte er genug, nahm sein Telefon zur Hand und rief den Sohn an. Mailbox.

»Derek. Es tut mir leid, wirklich. Können wir reden? Bitte ruf mich an.«

Er klang kleinlaut, das wusste er. Er fühlte sich auch so.

Es war still im Haus. Den Rest des Tages blieb es still. Er ging früh ins Bett. Sein Handy legte er auf den Nachttisch neben sich.

Fast eine Stunde lang probierte er am nächsten Morgen verschiedene T-Shirts, Hemden und Jeans in unterschiedlichen Kombinationen an.

Unschlüssig stand er in Boxershorts und schwarzem T-Shirt vor dem Spiegel. Wie wollte er rüberkommen? Auf keinen Fall spießig, aber doch verlässlich. Er wollte aussehen wie ein Musikfreak und gleichzeitig seriös. Ein cooles Shirt musste her. Liz' Meinung wäre jetzt gut. Sie hatte guten Geschmack und hätte ihm sofort etwas Passendes zusammengestellt.

Er musste den Karton mit den alten T-Shirts finden.

Wieder die staubige Garage. Wieder stieß er mit dem Kopf an die nackte Birne, als er geduckt nach dem Karton mit der Aufschrift »Kleidung Tim« suchte. Er selbst hatte ihn vor Jahren gepackt, als Liz ihn bat, den Schrank auszumisten.

Während er suchte, fürchtete er, auf Dinge zu stoßen, die er nicht finden wollte. Ob Liz weitere Briefe oder gar Geschenke von Peter in der Garage aufbewahrt hatte? Wenn dem so wäre, wollte er sie nicht heute finden. Nicht jetzt. Es sollte ein guter Tag werden.

Den Karton mit der Aufschrift »Plattenspieler/Schallplatten« hievte er zur Seite. Den würde er sich an einem ruhigen Abend mit ein paar Bier vornehmen.

Überall Staub. Die Schrift auf den Kartons war so verblasst, dass er sie kaum entziffern konnte. Endlich fand er den richtigen. Wischte dicke Staubflocken vom Deckel, bevor er den Karton ins Haus trug.

Die Shirts rochen muffig. Sorgfältig breitete er eins nach dem anderen auf dem Bett aus. Ließ den Blick über einen Teil Musikgeschichte schweifen. Guns N' Roses. Springsteen. Van Halen. Rolling Stones. Er war bei allen Konzerten gewesen. Schließlich entschied er sich für Phish. Schwarzes T-Shirt mit Aufdruck vom Albumcover. Orange auf Schwarz. »A Picture of Nectar«. Dazu schwarze Jeans und ein blaues Wochenendjackett. Wildlederturnschuhe, die er sonst zur Gartenarbeit trug. Er fuhr sich durch Haar. Prüfender Blick. Der Bart stand ihm gut. Das Outfit war ungewohnt. Aber cool. Er verspürte erregte Anspannung. Wenn das Gespräch gut verlief, würde er eine zweite Chance bekommen, da war er sich sicher.

Fuck. Eine zweite Chance war genau, was er brauchte.

Ernst nickte er seinem Spiegelbild zu.

Als er Kaffee aufsetzte, fiel ihm auf, dass er Larry seit gestern nicht mehr gesehen hatte.

Er war pünktlich. Überpünktlich. Einige tätowierte Typen liefen hinter dem Tresen herum. Der Laden hatte sich kaum verändert.

Kids und Mittzwanziger in engen Jeans, tätowiert und mit langen Haaren, betrachteten ehrfürchtig Gitarren und Verstärker, suchten in Noten herum, probierten Drums aus. Ein paar Jungs mit gefärbten Haaren unterhielten sich wichtig mit einem der Angestellten hinter der Theke.

Unvermittelt fühlte Tim sich an früher erinnert. Er schaute sich einige E-Gitarren und Verstärker an. Ob Alfie noch Bass spielte?

Im Kopf ging er ein paar mögliche Themen durch, dann seine Vita. Wollte vorbereitet sein. Schließlich sprach er einen Typen hinter der Kasse an.

»Klar, komm mit. Big Dee ist hinten.«

Er folgte ihm durch eine Tür mit der Aufschrift »Stay the Fuck out! Staff only!«. Sie gingen einen langen Gang entlang. Konzertposter links und rechts. Einige fielen fast von der Wand. Der Tesafilm hatte sich gelöst.

Verstärker stapelten sich in der Ecke, Kartons und Werbeflyer säumten den Gang. Aus einem der Räume drang Musik. Der Langhaarige klopfte an eine Tür mit Graffiti.

»Komm rein!«

Ein riesiger Schreibtisch aus rohem Metall nahm den halben Raum ein. Auf der Tischplatte stapelten sich Papierberge und Musikzeitschriften. Daneben standen eine Kaffeemaschine mit halb voller Kanne und ein Achtzigerjahre-Plattenspieler. Der kleine Mann mit Brille versank fast dahinter. Anfang fünfzig. Graues Haar. Sehnige Arme, graues T-Shirt. Das war Big Dee?

Tim kam sich sofort verkleidet vor. Die Unsicherheit kehrte zurück.

Dee streckte ihm die gebräunte Hand entgegen. Fester Händedruck. Er war trainiert.

»Hey there.« Er hatte eine angenehme Stimme, zeigte auf den freien Stuhl. Tim zog ihn ein Stück zurück, um nicht mit den Knien an den Schreibtisch zu stoßen. Dee goss ihm eine Tasse Kaffee ein.

Entspannt saß er in einem großen Bürostuhl mit rotem Kissen, betrachtete Tim aufmerksam.

»Phish!« Big Dee nickte anerkennend. »Das war das beste Album! 1991.«

Tim räusperte sich. »›Junta‹ mag ich auch.« Er klang zu vorsichtig, versuchte, sich zu entspannen. Der zusammengerollte Lebenslauf nervte. Er wusste nicht, wohin damit.

»Stimmt! Das war ein geiles Album! Ich glaube, ich hab's sogar als Vinyl irgendwo hier …«

Neben dem Schreibtisch ein riesiges Plattenregal. Alphabetisch geordnet. Dee schwang auf dem Stuhl herum und suchte konzentriert. Seine schmalen Finger flogen über die Plattenhüllen.

Tim nutzte die Gelegenheit, um sein T-Shirt glatt zu ziehen und die Beine zu entknoten. Er legte den Lebenslauf unter den Stuhl. Er massierte seine Hände. Er war zu angespannt. Möglichst geräuschlos stieß er Luft aus. Fühlte, wie sich die Aufregung ein bisschen legte. Fuck. Er wollte diesen Job.

Dee war fündig geworden. Triumphierend zog er eine Hülle heraus. Dann warf er den alten Plattenspieler an. Drehte laut auf.

Sie nickten zur Musik und sangen den Refrain mit. Tim kannte jedes Wort. Das Eis war gebrochen.

Dann lehnte Dee sich vor. »Hast du eine Vita dabei?«

Hastig griff Tim die Plastikhülle unter dem Stuhl. Damit hatte er nicht mehr gerechnet. Dee drehte die Lautstärke herunter und las aufmerksam. Tim hörte ihn ruhig atmen und konzentrierte sich auf die Konzertposter an der Wand.

Kiss, Def Leppard, Rolling Stones, Nirvana …

»Du bist für diesen Job völlig überqualifiziert, das weißt du?« Dee ließ das Papier sinken und sah ihn an.

Tim zuckte mit den Schultern. Ihm fiel keine gute Antwort ein.

»Frau? Kinder?« Dee hob die Brauen.

Tim räusperte sich. »Meine Frau und ich haben uns vor Kurzem getrennt. Unser Sohn ist schon erwachsen.« Viel zu leise, unsicher.

Dee betrachtete ihn ruhig.

Tim räusperte sich noch einmal. »Ich bin aus Arkansas. Als ich vor über dreißig Jahren nach Los Angeles kam, habe ich in einer Band gespielt. Nichts Besonderes. Aber wir haben immer hier abgehangen, im Guitar Centre.« Er stockte. »Damals war das mein Zentrum von L.A., der beste Ort auf der ganzen Welt.«

Dee lächelte.

»Dann habe ich geheiratet und nur noch gearbeitet. In einer Bank. Ein Ort, der mit mir gar nichts zu tun hatte. Die Jahre sind vorbeigerast, und ich habe es nicht mitbekommen. Ich möchte jetzt an einem Ort sein, an dem ich gerne arbeite. Und wo ich Musik hören kann.« Er nickte mit Nachdruck.

Dee nahm seine Brille ab. »Ich lebe seit einem Jahr getrennt. Ist verdammt hart.« Einen Moment lang schien es, als wolle er noch etwas sagen.

Dann brach der Moment wie eine kleine Welle am Strand. Verlief sanft ins Nichts. Dee setzte die Brille wieder auf. Trank seinen Kaffee aus.

Dann erhob er sich und drückte Tims Hand.

»Danke fürs Gespräch. Wir melden uns.«

Als er zum Wagen schlenderte, ging er das Gespräch noch mal in allen Details im Kopf durch. Er war sich nicht sicher, ob es gut gelaufen war, gegen Ende war er vielleicht zu persönlich geworden.

Er hatte noch keine Lust, nach Hause zu fahren. Wenn Larry immer noch nicht zurück war, würde er wieder der Stille im Haus ausgesetzt sein.

Er lief in östlicher Richtung. Die Sonne tat gut. Grelle Abendsonne. Er zog das Jackett aus.

Auch wenn er den Job nicht bekommen würde, fühlte sich dieser Moment gut an. Er hatte es versucht.

In einem kleinen Touristenladen am Sunset Boulevard kaufte er eine verspiegelte Pilotenbrille. Er sah cool aus. Im Starbucks nebenan bestellte er sich einen doppelten Espresso. Entspannt schlenderte er an Geschäften und Pubs vorbei. Es waren nur wenige Passanten auf den Beinen.

Zu dieser Tageszeit alleine herumzulaufen war ungewohnt für ihn. Einfach nur, um zu laufen. Kaffee zu trinken. Wieder erinnerte er sich an den Italienurlaub mit Liz. Dolce Vita. Er nahm sich vor, öfter Spaziergänge wie diesen zu unternehmen.

Gut gelaunt schloss er die Haustür auf. Es war still und kühl im Haus. Keine Spur von Larry.

Er bestellte beim Chinesen, holte eine Dose Bier und Zigaretten. Dann nahm er »Moby Dick« zur Hand. Es war bestimmt zehn Jahre her, dass er ein Buch aufgeschlagen hatte. Heute war der Tag der kleinen Neuanfänge.

»Nennt mich Ismael. Ein paar Jahre ist's her – unwichtig, wie lange genau –, da hatte ich wenig bis gar kein Geld im Beutel, und an Land reizte mich nichts Besonderes.«

Er war sofort gebannt. Fast hätte er das Klingeln des chinesischen Lieferservices überhört.

Er war auf der Couch eingeschlafen, als Larry hereintaumelte. Melville lag noch aufgeschlagen auf seinem Schoß.

Larry hob beschwichtigend die Hände. »Schon gut, easy ... ich bin's nur«, sagte er. Er hatte Lippenstift am Kinn. Sein Gesicht war gerötet. Er war angetrunken.

Tim freute sich, Larry zu sehen. »Hattest du Spaß?«

»Ja, hatte ich. Tut mir leid!« Die Hände in die Hüften gestemmt, stand er da. Weißes Hemd, drei Knöpfe offen wie immer, dunkelblauer Anzug und rotes Einstecktuch. »Weißt du, ich dachte, wir haben Spaß zusammen. Jetzt, wo du alleine bist, wo du arbeitslos bist, kommt der alte Larry und kocht Kaffee für dich, macht die Abende klar, lenkt dich ab. Was ein guter Fraynd so macht. Aber wenn der alte Larry zum Abschied 'ne Party schmeißen will, ist das plötzlich nicht okay, hä?«

Tim hatte keine Lust, weiter zu streiten. Wollte jemandem vom Termin beim »Guitar Centre« erzählen.

Er stand auf und umarmte Larry. »Tut mir leid, alter

Freund. Komm, setz dich. Wir trinken noch einen zusammen.«

Larry sträubte sich. »So einfach ist das nicht.« Er verschränkte die Arme. »Ich bin gekommen, um zu packen, und dann gehe ich.«

Shit. Larry meinte es ernst.

Tim war nicht gut darin, sich zu entschuldigen, aber er versuchte es trotzdem. »Larry, es tut mir leid. Du hast recht, ich habe mich wie ein Arsch verhalten.« Es war nicht leicht, das zuzugeben.

»Du hast mir, ehrlich gesagt, gefehlt.« Er spürte Larrys Erstaunen. Zumindest hörte er ihm jetzt zu.

»Es war fürchterlich still im Haus. Bleib wenigstens noch ein oder zwei Nächte. Lass uns feiern. Okay?«

Larrys Mundwinkel zuckten. Er schien erleichtert. »Ehrlich gesagt, der Abend heute war scheiße. Hast gefehlt, mein Fraynd!«

Tim lachte. »Ich hab dein Bier getrunken und ›Moby Dick‹ angefangen.«

Sie stießen an, und Larry rülpste laut.

»Scheiße, Alfie kommt morgen schon!« Unsicherheit schwang in seinen Worten mit.

»Ach was, den kriegen wir schon hin!« Tim klang überzeugter, als er war.

17

»Wie viele Leute kommen eigentlich?«

Im Wohnzimmer bauten Mädchen vom »LAfresh«-Catering silberne Tabletts mit Häppchen auf. Oliven, verschiedenes Brot, Käse, Schinken, gegrillte Hühnerschenkel, Dips und Chips. Larry hatte nicht geknausert. Dem Catering nach zu urteilen, hatte er hundertfünfzig Leute eingeladen.

»Ungefähr fünfzig.« Er senkte die Stimme. »Aber das ist 'ne Drogenparty. Lass die alle erst mal high sein, was meinst du, wie schnell das Buffet leer ist.«

»Drogenparty?«

Larry zog Tim ins Bad, holte einen großen Gefrierbeutel hinter der Toilette hervor. »Speed, Koks, Pilze, Ecstasy … ich habe alles da. Komm, wir probieren 'ne Runde!«

Larry baute zwei lange Linien aus feinem weißem Pulver auf dem Klodeckel. Rein technisch gesehen, ging die Party jetzt los. Mit einer Eindollarnote zogen sie die Lines hoch. Tims Knie knackten, als er sich ächzend erhob. Er kniff die Augen zusammen. Er spürte den bitteren Nachgeschmack die Kehle heruntertropfen. Es war lange her, dass er gekokst hatte. Kleine weiße Blitze tanzten vor seinen Augen.

Fuck! Das Zeug war gut. Er fühlte sich leichter. Klar. Unverwundbar. Er setzte die verspiegelte Pilotenbrille auf. Es würde eine Jahrhundertparty werden!

Sie versteckten den Beutel im Toilettenspülkasten im Bad.

Es war noch keine fünf Uhr.

Er schleppte mit Larry Wein und harten Alkohol ins Haus und stapelte alles in der Küche. Er spürte das Gewicht der Kisten nicht mehr. Pfeifend baute er eine Bar auf der Küchenanrichte auf. Goss sich einen doppelten Wodka ein und warf eine Handvoll Eiswürfel ins Glas.

»Hey, Tree?« Unsicher stolperte ein schlaksiger Typ mit dunklen Augenringen in die Küche. Das lockige Haar stand ihm wirr vom Kopf ab. Er trug eine große schwarze Umhängetasche und war kaum zu verstehen.

Tim musste zweimal hinsehen. Verdammt, das war Alfie! Er war gekleidet wie ein Teenager. Weite Jeans, bunte Turnschuhe und eine graue Kapuzenjacke.

Alfie hatte einen schlaffen Händedruck. Seine kalte Hand war schweißnass.

»Heeyyyy!« Tim zog ihn an sich und umarmte Alfie. Kraftlos stieß Alfies Stirn an sein Schlüsselbein.

»Na, das ist ja eine Überraschung!«, sagte Tim lahm.

Alfie sah ihm nicht in die Augen. »Larry rief an und meinte, ich soll bei deiner Party den DJ machen. Ich hab 'ne Tante in Orange County, die besuche ich dann morgen noch.«

Unruhig trat er von einem Fuß auf den anderen. Wirkte abwesend. Nur die dunklen Locken erinnerten Tim an seinen ehemaligen Kumpel.

»Cool.« Tim war abgelenkt. »Du kannst ja alles im Wohnzimmer anschließen. Guck dir mal die Anlage an, ist nichts Besonderes.« Er klopfte Alfie so heftig auf die Schulter, dass die große Tasche herunterfiel. »Wird sicher 'ne coole Party.«

Alfie kam zu einem ungünstigen Zeitpunkt. Tim hatte jetzt keinen Kopf für ihn, wollte die Bar fertig machen, einen Drink nehmen.

Wo war Larry? Verdammt. Der war schließlich verantwortlich für den Waschlappen hier.

»Nimmst du einen Drink?« Schon hatte er Glas und Wodka zur Hand. Alfie ließ eine lange Pause entstehen. Ungeduldig begann Tim einzugießen.

»Bin seit zwei Jahren trocken. Aber ich nehme ein Wasser.« Alfies Blick suchte unruhig den Boden ab.

Eine Stunde später hatten sie eine beachtliche Bar in der Küche aufgebaut.

Mehrere Flaschen Rum, Whiskey, verschiedene Wodkasorten, Schnaps und sogar Baileys.

»Für die Ladys«, hatte Larry gesagt und hinter den verschiedenen Flaschen eine kleine Stehlampe postiert, die die Bar in bunte Farben tauchte.

Das Eisfach war randvoll mit Eiswürfeln. Die Gläser standen auf der Anrichte sauber aufgereiht. Red Bull und Bier kalt gestellt, Tonic Water, Orangensaft und Cola zum Mixen. Das Buffet lag unter Klarsichtfolie im Wohnzimmer. Daneben Serviettenstapel.

Sie hatten rote Glühbirnen in alle Lampen eingedreht. Auch das war Larrys Idee gewesen. »Sexlicht«, hatte er nur gemeint.

Alfie war noch immer dabei, Tims Plattenspieler anzuschließen. Mit überkreuzten Beinen saß er in einer Ecke des Wohnzimmers zwischen Verlängerungskabeln, Boxen und Verstärkern. Die Locken wippten, leise sprach er mit sich selbst, während er an diversen Anschlüssen herumfummelte und sie in die Buchsen steckte.

Wann immer Tim an ihm vorbei auf die Terrasse ging, warf er ihm ein »Alles klar?« oder »Brauchst du was?« zu.

Larry gestand bereitwillig ein, dass es eine bescheuerte Idee gewesen war, ihn einzuladen. Auch er hatte Alfie überschwänglich begrüßt und nach einigen Minuten aufgegeben, ein längeres Gespräch mit ihm führen zu wollen. »Shit, Alfie ist auch nicht mehr der Alte.«

Sie kippten den dritten Wodka Tonic in der Küche. »Ich bin froh, dass wir die Party machen, Larry. Werde dich vermissen …«

Inzwischen war es dunkel draußen.

Die ersten Gäste würden bald kommen. Alles alte Bekannte, eine Mischung aus Halbwelt und normalen Leuten. Larry hatte sein komplettes altes L.A.-Telefonregister durchtelefoniert und von Callgirls über Stripper bis zu seinem ehemaligen Haschischdealer alle eingeladen, an deren Vornamen er sich noch erinnern konnte.

Ein jaulender Gitarrensound drang aus dem Wohnzimmer herüber. Markerschütternd. Alfies Gesicht tauchte in der Küchentür auf. Er grinste zum ersten Mal. Hielt seine Daumen hoch.

Fuck, yeah! Die Musik war angeschlossen.

18

Sein Atem ging schnell, aber kontrolliert.

Er fühlte mit der rechten Hand verstohlen nach der Waffe im Hosenbund. Wenn es dazu käme, müsste er es mit all diesen Irren aufnehmen. Binnen weniger Sekunden blitzschnell reagieren.

Kein Problem.

Geschmeidig schob er sich vorbei an all den Losern. Es war heiß. Die vielen Leute heizten den Raum ordentlich auf. Schwitzten die eingeworfenen Drogen aus. Toxische Wärme.

Er riss sich das T-Shirt vom Leib und ließ es zu Boden fallen.

Besser.

Die Bässe wummerten. Tim bemerkte den kleinen Glatzkopf, von dem er die Drogen konfisziert hatte. Der Typ war high wie sonst was. Hatte einen fetten Beutel Drogen dabeigehabt, die er mit vollen Händen an die ganzen Loser verteilte. Jetzt hatte er den Kopf zwischen den Riesentitten einer Rothaarigen.

Das hier war seine Party. So viel war klar. Und sie sollte es bleiben.

Er schob sich vorsichtig den Flur hinunter. Probierte eine Klinke. Die Tür öffnete sich. Schlafzimmer. Zwei halb nackte Typen und eine Frau.

Fuck. Die Party war außer Kontrolle.

Er hatte große Lust, die Typen zu vermöbeln. Aber die

Lust auf Koks war größer. Ein bisschen Zeit ließ er diesen Lemuren noch, dann würde er die Party schließen. Aus. Vorbei.

Das Bad war frei. Er schloss ab und zog den Gefrierbeutel mit den Drogen hervor. Bevor er hier Rabatz machte, wollte er wissen, womit er es zu tun hatte. Fuck, das Koks war gut. Er zog noch zwei Lines und warf ein Ritalin nach. Justierte die Brille. Noch einen Pilz. Einen kleinen Xylo zum Kauen. Er war der Boss. Er war der Einzige hier, der sich unter Kontrolle hatte.

Die Musik wummerte. Geil und unerträglich zugleich.

Etwa zweihundert Körper drängten sich aneinander. Vielleicht auch mehr. Schoben sich kreischend durch den Raum. Vielleicht waren es auch achthundert. Verdammt, es war verdammt voll.

Was waren das für Leute? Junge Mädchen mit Röcken so kurz, dass sie kaum ihre Arschbacken bedeckten. Typen mit pockennarbigen Gesichtern und Lederjacken. Stripper mit schlechten Haarextensions, zu viel Make-up und noch mehr Haut. Das Sofa war voll mit schläfrigen, rauchenden Hängertypen. In der Küche watete er durch rote, klebrige Alkoholpfützen. Eine Flasche Campari war zerbrochen. Die Scherben knirschten unter den Sohlen. Überall leere Flaschen. Im Wohnzimmer Buffetreste im Teppich. Jemand hatte mit Eiersalat um sich geworfen. Jedenfalls klebte er an Wand, Regal und in den Teppichfasern.

Nirgendwo Platz. Viele tanzten. Eng. Rieben die Körper aneinander. Knutschten wild herum, dass man ihre Zungen sah. Widerliches Volk. Alle außer ihm waren high, zugekokst, auf irgendwelchen Uppern oder Downern. Ekelhafte Ekstase, in rotes Licht getaucht.

Wo war er hier? In einem Puff? Einem Geheimclub? Er würde es herausfinden.

Ein dünnes Mädchen rempelte ihn lachend an. Er spürte ihren Schweiß. Sie ruderte mit den Armen. Schlug ihm fast die Spiegelbrille vom Gesicht. Blitzschnell fasste er sie bei den Handgelenken und schleuderte sie in die Ecke. Menschen schrien auf. Sie sollten wissen, wer hier der Boss war, verdammt. Mit John McClane war nicht zu spaßen.

Eine Puerto-Ricanerin, langes schwarzes Haar und Zahnlücke, stürmte auf ihn zu. Seine Hand ging unwillkürlich zur Waffe.

Er zögerte, die Frau kam ihm bekannt vor. Aber die Musik schluckte ihre Stimme. Es war ihm sowieso egal, was sie sagte. Er tätschelte ihre Wange und ging weiter.

Schwitzend fand er sich auf dem Toilettendeckel wieder. Kurz verschnaufen. Sein Herz raste. Unaufhörlich rieben die Handflächen aneinander. Sein rechtes Auge zuckte. Fuck! Bunte Fische schwammen langsam auf ihn zu. Ihre graugrünen Flossen bewegten sich sanft. Es wurden immer mehr, unaufhörlich lösten sie sich aus dem Duschvorhang. Berührten sie sein Gesicht? Er begann wild um sich zu schlagen, riss Duschvorhang und Klorollenhalter herunter. Seine Hand blutete. Er drängte sich in die Ecke und machte sich klein. Die Arme schützend über dem Kopf, harrte er geduckt aus. Spürte die kühlen Kacheln an der Wange. Hörte, wie sein Herz raste. Irgendwann lugte er vorsichtig zwischen seinen Armen hindurch. Gefahr gebannt. Die Biester hatten sich verzogen. Sein Blut auf den weißen Kacheln sah krass aus. Langsam wischte er mit der blutenden Hand an der Wand entlang.

Cool.

Da war er wieder. Der komische dünne Typ mit dunklem Lockenkopf. War wohl so was wie der DJ. Er hatte ihn schon mal angequatscht. Da hatte er ihn nur energisch zur Seite geschoben. Er war in einer Mission hier, verdammt! Er konnte es nicht brauchen, von irgendwelchen Waschlappen aufgehalten zu werden. Vielleicht kannte ihn der Typ? Wusste er, dass er undercover arbeitete? Fuck. Das fehlte grade noch, dass der Idiot ihn auffliegen ließ. Noch bevor der Typ irgendwelche Anstalten machen konnte, ihn anzuquatschen, hatte er ihn an der Kehle gepackt. Mit aufgerissenen Augen schlug der Typ um sich. Die Leute stoben auseinander. Er hob ihn hoch, trug ihn quer durch den Raum, drückte ihn gegen die Wand, ging ganz dicht an sein Ohr heran. »Du hast zwanzig Sekunden Zeit, dich zu verpissen, du Loser! *Hast du mich verstanden?*« Er schrie ihm so laut ins Ohr, dass dem Loser das Trommelfell platzen musste. Dann ließ er ihn einfach auf den Boden fallen. Der Typ hatte sich in die Hose gepisst. Fuck. Erst mal eine Zigarette, bevor er mit dem Aufräumen weitermachte. Zum Glück gab es ihn. Einer musste ja die Drecksarbeit machen.

Es war ein Leichtes, aufs Dach zu klettern. Er spürte den kühlen Wind auf dem nackten Oberkörper und den Beinen. Nur in Boxershorts, Turnschuhen und Pilotenbrille saß er auf dem Dach. Legte sich zurück, rauchte. Sternenklarer Himmel. Sein Herz beruhigte sich. Er war hellwach. Keine Ahnung, wie spät es war.

Es gab noch einiges zu tun. Er musste das Arschloch finden, das ihm die Hose geklaut hatte. Und nach ein paar Drinks würde er den Sack zumachen. Alle rausschmeißen.

Er rauchte beidhändig. In jeder Hand eine Zigarette. Stieß den Rauch in den Himmel. Dann begannen die Sterne zu fallen. Es hagelte Sternschnuppen. Grelle kleine Blitze mit Schweif. Fuck, das war das Schönste, was er je gesehen hatte.

Der Wind wurde kräftiger. Es begann zu regnen. Er spürte keine Kälte. Spürte die Nässe nicht.

Zeit reinzugehen. Mühelos kletterte er an der Regenrinne entlang. Rutschte plötzlich ab und landete in einem Busch. Die Dornen rissen ihm Bauch und Beine auf. Fuck. Er musste checken, ob der Beutel noch dort war, wo er ihn versteckt hatte.

Im Haus war es noch immer rappelvoll. Die Bässe wummerten unaufhörlich, aber der kleine Waschlappen musste sich verpisst haben. Eine dürre Asiatin hatte das DJ-Pult übernommen.

Auf dem Teppich eine braune Suppe aus Bier, Zigarettenstummeln und Essensresten. Rastlos drängten die Leute vom Wohnzimmer in die Küche und vom Flur ins Wohnzimmer. Ständig schienen neue Gäste zu kommen.

Der Beutel lag noch an seinem Platz. Er ignorierte das Klopfen an der Badezimmertür. Nahm sich Zeit. Zwei Ritalin, eine Line Koks und einen Pilz. Dann hielt er den Kopf unter den Wasserhahn. Abkühlen.

Fuck. Er fühlte sich gut! Jetzt würde er tanzen!

Grob schubste er die Typen beiseite, die vor der Toilette Schlange standen.

»Alter, ey, zieh dir mal was an!«

Wovon redeten die Spinner?

Dann erhaschte er im Flurspiegel einen Blick auf sich. Er war komplett nackt. Trug nur Turnschuhe und Spiegelbrille. Die Haut an Bauch und Beinen war von blutigen Schnitten und Kratzern übersät. Der verfickte Busch. Wo waren die Boxershorts?

Fuck.

Er stürzte mit pumpenden Fäusten auf die Tanzfläche. Die Leute stoben auseinander. Die scheiß Weiber verzogen angewidert die Gesichter. Einige machten mit ihren Handys Fotos. Er sprang wild auf und ab. Schüttelte den Kopf heftig zur Musik. Stampfte mit den Füßen und boxte in die Luft. Fuck, das tat gut! Sein Herz raste wieder. Schweiß rann ihm unaufhörlich den Körper herunter. Dann griff ihn jemand am Arm. Wo kam der kleine Glatzkopf her? »Mein Fraynd!«

Was? Was wollte er? Er schüttelte ihn ab. Tanzte weiter. Da war er schon wieder. Wie ein verdammtes Stehaufmännchen, versuchte, ihn von der Tanzfläche zu ziehen. Brüllend fuhr er herum. Was wagte der Zwerg? Es reichte jetzt!

BAMMM!

Er verpasste ihm mit der Rechten eins auf die Fresse. Der Typ klappte zusammen und rutschte zwischen die Tanzenden.

Yeah! Er war John McClane! Er wollte Spaß haben!

Unaufhörlich pumpten seine Fäuste, zuckten die Beine. Er schwitzte so stark im Gesicht, dass er alle paar Sekunden die Brille hochschieben musste, die ihm von der Nase gerutscht war. Als er einen Moment verschnaufen wollte, kamen zwei Typen auf ihn zu. Mit erhobenen Händen sprachen sie ihn in einer fremden Sprache an. Er verstand kein Wort. Die Musik wurde leiser. Verdammt. Wo war seine Waffe? Es war Zeit, die Scheiße hier zu beenden. Er war der Boss. Er entschied, wann Schluss war.

»*Alle raus!*«

Er schob die Leute Richtung Haustür.

Einem Typen, der sich wehrte, trat er so hart in die Nieren, dass er gestützt werden musste.

Es kam Bewegung in die Sache. Die Loser machten sich auf. Rafften ihre Scheiße zusammen und flohen. Yeah! Einige Mädchen kreischten. Völlig übertrieben.

»*Verpisst euch! Los!*«, schrie er ihnen hinterher. Er überragte sie alle. Er trieb sie wie eine Schafherde zusammen. Dann noch die letzten Gestalten aus Schlafzimmer, Büro und Bad. Die Mission war erfüllt. Er hatte den Sack zugemacht. Hatte allen gezeigt, wer der Boss war.

Zum Schluss griff er eine halb volle Wodkaflasche, schritt langsam durchs leere Haus. Nackt. Scherben knirschten bei jedem Schritt unter seinen Schuhen. Ravemusik im Hintergrund. Fuck.

Er hatte so richtig aufgeräumt. Gerade noch war alles voller Loser gewesen. Schmarotzern.

Er nahm einen großen Schluck aus der Flasche. Steckte

sich eine Zigarette an. Eine volle Schachtel lag auf dem Couchtisch.

Noch immer spürte er sein Herz rasen. Das Augenlid hatte wieder zu zucken begonnen. Fuck.

Er ging noch einmal durchs ganze Haus. Sehen, ob noch einer übrig war. Er verspürte den Drang, sich zu unterhalten. Eine Stimme zu hören.

Alles war leer. Schlafzimmer, Bad, Büro … Überall leere Flaschen, Müll, dreckige Pappteller. Aber keine Menschenseele.

Dann spürte er die Kälte. Von einer Sekunde zur anderen fröstelte ihn. Eiskalte Haut. Er lief ins Schlafzimmer, begann, im Kleiderschrank zu wühlen. Fand ein T-Shirt und Pyjamahosen, die ihm sogar passten. Dann griff er sich einen Bademantel und schlüpfte in ein Paar Hausschuhe.

Ein Geräusch ließ ihn zusammenzucken. Blitzschnell fuhr er herum. Horchte. Meinte Schritte zu hören. Leises Knirschen. Fuck. Wo war seine Dienstwaffe?

Er schlich zum Flur. Schaute links, dann rechts. Nichts. Als er zur Küche kam, meinte er aus dem Augenwinkel einen Schatten zu sehen. Einen Körper, der geräuschlos im Büro verschwand. Aber er hatte ihn gesehen. Er griff eine volle Flasche Rotwein, hielt sie wie einen Baseballschläger und schob sich leise an der Wand entlang. Sein Herz klopfte bis zum Hals. Fuck, sein scheiß Auge zuckte wild. Vor der Bürotür blieb er stehen. Wer Spielchen mit ihm spielte, würde das bereuen. Fuck, *er* war der *Boss*!

Er trat die Tür mit einem Tritt auf. Sie brach aus den Angeln. Mit lautem Gebrüll stürmte er den Raum. Sah sich um und schaltete das Schreibtischlicht ein. Nichts. Der Raum war leer. Er kniff die Augen zusammen. Atmete heftig aus. Dann schmiss er die Flasche neben das Bücherregal an die Wand. Ein lauter Knall. Rote Flüssigkeit rann die Wände herunter.

Keuchend stand er da. Noch immer frierend. Da! Irgendwo fiel eine Tür ins Schloss. Er fuhr herum. Suchte mit weit aufgerissenen Augen im Halbdunkel. Da war wieder das Knirschen. Schlurfende Schritte. Leises Flüstern kam aus dem Wohnzimmer. Seine Nerven waren zum Zerreißen gespannt. Dann Erleichterung.

Ha! Er war nicht allein. Es waren noch andere Leute da. »Hey! Sollen wir noch einen trinken?« Er sah ins Wohnzimmer. Leer. »Hey! Ich …« Er lief in die Küche. Leer.

»Sergeant, wo ist Ihre Uniform?«

Er fuhr herum.

Major Peter Heffner stand hinter ihm. Der Fuchs. Er hatte ihn nicht kommen hören. Nahm Haltung an, salutierte. »Sir!«

»Rühren!« Heffner ging an ihm vorbei ins Wohnzimmer. Sah sich kopfschüttelnd um. Seine Uniform makellos.

»Sehen Sie sich an, was Sie da angerichtet haben, McClane!« Heffner lächelte ihn herablassend an.

»Sir? Ich …« Er stolperte über eine Flasche, fing sich wieder.

»Sie sind eine Schande für unser Corps. Kein Wunder, dass ihre Frau Sie verlassen hat.« Heffner begann zu lachen. Erst leise, dann immer lauter, haltlos, bis sein Lachen abrupt abbrach.

Ihn fröstelte. Was ging hier vor? Der Major kam überraschend schnell auf ihn zu, strenger Gesichtsausdruck. Kalt befahl er ihm, sich zu setzen.

»Und hier bleiben Sie jetzt bis zum Morgengrauen!«, herrschte Heffner ihn an. Dann machte er auf dem Absatz kehrt und ging. Bevor er verschwand, drehte er sich um, ein kleines süffisantes Lächeln umspielte seine Mundwinkel: »Liz war eine Kanone im Bett. Geiler Fick.«

Dann war er verschwunden.

Ein leises Flüstern blieb, er konnte nicht ausmachen, woher es kam. Er stand auf und horchte. Konsterniert über das Gespräch mit Major Heffner. Es machte keinen Sinn. Fuck, der konnte ihn mal!

Dann plötzlich Wispern und Flüstern. Von allen Seiten. Die Wände schoben sich zusammen. Er taumelte, fiel. Die Möbel schmolzen, verloren ihre Form. Er bekam es mit der Angst zu tun. Schnappte sich zwei Sofakissen, verschanzte sich dahinter. Hielt sich die Ohren zu. Kniff die Augen zusammen, rollte sich so klein zusammen, wie er konnte. Da fühlte er etwas Hartes in der Bademanteltasche. Ein Handy. Zitternd tippte er eine SOS-Nachricht. Sein Atem ging so schnell, dass er hyperventilierte.

Das Flüstern ein Schmatzen jetzt. Mal lauter, mal leiser. Weiße Blitze zuckten in seinen Augen. Der Mund war staubtrocken, und ihm war kalt, seine Zähne schlugen aufeinander. Fuck. Fuck. Fuck.

Dann verlor er das Bewusstsein.

19

Stille. Eiskaltes, schneidendes Schwarz. Er spürt seine Glieder nicht, kein Gewicht, keinen Widerstand. Nimmt nur Kälte und Angst wahr. Körperloses Nichts. Panik. Gleißendes Weiß geht über in tiefes Blutrot. Implodiert in Schwarz. Überwältigende Übelkeit, wo kein Magen zu lokalisieren ist. Körperlos driftet er im Schwarz.

John McClane ist tot.

Er beginnt, Geräusche zu hören. Undefinierbar, ein Schaben vielleicht, dessen Echo im Nichts widerhallt. Schritte nah am Kopf. Von weit her ruft die Mutter. »Timmy!« Zärtlichkeit in der Stimme. »Timmy!« Heiße Tränen rinnen die Wangen herunter. Das Schwarz wird weicher. Wärmer. Umrisse werden sichtbar. Er beginnt, seinen Körper zu spüren. Die nackten, zerkratzten Beine. Arme um den Leib geschlungen. Beine angezogen. Behaarte Knie auf dem Bauch. Spürt das Herz groß und schnell. Zu schnell.

Es schlägt zu schnell.

Der Atem geht stoßweise. Hechelnd. Der Druck von innen verstärkt sich. Der Körper zuckt, zittert.

In einem heftigen Schwall erbricht er sich. Fontänenartig schießt das saure Gift nach draußen. Als kehre sich das Innere nach außen. Der Magen zuckt und krampft, drückt immer mehr giftige Galle nach oben. Bis er endlich keucht und hustet.

Vorsichtig öffnete er die Augen.

»Dad!«

Verschwommen ein Gesicht. Der Sohn, Augen geweitet. Fuck.

Er schloss die Lider sofort wieder.

»Dad! Kannst du mich hören?«

Derek. Er klang besorgt. Genervt.

Tim spürte Dereks Hand auf seine Wange klatschen. Erst nur als stumpfen Druck, dann als Schmerz.

»Dad! Verdammt!« Derek schlug richtig zu.

Fuck.

Es kostete ihn unendlich viel Kraft, sich aufzurichten.

»Alles in Ordnung.« Seine eigene Stimme klang fremd.

»Alles in Ordnung? Sieh dich mal um hier … ein Schweinestall.« Der Sohn reichte ihm eine Decke. Sie war verklebt, feucht und stank nach Bier. Tim würgte.

»Ich habe nichts anderes gefunden.« Derek klang angewidert. Er stützte ihn. Kniete neben ihm, bemüht, nicht in die große Pfütze Erbrochenes zu treten. Er schob den Sessel zur Seite. Dann wischte er Tim mit einem harten Küchentuch Erbrochenes von Gesicht und Brust.

Scherben und aufgeweichte Kippen überall auf dem Boden. Das Wohnzimmer war zu einer großen apokalyptischen Müllhalde geworden. Es fiel ihm schwer, die Augen offen zu halten, aufrecht zu sitzen.

Das Holz der Sitzgruppe voller Kratzer und Schlieren, der beige Teppich bis zur Unkenntlichkeit verdreckt, Bierpfützen, Zigaretten, Rotwein, der Scheißeiersalat, Erbrochenes. Sofa und Sessel voller Brandlöcher und Kotzflecken. Es stank unbeschreiblich.

Vorsichtig hievte Derek ihn auf das Sofa. Ächzte, als er ihn herunterließ.

Dann öffnete er die Glastüren zum Garten. Frische, kühle Luft strömte herein. Derek wirkte ratlos.

»Ich habe Kaffee aufgesetzt. Vielleicht hilft das …«

Irgendwann hielt Tim eine dampfende Tasse in der Hand. Nahm vorsichtig einen Schluck. Der Sohn stand mit verschränkten Armen da, betrachtete ihn schweigend.

»Ich muss gleich los. Ich bin in der Mittagspause weg.« Er klang vorwurfsvoll, ärgerlich. »Du hast mir letzte Nacht eine wirre Textnachricht geschickt. Dass du sterben musst.«

Tim nahm einen Schluck Kaffee. Verkroch sich hinter der Tasse. Fuck.

»Erinnerst du dich daran? Verdammt, was ist denn in dich gefahren?«

Tim rieb sich das Kinn. Shit. Er spürte den Schmerz in den Schläfen pulsieren. Aber der Kaffee tat seine Wirkung. Langsam kam er zu sich. Er zog die feuchte Decke enger um den Körper, spürte das nasse Sofa unter dem Hintern, roch den Gestank von Kotze, kaltem Rauch und Alkohol. Fuck.

»Hast du eine Zigarette?«, fragte er.

Derek schüttelte den Kopf. Er ließ den Blick über das Chaos gleiten, ohne seinen Vater noch einmal anzusehen. »Ich bin mir sicher, irgendwo hier im Müll findet sich eine.«

Auf wackeligen Beinen stakste er durch das Wohnzimmer. Fühlte sich immer noch vergiftet. Wie von den Toten auferstanden. Im Schlafzimmer fand er Pyjamahose und T-Shirt. Darüber den Bademantel, es schüttelte ihn vor Kälte. Pantoffeln. Damit er sich nicht die Füße aufschnitt. Es war 14.38 Uhr.

Er fand tatsächlich eine halb volle Schachtel Zigaretten. Gierig riss er sie auf und rauchte zwei hintereinander. Dann öffnete er eine lauwarme Dose Bier. Das war der beste Weg, nüchtern zu werden. Er besah sich das Chaos. Schämte sich unvermittelt.

Fuck.

Fuck.

Bis halb fünf saß er auf der Couch. Rauchte. Trank kalten Kaffee und Bier. Starrte vor sich hin. Die Asche ließ er achtlos auf den Teppich fallen. Der war sowieso hinüber. Das ganze Wohnzimmer war hinüber.

Ein Hauch von Erinnerung kam zurück. Er hatte Alfie rausgeschmissen, nachdem er ihn verprügelt hatte. So oder so ähnlich war es wohl gewesen. Dann fiel ihm Larry wieder ein. Ohne ein Abschiedswort war er einfach verschwunden.

Irgendwann würde er ihn anrufen müssen. Wenn er ein paar Dinge in Ordnung gebracht hatte. Irgendwann. Jetzt gab es Wichtigeres als Larry Greenblatt.

Verdammt. Ihm waren die Dinge entglitten.

Irgendwann ging er in den Garten. Der leichte Wind tat gut. Santa-Ana-Winde. Er starrte auf das verdreckte Türkis im Pool. Gedanken formten sich. Dinge machten Sinn, ein Weg tat sich auf. Schließlich wusste er, was zu tun war.

Bis in den späten Abend hinein schuftete er. Es war bereits dunkel, als er sich schwer atmend das Ergebnis besah.

Er hatte die kleinen Möbel in das leere Bassin des Pools geworfen, den Müll einfach dazu. Leere Flaschen, volle Aschenbecher, Essensreste, alles landete krachend auf den türkisen Kacheln. Er trank Bier und Whiskey und blies Rauch in den Nachthimmel.

In der Garage fand er Säge, Axt und ein paar Fackeln. Bald erleuchtete flackerndes Licht den Berg aus zerstörten Habseligkeiten. Die Flammen warfen unheimliche Schatten auf sein Gesicht. Zum Schluss die verhassten Designermöbel. Wie im Rausch trieb er die Axt in Sitzfläche und Rückenlehne des Sofas, bis Füllstoff und Federn herausquollen. Danach die Sessel. Er hackte sie kurz und klein. Die Musik dazu voll aufgedreht.

Rage Against the Machine. Wütende, treibende Beats. Wer auch immer DJ gewesen war, er hatte seine CD in der Anlage vergessen.

Kraftvoll schleuderte Tim die zerborstenen Teile des Sofas in den Pool. Immer wieder entfuhren ihm wilde, knurrende Schreie. In den folgenden Stunden zerhackte er die dänische Sitzgruppe, zerstörte den Vitrinenschrank, Couchtisch und Beistelltischchen. Seine Hände waren blutig, übersät von Splittern seines alten Mobiliars.

Die letzten Reste warf er lachend auf den beachtlichen Berg im Pool. Dann trank er den letzten Wodka aus. Grey Goose.

Mit der letzten Kippe im Mund rollte er ächzend den Teppich zusammen. Einige Male fiel er beim Versuch hin, ihn in den Garten zu ziehen. Es kostete ihn Zeit. Er war besoffen, verbraucht.

Endlich rutschte das riesige, unhandliche Teil in den Pool hinunter und blieb auf dem Müllberg liegen.

Die Fackeln waren fast niedergebrannt. Taumelnd griff er sich zwei und warf sie in den Pool. Die Füllung des Sofas fing sofort Feuer. Knisternd flackerten große gelbe Flammen auf. Qualm, der giftig nach schmelzender Synthetik roch, wurde vom auffrischenden Wind durch den Garten getrieben.

Es dauerte eine Weile, bis das Feuer in Gang kam. Er warf die zwei übrigen Fackeln hinterher.

Endlich brannte er lichterloh, sein Scheiterhaufen.

Wie ein Derwisch sprang er vor den hohen Flammen auf und ab. Fast wäre er ins Feuer gefallen. Er rutschte aus und fing sich im letzten Moment. Er setzte sich so nah wie möglich an den Poolrand, spürte die Hitze der Flammen auf seinen Beinen. Der Wind zerstreute den Rauch. Es war weit nach drei Uhr früh.

Ob jemand die Feuerwehr rufen würde?

Fuck it.

Mario Sanchez fuhr gegen 8.30 Uhr vor. Er parkte den dunkelblauen Truck auf einem freien Parkplatz gegenüber dem

Haus. Normalerweise kam er dienstags zum Rasenmähen und Heckestutzen. Den Sonntag verbrachte er für gewöhnlich mit der Familie.

Aber er hatte seinem Schwager versprochen, ihm Rasenmäher und Heckenschere zu leihen. Mrs Wilkins hatte ihm erlaubt, dass er seine Sachen in einem Verschlag an der Seite des Hauses aufbewahrte, damit er seine Ausrüstung nicht immer mit dem Pick-up herfahren musste.

Mario mochte Mrs Wilkins. Sie war eine ruhige, sanfte Frau. Manchmal unterhielten sie sich auf Spanisch. Sie erkundigte sich nach den Kindern und seiner Frau und errötete sofort, wenn ihr nicht die richtigen Worte einfielen. Im Sommer brachte sie ihm oft ein Glas Limonade heraus.

Mario hatte sie einige Wochen lang nicht gesehen. Nur der Ehemann, Mr Wilkins, schien zu Hause zu sein. Ihm war er jahrelang nicht begegnet. Er musste viel gearbeitet haben.

Die Tür des Verschlages klemmte. Vorsichtig rüttelte er, bis sich das verrostete Schloss löste. Er war bemüht, keinen Lärm zu machen. Es war früh für einen Sonntag. In diesem Teil der Stadt schlief man noch.

Bevor er den Rasenmäher herauswuchtete, ließ er den Blick über den Rasen wandern. Er war ordentlich gestutzt. Die Ränder sauber. Darauf achtete er besonders. Er hatte in Mexiko einige Semester Gartenbau und Botanik studiert und war stolz auf seine Ausbildung.

Dann fiel ihm ein grauer Film auf den sonst saftig grünen Halmen auf. Erstaunt ging er in die Hocke und ließ die Hand über das Gras gleiten. Asche. Erst jetzt nahm er den Geruch von Verbranntem wahr. Etwas stimmte nicht.

Mario Sanchez überlegte. Es wäre ihm lieber gewesen, er hätte damit nichts zu tun. Es war für einen mexikanischen Gärtner nicht gut, in unsaubere Dinge verstrickt zu werden. Verantwortlich gemacht zu werden. Aber hier stimmte etwas ganz und gar nicht. Vorsichtig ging er ums Haus herum auf den Pool zu.

Wie ein gefällter Baum lag er da. Neben dem Becken, die Wange auf dem aschgrauen Sandsteinboden. Blau gestreifte Pyjamahosen, ein offener Bademantel, ein Bein hing in den Pool hinein. Eine zerborstene Flasche lag neben der großen Hand. Zwischen Daumen und Zeigefinger musste Mr Wilkins sich geschnitten haben, Mario sah einen großen rostbraunen Fleck. Mr Wilkins' Gesicht und Haar aschfahl, stumpf von Staub und Asche. Den Pool, dessen Boden jetzt mit einem riesigen Berg dunkler Asche bedeckt war. Kein Türkis mehr zu sehen. Ein Hausschuh thronte unversehrt obenauf, er musste nach dem Feuer hineingefallen sein.

Mr Wilkins reagierte nicht, als er ihn ansprach. Mario bekreuzigte sich. Vorsichtig drehte er ihn auf den Rücken, fühlte den Puls.

Er lebte. Mario rollte seinen Anorak zusammen und legte ihn unter Mr Wilkins' Kopf. Er roch stark nach Alkohol.

Es war Mario Sanchez nicht klar, was genau vorgefallen war. Der Pool hatte gebrannt. Das türkise Bassin war voller Ruß und Asche. Er erkannte Reste von Möbeln. Die Terrassentür stand weit offen.

Kopfschüttelnd ging er ins Haus. Sollte er einen Krankenwagen rufen? Vielleicht war Mrs Wilkins da? Als er in das leere Wohnzimmer trat und das Chaos, den Gestank wahrnahm, wusste er, dass das eher unwahrscheinlich war.

20

Heute brach eine neue Zeit an. Er spürte es am ganzen Körper. Erregtheit, Neugier, Furcht hatten von ihm Besitz ergriffen. Vielleicht war es der Restalkohol, die Wirkung der Drogen. Vielleicht verlor er nur den Verstand.

Aber er hatte das Gefühl, sich zu häuten wie ein Reptil. Die trockene, alte Haut abzustreifen. Es würde sich zeigen.

Das dachte Tim Wilkins, als er rauchend neben Mario Sanchez auf dem Rasen saß. Der Anblick des verrußten Pools, des grauen Ascheberges erfüllte ihn mit Erleichterung. Etwas war spürbar zu Ende gegangen. Das filigrane Mobiliar hatte sich endlich in graue Fetzen Nichts verwandelt, die zart vom Wind davongetragen wurden.

Wortlos saßen sie da und bliesen den Rauch in die Morgenluft. Der Gärtner hatte ihm seine Jacke um die Schultern gelegt. Die Zigarette schmeckte würzig, stark. Mexikanische Zigaretten ohne Filter.

»Was ist passiert?« Mario Sanchez klang vorsichtig, sein rundes Gesicht sah besorgt aus.

Tim zog an der Zigarette. Was war passiert? Gute Frage.

»Haben Sie Familie? Kinder?«, fragte er dann.

Mario lächelte unsicher. »Ja, drei. Alle erwachsen.«

»Sind Sie glücklich verheiratet?«

»Seit vierunddreißig Jahren.«

Still nickte Tim. »War ich auch. Hab's irgendwann versaut.« Er zeigte auf die Asche. »Das da ist das Ende. Mein Abschied.«

Der Wind bog die Lupinen. Asche wirbelte auf.

Beerdigung. Tim musste unwillkürlich an ein Begräbnis denken.

Jetzt nickte Mario Sanchez.

Als er sich umständlich erhob, knackten seine Knie. Mario rieb sich verlegen die Hände. Er könne seine Schwägerin Mercedes zum Putzen vorbeischicken.

Tim überlegte nicht lange. »Gerne.«

Mario sah zum Haus hinüber. »Ich würde sie bitten, noch heute zu kommen. Sagen wir, in zwei Stunden?«

Tim duschte ausgiebig. Ließ heißes Wasser über den Körper rinnen. Er spürte sich wieder, die Wirkung der Drogen hatte nachgelassen.

Blaue Flecken, Schürfwunden. Es schmerzte wie nach der Prügelei auf dem Campingplatz. Aber das machte ihm nichts aus. Die Erleichterung im Kopf hielt an. Das war, was zählte.

Er hatte eine große Flasche Wasser getrunken und sich einen Kaffee gemacht. Zwei Tylenole eingeworfen. Er schloss die Augen und hielt sein Gesicht in den Wasserstrahl.

Im Nachhinein war er erstaunt, dass niemand die Feuerwehr gerufen hatte. Wahrscheinlich hatten die Santa-Ana Winde schnell genug den Rauch davon getragen.

Im Schrank fand er eine saubere Hose und eins der alten Konzert-T-Shirts. Rolling Stones.

Hinter verdreckten Gläsern und leeren Bierflaschen in der Küche lag sein Handy auf der Anrichte. Fünfzehn verpasste Anrufe. Zwei von Larry, die anderen von Derek. Tim hatte keine Lust, sich die Nachrichten anzuhören. Verloren stand er da. Starrte auf den Hängeschrank, in den er die Scheidungspapiere gelegt hatte.

Er hätte sie ins Feuer schmeißen sollen.

Er öffnete die Fenster, atmete tief aus. Besser.

Am Kühlschrank klebte noch der Ausriss vom »Lazyboy«, dem großen Fernsehsessel. Er stellte sich gerade vor, wie es wäre, darin zu sitzen, als es an der Tür klingelte.

Resolut stellte sich Mario Sanchez' Schwägerin als Mercedes vor. Sie hatte noch eine Frau dabei. Jünger, hübsch. Schüchtern.

Die Frauen waren mit Eimern, Wischern und Putzmitteln gekommen.

Beschämt führte Tim die beiden durchs Haus. Es sah wirklich ziemlich wüst aus. Zum Glück hatte er wenigstens schon die Fenster geöffnet.

Mercedes schien unbeeindruckt. Mario Sanchez hatte sie ganz sicher vorgewarnt. Die Jüngere wirkte schockiert, als sie das Wohnzimmer sah. Sie hielt sich die Hand vor den Mund. Leise flüsterte sie etwas auf Spanisch.

Mercedes inspizierte wortlos alle Räume. Dann ließ sie sich Waschmaschine und Trockner zeigen. Als sie wieder im Flur angekommen waren, griff sie Tims Arm. »Geben Sie uns sechs Stunden.«

Er parkte wieder auf demselben Parkplatz abseits vom Sunset. In der Nähe des Guitar Centre.

Erst jetzt streifte ihn wieder ein Gedanke an das Vorstellungsgespräch. Seine Hoffnung auf eine Zusage von Dee ging gegen null. Je mehr Tage vergingen, desto unwahrscheinlicher schien es ihm, dass Dee ihm den Zuschlag geben würde. Je mehr Zeit verging, desto weniger konnte er sich vorstellen, was noch vor wenigen Tagen greifbar nahe schien: täglich sein Auto auf dem Angestelltenparkplatz hinter dem roten Gebäude zu parken. Die Arbeitstasche unter dem Arm in das Guitar Centre zu marschieren. In der Lunchbreak in der kleinen Espressobar um die Ecke zu sitzen. Wahrscheinlich würde ein tätowierter Musikfreak den Job bekommen. Ein Jüngerer, einer, der lässig war und nicht so ein Arsch, wie er es war. Jemand, der den Job verdiente.

Egal. Dann würde er etwas anderes finden.

Er pfiff, als er den Sunset herunterlief. In der Espressobar war kaum Betrieb. Er bestellte einen Doppelten. Mit Biscotti. Wasser dazu. Das Mädchen, das geschickt mit der Espressomaschine hantierte, hatte eine gepiercte Augenbraue und rabenschwarzes Haar. Blaue Augen. Sommersprossen.

»Wasser dazu ist echt wichtig.« Sie stellte ein großes Wasserglas neben die kleine Tasse. An jedem Finger trug sie mindestens einen Ring. Er bemerkte Reste von roter und grüner Farbe an ihrer rechten Hand.

»Sonst bekommste noch 'n Herzinfarkt«, sagte sie, nachdrückliches Nicken dazu.

Er setzte sich auf einen abgewetzten Barhocker an den Holztresen am Fenster und blickte auf den Sunset Boulevard. Stellte sich vor, wie Mercedes und die andere versuchten, das Chaos in seinem Haus in den Griff zu kriegen. Wie sie dabei über ihn fluchten und die Augen rollten.

Er fragte sich, was Derek jetzt von ihm dachte. Shit. Sein Sohn hatte ihn vollgekotzt und nackt hinter dem Sessel gefunden. Derek war sauer und aufgewühlt gewesen, zu Recht. Ob er Liz davon erzählen würde? Wie sah ihr Gesicht aus? Er wusste es nicht mehr.

Er musste sich ablenken und schnappte sich eine Zeitung vom Nachbartisch. L.A. Times. Seit Jahren las er nur die New York Times. Im Kulturteil sah er, dass es viele der Konzerthallen von früher noch gab. Viele bekannte Bands spielten in Los Angeles. Die Rolling Stones, Ben Harper, Bruce Springsteen, alle innerhalb einer Woche. Er war beeindruckt und hatte plötzlich Lust, Musik zu hören. Es war Jahre her, dass er in ein Livekonzert gegangen war. Verstohlen riss er die Seite heraus. Aber mit wem sollte er hingehen?

Er hatte keine Freunde in L.A. Er würde alleine gehen müssen. Verdammt.

Noch einen Espresso.

Wenig später ging er mit großen Schritten den Sunset hinunter, hörte die Mailbox ab.

»Mein Fraynd …« Larrys Stimme klang rau. Stimmengewirr im Hintergrund, eine Flughafendurchsage. »Tut mir leid, bin früh los heute … ich bin schon am Flughafen … es war eine super Party! Echt abgedreht!« Lautes Lachen. Dann Husten. »Mein Fraynd … habe dich nicht mehr gesehen irgendwann … Alfie auch nicht … ruf mich an … und … danke für alles!«

Derek. Er klang gehetzt. Unterdrückte Angst in seiner Stimme. »Dad? Was ist los? Ruf mich an!« Und: »Dad, melde dich! Shit …«

Die restlichen Nachrichten löschte Tim ungehört. Er hatte seinem Sohn einen ziemlichen Schrecken eingejagt. Er würde ihn möglichst bald anrufen. Oder vielleicht zum Essen einladen. Er musste an The Ivy denken, vielleicht doch lieber anrufen.

Die Sonne kam hinter den Wolken hervor. Er setzte sich auf die Bank an einer runtergekommenen Bushaltestelle. Rauchte mit geschlossenen Augen und genoss die Wärme auf der Haut.

Irgendwann stand er auf, um sich den fast vergessenen Wunsch zu erfüllen, einen »Lazyboy« zu kaufen. Folgte dem spontanen Gedanken, dass das genau das war, was er jetzt brauchte.

Ein großes Möbelhaus in Culver City. Der schmächtige Verkäufer ließ seine Hand über die Lehne des Lazyboy gleiten. Auf dem kleinen goldenen Metallschild, das an seinem grauen V-Ausschnitt-Pullover heftete, stand »Bill«. »Dieses Modell ist aus hautsympathischem Velours. Absolut fleckenunempfindlich!« Er klang stolz. So, als habe er den Bezug erfunden.

Angenehm kühle Aircondition-Luft. Sanfte Musik im Hintergrund und Bill mit grauem Anzug im Vordergrund.

Er machte eine einladende Geste. »Bitte, setzen Sie sich doch einfach mal rein.«

Der Sessel war überraschend fest und weich zugleich.

Zum ersten Mal seit Jahren hatte er das Gefühl, in einem Sessel zu sitzen, der für seine Größe gemacht schien. Phantastisch. Er konnte die schweren Knochen komplett dem Stuhl überlassen. Kopfstütze und Rückenlehne waren angenehm gepolstert, sein Nacken entspannte sich sofort.

Die Beine ruhten auf gepolsterten Bein- und Fußstützen.

Bill zwinkerte ihm aufgeregt zu. »Darf ich?« Dann klappte er einen Teil der linken Armlehne hoch und griff eine Fernbedienung aus einem versteckten Fach. Lautlos fuhr die Beinstütze hoch. Die Rückenlehne glitt nach hinten.

Tim hatte jetzt das Gefühl zu schweben.

»Wir haben es hier mit außerordentlichem Sitzkomfort zu tun. Alle Lazyboys haben eine Federkernpolsterung und besonders großzügige Rückensteppung. Wir nennen die elektronisch verstellbaren Positionen den ›Comfort Click‹ …«

Bills Stimme entfernte sich. Tim hatte für einen Moment die Augen geschlossen. Mein Gott, sein Körper wurde auf angenehmste Weise gehalten. Wie in einer unsichtbaren Umarmung.

Er vertraute sich diesem Möbelstück an.

»Sir?«

Tim schlug die Augen auf. »Sorry!«

Der schmale Verkäufer lachte nervös. »Ich darf das als Kompliment an unseren Sitzkomfort verstehen.«

Tim ließ den Blick über die Gruppe von Lazyboys schweifen. Er musste diesen Sessel besitzen, ihm war klar, dass er den Laden nicht verlassen würde, ohne einen Lazyboy zu kaufen. »Haben Sie auch Recliner im Angebot?«

Bill führte ihn in den hinteren Teil des Ladens und wies

auf einige besonders große Sessel. Bordeauxrotes Leder. Auf einem großen Schild stand »Sale!«.

Die Farbe war zwar extrem, aber wieso nicht? Sie erinnerte Tim an die Sitzecken bei Musso & Frank's.

»Dieses Modell könnten wir heute noch liefern.« Bill reckte das Kinn. Er wusste, dieser Kunde würde ihm nicht mehr durch die Lappen gehen. »Und mit 689 Dollar liegen Sie preislich wirklich gut.«

Tim nickte dem Lazyboy zu.

Sorgfältig faltete er den Kassenzettel zusammen. Knapp 700 Dollar. Aber das war es wert, das war mehr als nur ein Sessel. Sein erstes eigenes Möbelstück.

Es war immer noch warm. Das Licht weniger grell, angenehm jetzt um diese Tageszeit.

Blick zur Uhr. Er hatte noch fast zwei Stunden Zeit.

Zufrieden fuhr er zum Griffith Park.

Tief atmete er die Waldluft ein. Natürlich war der Wald nicht so dicht wie in Arkansas. Aber immerhin grün und Schatten spendend. Braunes Gras bog sich im Wind. Die Sonne lugte hinter Wolken hervor. Herbst.

Er kannte den schmalen Weg. Früher war er hier morgens öfter gejoggt. Er sah sich um. Überall dichte Büsche, Baumstämme, kleine Lichtungen. Liz hatte irgendwo hier Peter getroffen.

Für einen Moment wünschte er sich, sie würde neben ihm gehen. Einfach nur gehen. Nicht reden. Er hatte das Gefühl, ein schweigender Spaziergang würde ihnen guttun.

Er sah sich um, lauschte. Er war allein. Hörte nur seine eigenen Schritte und sanftes Rauschen von Gras und Blättern. Er richtete den Blick auf den Pfad vor sich. Konzentriert. Auf seine Füße, die in gleichmäßigem Rhythmus einen Schritt nach dem anderen taten, die Schuhe bedeckt von Staub.

Dann kamen die Worte.

»Es tut mir leid, dass ich dich nicht mehr gesehen habe …«, hörte er sich sagen. »Ich habe es selbst nicht mitbekommen, wie wir uns voneinander entfernt haben, es stimmt, dass ich …« Rasch sah er sich um. Immer noch kein Mensch. »Das Verrückte ist, ich habe dich immer geliebt … zumindest erinnere ich mich nicht daran, irgendwann gedacht zu haben, dass ich dich nicht mehr liebe oder dass ich mich trennen will von dir … Ich habe einfach nie darüber nachgedacht … Ich habe dich für selbstverständlich genommen, das weiß ich jetzt.« Er stockte. Atmete heftiger, es ging bergauf.

»Ich war einfach zu blöd, zu beschäftigt, um zu wissen, dass eine Beziehung auch Arbeit ist, dass man anwesend sein muss … Jedenfalls verstehe ich, dass du und Peter … dass ihr was miteinander angefangen habt … Er war ein guter Kerl …«

Tim unterbrach sich. Ein älteres Paar mit Hund kam ihm entgegen. Grüßte.

Einige Minuten lief er still weiter. Der Weg führte jetzt steiler bergauf. Es war anstrengend. Er schwitzte. Seine Oberschenkel und Waden begannen zu schmerzen. Er spürte seinen Rücken, und dennoch tat die Anstrengung gut. Mit sich ins Reine kommen.

Ein kräftiger Wind wehte, er schloss die Jacke.

Mit zusammengekniffenen Augen blickte er über dichten Wald hinweg in ein Tal der Hollywood Hills, der Mulholland Drive schlängelte sich irgendwo dort unten durchs Grün.

Er hielt an, setzte sich auf einen großen Stein und zündete sich eine Zigarette an.

»Jedenfalls vermisse ich dich … aber es ist okay so, ich habe das Gefühl, mein Leben fängt jetzt wieder neu an … Ich hab so viel verpasst, übersehen … vieles tut mir leid …« Nach einer Weile fügte er hinzu: »Ich wünschte, wir könnten uns jetzt noch einmal kennenlernen«

Das war's. Er ließ die Worte nachhallen und hatte das Gefühl, dass sie Liz erreichten, irgendwie.

Sorgfältig trat er die Zigarette aus und steckte den Stummel in die Hosentasche.

Dann trat er den Abstieg an. Es wurde Zeit.

Beim Supermarkt hielt er an und kaufte Vorräte ein. Tiefkühlpizza, Dosensuppen, Brot, Aufschnitt, Cola, Bier, Klopapier. Die nächsten Tage würde er das Haus nicht verlassen. So viel wusste er.

Es war spät geworden, das Licht bläulicher.

Er schloss die Haustür auf. Das Schloss würde er reparieren müssen. Als er in den Flur trat, roch er die Putzmittel. Es roch sauber. Mercedes und die andere Frau waren dabei, ihre Sachen zusammenzupacken. Sie sahen erschöpft aus. Müde, verschwitzte Gesichter.

Er gab ihnen ein großzügiges Trinkgeld und bedankte sich ausführlich. Mercedes wies mit der rechten Hand ins Wohnzimmer. »Da ist ein großer Stuhl geliefert worden.«

Der Holzfußboden glänzte. Ehrfürchtig zog er die Schuhe aus. Kein Hauch von Zigarettengestank mehr. Das Wohnzimmer sah fast aus wie bei einer Hausbesichtigung. Blitzblank. Leer. Wie neu.

Abendlicht fiel durch die halb geöffneten Gardinen. Der Raum wirkte groß. Ohne Möbel und Teppich ein ungewohnter Anblick. In der Mitte des leeren Raums stand der Lazyboy. Majestätisch. Einladend.

Zärtlich strich er über das rote Leder. Drehte den Stuhl so, dass der Blick in den Garten ging. Er konnte es nicht abwarten, sich dem gigantischen Möbelstück zu überlassen. Doch zuerst zwang er sich, die Einkäufe auszupacken. Die Frauen hatten ganze Arbeit geleistet. Auch die Küche war sauber und ordentlich. Ein neuer Anfang.

Schließlich stellte er zwei Flaschen Wasser neben dem Sessel ab, legte behutsam eine gefaltete Wolldecke auf die Lehne, strich noch einmal mit der Hand über das weiche Leder und ließ sich mit einem tiefen Seufzen in den Sessel sinken. Endlich.

Mit der Fernbedienung fuhr er die Fußstütze fast bis in die Waagerechte. Die Rückenlehne glitt ein wenig zurück. Er überließ dem Lazyboy sein ganzes Gewicht.

Die Terrassentür hatte er offen gelassen. Er hörte das ferne Zwitschern der Vögel am Abend. Spürte die heraufziehende Kühle. Er breitete die weiche Decke über seine Beinen aus. Dann lag Tim Wilkins nur da und beobachtete, wie das letzte Licht des Tages über das Parkett wanderte, bis die Sonne ganz untergegangen war.

Zeit floss dahin, dehnte sich aus, zog sich zusammen.

Die Augen halb geöffnet, saß er im dunklen Zimmer. Es war vollkommen still. Sein Kopf frei von Gedanken.

Er war angekommen im Hier und Jetzt.

21

Licht kam und ging. Auf den Augenlidern spürte er Wärme. Unendlich langsam wanderten Hell und Dunkel durch den Raum. Über die Wand, das Parkett, dann über seine Füße, über Beine, Bauch, Gesicht, hinüber zur anderen Wand. Mal klar und warm, dann bläulich kühl, grell und heiß. Stunde um Stunde verging, Tage und Nächte.

Er war eins geworden mit dem Sessel, der ihn trug und nicht im Stich ließ.

Nur ab und zu stand er auf, um zur Toilette zu gehen.

Sein Kopf war hellwach. Das Leben kehrte zurück in seine müde Hülle. Seine Gedanken und Erinnerungen kehrten zu ihm zurück, erst zaghaft und langsam.

Dann erinnerte sich Tim Wilkins immer konkreter an die Dinge, die irgendwo ganz hinten in den dunklen Ecken seines Kopfes verborgen lagen.

Peter am Steuer. Der silberne Ford. Links das Meer, die Musik aufgedreht. Er auf dem Beifahrersitz. Beide hatten die Fenster heruntergelassen. Rauchten. Der Wind knallte. Eigentlich hatte Tim vor über zwanzig Jahren aufgehört zu rauchen. Aber dies war ihr Männerwochenende. Eine Ausnahme.

Noch eine Stunde bis Summerland. Aus dem Augenwinkel betrachtete er Peter. Er sah gut aus. Hatte ein bisschen etwas von einem italienischen Schauspieler, fand Tim. Braun gebrannt, zarte Falten um die Augen, glatt rasiert. Kräftiges dunkles Haar, das im Wind wehte. Frühe graue Schläfen.

Markantes Profil.

Scharf gezeichnete Lippen, die oft ein sanftes Lächeln umspielte. Peter saß aufrecht, sah konzentriert auf die Straße. Tim bemerkte etwas Versonnenes in seinem Blick. Etwas Besorgtes? Ja, der Blick ging nicht auf die Straße vor ihm, er ging nach innen.

Summerland. Zwei Stunden später prosteten sie sich mit kaltem Bier zu. Die Zelte standen. Die Würstchen lagen glänzend auf dem kleinen Grill. Liz hatte Suppe in eine Thermoskanne gefüllt und Kartoffelsalat eingepackt. Das Bier hatten sie unterwegs besorgt.

»Doreen und ich schlafen in getrennten Schlafzimmern«, sagte Peter. Er stand mit hängenden Schultern da. Öffnete ein zweites Bier. Tim hatte ihn nie so niedergeschlagen gesehen.

»Tim, sie hat Depressionen. Schmerzen seit der Hüft-OP … Sie nimmt seit Monaten Psychopharmaka, es geht uns nicht besonders.«

Sie hatten nachdenklich in die Dunkelheit gelauscht.

Gegessen, geraucht und getrunken. Peters besonnene Art zu sprechen hatte etwas berührend Aufrichtiges. Wie er nach Worten suchte und dann genau die richtigen fand. Er fand immer gute Worte, Schwieriges zu beschreiben.

Was ihm und Doreen passierte, passierte einfach so. Es konnte in jeder Ehe passieren. Irgendwann würde es allen so gehen.

Nur wer jung war, glaubte fest daran, eine Ausnahme zu bilden. Liebe auf ewig. Romantik, die nie endet? Was für eine Illusion. Irgendwann ließ das Verlangen nach. Unsicherheit zog ein. Man wurde sich fremd. Betrachtete den anderen von der anderen Seite des Raumes und stellte sich ein Leben ohne ihn vor.

Wenn Tim ehrlich war, ging es ihm und Liz doch nicht anders.

Tim mochte Doreen. Er hoffte, dass sich die Situation zwischen ihr und Peter bessern würde. Unmöglich, dass sich dieses liebevolle Paar nichts mehr zu sagen hatte. Es beunruhigte ihn, was Peter sagte, war seiner und Liz' Situation zu ähnlich.

Schweigend blickten sie in die Glut. Peter hatte eine Flasche Gin mitgebracht. Sie tranken aus weißen Pappbechern. Tim wurde das Gefühl nicht los, dass Peter noch etwas zurückhielt. Aber als der Abend hereinbrach, waren sie bereits zu betrunken, um weiterzusprechen.

Unweit vom Campingplatz gab es einen Stripclub. Da würden sie hingehen. Weitertrinken.

Sie liefen den Pacific Coast Highway entlang. In Shorts. Es war dunkel. Keine Straßenlaternen. Hin und wieder fuhr ein Auto vorbei. Sie sangen Phish-Songs, sie waren gelöster. Peter stieß ihn gelegentlich an beim Gehen. Er vertrug weniger als Tim.

Der Weg war weiter, als sie erwartet hatten. Meer und Wind rauschten in der Dunkelheit. Peter pinkelte hinter einen Busch am Straßenrand. Tim hörte ihn leise fluchen, als er sich die nackten Beine aufkratzte. Zurück auf der Straße, fiel er fast hin. Hielt sich an Tims Schulter fest. Er roch nach Zigaretten und Alkohol.

»Und ihr? Du und Liz? Alles in Ordnung?«

Die Frage überraschte Tim. »Ja. Alles in Ordnung.« Er hätte sagen können, dass ihre Ehe nicht gut war, dass er manchmal tagelang kaum ein Wort mit seiner Frau wechselte und sie manchmal nachts ins Kissen weinen hörte. Warum tat er es nicht?

Im Stripclub war Peter wie ausgewechselt. Alles Düstere schien von ihm abgefallen zu sein. Es waren kaum andere Gäste da. Wie ein Mittzwanziger bestellte er mit großer Geste zwei Flaschen Champagner. Als hätten sie etwas zu feiern. Sofort kamen ein paar Girls wie aus dem Nichts an ihre Plätze. Schwingende Hüften. Stark geschminkte junge Gesichter, aufdringliches Parfüm. »Wollt ihr Jungs Gesellschaft?«

Peter schäkerte mit ihnen herum. Lud sie ein, tätschelte ihnen den Po und berührte ihre Brüste.

Es fiel Tim schwer mitzuhalten. Still beobachtete er den Freund. Er hatte ihn selten so gelöst gesehen. So vulgär. Es berührte ihn seltsam unangenehm, ihn so zu sehen.

Er dachte an Doreen, als Peter ihm zuprostete. Wie sie jetzt allein in ihrem Bett lag und vielleicht las. Ein Glas Wasser und Medikamente auf dem Nachtkästchen.

Die Flaschen Champagner waren längst leer. Peter war wieder zu Gin übergegangen. Er badete in der gespielten Neugier und Bewunderung der Mädchen. Charmant verteilte er Komplimente. Küsste ihre Hälse. Lachend vergrub er sein Gesicht zwischen den Brüsten einer Blonden. Sie biss ihm ins Ohr.

Es kam zu einem Gerangel, harmlos. Dann forderte sie ein Typ, der breiter war als beide zusammen, auf zu gehen.

Kurz darauf liefen sie zurück zum Campingplatz. Es war jetzt kühl. Klarer Sternenhimmel über ihnen. Sie waren wieder wacher, nüchterner.

Das Meer wie eine silberne Scheibe im Mondlicht.

Windstille.

Auf dem Campingplatz standen nur wenige Autos, kaum Zelte. Sie ließen sich ins klamme Gras vor ihre Zelte fallen und rauchten. Tranken das letzte Bier. Tim war müde. Der Gin im Stripclub hatte auch ihn geschafft.

Peter setzte sich auf, warf die Zigarette weg. Er war plötzlich überraschend nüchtern. »Ich weiß, dass du Liz geschlagen hast.«

Der Satz kam aus dem Nichts.

»Was?«

Peter fixierte ihn. Biss hart die Kiefer aufeinander. »Sie hat es mir gesagt.«

Tim setzte sich auf. Wie nach einer unsichtbaren Ohrfeige. »Das geht dich nichts an.« Hatte Peter den ganzen Abend lang nur darauf gewartet, ihm dies zu sagen?

»Wieso schlägst du deine Frau?« Peter klang wütend. Wütender, als angemessen.

»Verdammt, halt dich da raus!«

Tim musste sich zurückhalten, um nicht sofort zuzuschlagen.

Da sprang Peter auf die Füße und riss ihn am Kragen hoch. Tim torkelte, geschwächt vom Alkohol.

»Du solltest froh sein, dass du sie hast, du Idiot!« Peters Gesicht war rot vor Zorn.

Tim versuchte, ihn wegzuschubsen, doch Peter wich geschickt aus. Er war schmaler, leichtfüßiger. »Und? Schlägst du mich jetzt auch?« Kurz tauchte er in der Dunkelheit ab. Hob etwas vom Boden auf.

Tim starrte den Freund ungläubig an. Was ging hier vor? Er bemerkte Hass in Peters Augen.

»Jetzt pass mal auf, wie sich das anfühlt …« Peter holte blitzschnell aus.

Etwas traf Tim hart an der Schläfe. Er fühlte einen stechenden Schmerz, stürzte und blieb am Boden liegen.

Peter ließ den Stein fallen und lief zum Platzwart hinüber.

Es war früher Morgen. Kühle Luft zog herein. Langsam erhob er sich und schloss die Terrassentür. Er trank ein Glas Wasser und ging aufs Klo. Das leere Haus strahlte eine große Ruhe aus. Dann legte er sich wieder in den Lazyboy, schloss die Augen. Die Gedanken kamen von ganz allein. Ihr Hochzeitstag …

Agnes band die Krawatte. Seine Handflächen schwitzten. Schweißperlen standen ihm auf der Oberlippe. Seine

Schwester blickte ihn prüfend an. Sie trug ein altmodisches taubenblaues Kleid, das ihre Figur unvorteilhaft betonte. In ihren Zügen sah er die Mutter. Verhärmte Sanftheit. Agnes und er waren einander fremd geworden.

»Mach dir nichts draus, dass der Alte nicht gekommen ist. Ist besser so.«

An den Vater hatte er in diesem Moment gar nicht gedacht. Es hatte ihn nicht überrascht, als er ihm über die Schwester hatte mitteilen lassen, er würde es nicht zur Hochzeit schaffen. Sie sprachen seit Jahren nicht mehr miteinander. Es gab nichts mehr zu sagen.

Seit Tim ihn mit siebzehn am Handgelenk festgehalten hatte. Der Alte hatte wieder den Gürtel herausgezogen. Besoffen war er gewesen. Es war leicht, ihm den Lederriemen abzunehmen. Er erinnerte sich an den fassungslosen Blick seines Vaters. Wie überrascht er gewesen war über den Widerstand.

Tim hatte ihn bereits damals überragt. Er stieß seinen Vater grob auf die Couch. Hieb ihm wieder und wieder das Leder über den Rücken, bis Blut durchs Hemd trat und er zu Boden gegangen war. So, wie der Vater es jahrelang mit ihm und Agnes getan hatte. An dem Tag hatte er ihm den Schmerz all der Jahre heimgezahlt.

Sie waren quitt.

Die Gedanken an diesen Moment ließen seinen Puls wieder rasen. Er bemühte sich, ruhig zu atmen. Wollte jetzt kurz vor der Trauung nicht an das alte Schwein denken. Spürte die Hand von Agnes auf der Schulter.

Er ging langsam zu dem kleinen improvisierten Altar hinüber. Weiße Blüten rankten links und rechts von dem Tisch, auf dem eine weiße Spitzendecke lag, herunter. Schleifen zierten auch die Stühle für die Gäste.

Weiches Spätsommerlicht. Es roch nach frisch geschnittenem Gras.

Liz und er hatten das Hotel mit dem hübschen Garten

bei einem gemeinsamen Frühstück entdeckt. Es war ihr erstes Date gewesen.

Die wenigen Gäste hatten auf den schlanken Rattan-Stühlchen Platz genommen. Larry Greenblatt klopfte ihm auf die Schulter. Er war sein Trauzeuge. Alfie stand grinsend neben Larry. Auf der anderen Seite Liz' Cousine Jane und ihre Freundin Roslyn. Brautjungfern in blassrosa Kleidern. Aufmunterndes Lächeln stand in ihren Gesichtern.

Tim schaute durch sie hindurch. Zupfte sich nervös am Ärmel des neuen Anzugs.

Die Musik setzte ein. Er bemerkte den aufmunternden Blick von Liz' Bruder. John. Sanftmütig wie seine Schwester. Niemals würden sie seine tiefe Wut verstehen. Den Hass, der seine Schläfen pulsieren ließ, kannten sie nicht. Er nickte John zu, bemühte sich, zu lächeln. Pachelbel Kanon. Gleich würden sie getraut.

Der Alte dreht den Kopf.

Bis dass der Tod euch scheidet.

Blut tropft ihm aus dem Mundwinkel.

Für immer und ewig sich einander versprechen.

Sein Gesicht schweißnass, schmerzverzerrt. »Verpiss dich!«

Er schloss die Augen und versuchte, sich zu sammeln. Als er sie wieder öffnete, schwebte ihm Liz am Arm ihres Vaters entgegen. Er dachte an eine Porzellanfigur, als er sie sah.

22

Aus der Küche hörte er sein Handy einige Male klingeln. Ignorierte ein Klingeln an der Haustür, später ein zaghaftes Klopfen am Küchenfenster.

Alles konnte warten, alles hatte Zeit.

Er genoss es, in seinem Kopf spazieren zu gehen, auch wenn die Erinnerungen schmerzhaft waren.

Der Sessel nahm ihn auf. Die Zeit verging langsam, dann wieder schneller.

Er war ungefähr acht. Es war ein grauer Spätherbsttag. Auf einem harten Acker in Jasper. Windböen jaulten und wirbelten trockenes Heu auf.

Sein aufgeregter Atem stieg als weißer Dampf auf, wenn es kurz windstill wurde. Seine Hände rot vor Kälte. Der Vater hockte vor ihm, rollte ein langes Stück Schnur von einer Spule ab. Weißes, dickes Garn. Gab ihm den grünroten Drachen zu halten. Das dünne Pergamentpapier zitterte im Wind. Er hielt den Rahmen mit beiden Händen fest. Er hatte Angst, den Drachen zu früh fliegen zu lassen. Der Vater war konzentriert. Auf seinem kleinen Kopf die braune Kordkappe, die er immer im Herbst und Winter trug. Im Mundwinkel glühte die Zigarette.

Der Wind blies Tim den Rauch ins Gesicht. Nicht husten jetzt. Der Vater stand auf, strich ihm über den Kopf. »Alles klar? Du hältst fest, wenn ich dir ein Zeichen gebe, läufst du auf mich zu, verstanden?«

Eifrig nickte er. Er sah den Vater mit großen Schritten dem Wind entgegengehen, in schwarzen Gummistiefeln. Die Schnur begann sich zu spannen. Der Vater winkte und rief. Sie rannten beide los. Der Wind frischte auf. Der Drachen löste sich aus seiner Hand und stieg steil auf in den Himmel. Das Papier ratterte im Wind. Grün-rotes Pergament vor grauer Leinwand. Er juchzte, blickte dem Drachen hinterher, wie er immer höher hinauf in den Himmel tanzte. Auch der Vater lachte und rief.

Natürlich hatte es auch schöne Momente gegeben. Gesten, Gemeinsamkeiten.

Aber Tim konnte sich nicht mehr daran erinnern, wann genau das aufgehört hatte. Der Alte war irgendwann verhärtet. Vielleicht durch den harten Alltag, die Arbeit in der Fabrik, das immer graue Jasper.

Mit dem Trinken war alles schlimmer geworden, der Zerfall hatte begonnen, den Vater zu rauben.

Seine Erinnerungen kehrten wieder in eine andere Zeit zurück. Alles schien sich auf dieses eine Jahr zu konzentrieren. 2005? Er wusste es nicht genau.

Das Jahr, in dem der Screensaver entstanden war?

Ende Juli. Grelle Sonne knallte auf die fest verschlossene Terrassentür. Die Luft sirrte. Er lag in Boxershorts auf der Couch. Die Aircondition war voll aufgedreht. Es war fast zu kalt im Haus.

Er schaute Golf im Fernsehen. »British Open«. Liz war übers Wochenende mit einer Freundin weggefahren. Er hatte auf einen Grillabend mit Peter gehofft, aber Doreen erzählte ihm, dass Peter für ein paar Tage nach Oregon gefahren war.

Gelangweilt lümmelte er vor dem Fernseher herum. Hatte sich ein paar Aktenordner aus dem Büro mitgenommen. Vorarbeiten. Heute Abend würde er sich den

Porno anschauen, den er seit drei Jahren im Schrank vor Liz versteckte.

Der Gedanke daran erregte ihn so sehr, dass er sich sofort auf der Couch einen runterholte. Liz und er hatten seit Monaten keinen Sex gehabt. Verdammt, war es wirklich Monate her? Erschrocken stellte er fest, dass er sie gar nicht vermisste. Wo war sie noch mal genau hingefahren? Eigentlich war es ihm egal.

Seit geraumer Zeit hatte er das Gefühl, er müsse etwas unternehmen, um ihre Ehe zu retten. Seit dem Wochenende in Summerland. Als ihm Peter klargemacht hatte, wie so etwas ablief. Er wurde das Gefühl nicht los, dass ihnen etwas entglitt. Ihnen beiden. Vielleicht war es kein Zufall, dass sie mit ihrer Freundin weggefahren war. Weg von ihm. Seine Gedanken gingen weiter zurück.

Sein Freund Larry Greenblatt war gerade nach New York gezogen, das war 1979 gewesen.

Die Wochenenden waren ruhiger geworden. An einem Samstag hatte er sich auf einen kleinen Flohmarkt an der Fairfax Avenue verirrt, ließ sich treiben. Eine Bluegrass Band spielte. Für einen Dollar konnte man Lotterielose kaufen, es gab ein Auto zu gewinnen.

Er brauchte einen Stift, um seinen Namen auf dem Los einzutragen. Da fiel ihm die zierliche Brünette auf, die an einem der wackeligen Bistrotische stand. Konzentriert kritzelte sie auf ihrem Lotterielos herum. Das lockige Haar fiel ihr ins Gesicht. Hübsch. Sie hatte seinen Blick nicht bemerkt.

Als er sie ansprach, zuckte sie leicht zusammen. Sie war gut zwei Köpfe kleiner als er. Errötend hatte sie zu ihm aufgesehen, als er sie um ihren Kuli bat. Schüchternes Lächeln. Sie hieß Liz und ließ sich noch am selben Tag auf einen Kaffee einladen.

Langsam öffnete er die Augen. Licht fiel durch die Pupillen auf seine Netzhaut.

Vorsichtig stand er auf. Streckte langsam den Oberkörper durch. Erstaunt stellte er fest, dass er sich wach und erholt fühlte. Keine Spur von Müdigkeit oder Verspannung.

Wie lange hatte er sich ausgeruht? Drei Tage? Fünf? Er lauschte. Das leise Rauschen der Aircondition, ein paar Vögel im Garten, das Surren des Kühlschranks.

Es war hell. Mittag.

Er fand sein Handy in der Küche. Agnes hatte acht Mal angerufen.

Sein Magen zog sich zusammen. Agnes rief nie an. Das konnte nur eines bedeuten.

Ruhig tippte er den Code ein und hörte seine Mailbox ab.

23

»Tim. Wo steckst du?« Die brüchige Stimme seiner Schwester. »Derek hat mir diese Nummer gegeben. Vater ist im Krankenhaus. Er … Die Ärzte sagen, es geht zu Ende. Komm, sobald du kannst. Wenn du ihn noch mal sehen willst.«

Er meinte Missbilligung in ihrer Stimme zu hören, was er ihr nicht verdenken konnte. Jahrelang war sie es gewesen, die sich um den Alten gekümmert, Wochenenden im Altersheim verbracht hatte, nur um sich noch von ihm beleidigen zu lassen. Tim war froh darum gewesen, dass er es nicht hatte übernehmen müssen.

Ruhig legte er das Telefon beiseite und machte Kaffee.

Wartete auf ein Gefühl, das sich nicht einstellen wollte.

Sein Vater lag im Sterben. Er verspürte Erstaunen darüber, Ungläubigkeit, dass es mit dem einstigen Monster zu Ende ging.

Wie oft hatte er sich genau das gewünscht als Kind. Doch der Alte war immer gefährlich unverwundbar gewesen.

Die Milch war sauer geworden. Er trank den Kaffee schwarz. Sog den würzig herben Geruch ein. Agnes' Stimme echote in seinem Kopf.

»Es geht zu Ende. Komm, sobald du kannst. Wenn du ihn noch mal sehen willst.«

Was war jetzt zu tun?

Er musste Derek anrufen. Zwei Flüge buchen. Nach Little Rock.

Er fand nur Flüge für den nächsten Morgen. American Airlines über Dallas. Sechs Uhr früh ab LAX.

Ob es schon zu spät war?

Er suchte Agnes' Nummer raus und wählte.

»Ja?« Ihre Stimme verschlafen.

»Ich bin's, Tim.«

Er ging einfach davon aus, dass Derek mitkommen würde. Allerdings konnte er sich da nicht so sicher sein, nach allem, was passiert war. »Wir kommen morgen Nachmittag an.«

Agnes schien verwirrt. »Was? Ach … entschuldige, ich war eingenickt. Bin im Krankenhaus … Ist alles in Ordnung mit dir? Ich konnte dich ewig nicht erreichen.« Vorwurfsvoll.

Sie war im Krankenhaus, das bedeutete, dass der Alte noch lebte.

Er fasste sich kurz. Sie würden gegen eins in Little Rock ankommen und dann einen Mietwagen nehmen. Der Vater lag im Krankenhaus in Harrison. Etwa dreißig Minuten von Jasper.

Zögernd tippte Tim Dereks Nummer ein. Es klingelte einige Male.

Er legte auf und zog sich die Schuhe an. Er würde zu ihm fahren. Es war zu viel passiert.

Der Himmel bedeckt. Grau. Dünne Wolkendecke. Altostratus Bewölkung. Seltsam, dass er sich an den Begriff erinnerte. Ein leichter Wind. Kein Auto, kein Fußgänger. Er blieb vor dem Haus stehen. Atmete tief ein und aus. Es schien eine Ewigkeit her, dass er an der frischen Luft gewesen war.

»Hey!«

Aida rannte über den Rasen auf ihn zu. Das schwarze Haar ungewohnt streng zu einem Knoten aufgesteckt. Hellrosa Bluse, schwarze Hose. Ein bisschen wie die Frauen in der Bank, dachte Tim.

Ihr Atem ging schnell. »Wo warst du? Ich habe mir Sorgen gemacht.«

Er freute sich über die genervte Falte auf ihrer Stirn. »Siehst gut aus. So offiziell.«

Die kleine Hand boxte ihn in die Seite.

Aida reckte das Kinn, stemmte den Arm in die Seite. »Und?«

Einen Moment überlegte er. »Ich war quasi auf Urlaub.«

Ihre Augen misstrauisch zusammengekniffen. Sie glaubte ihm nicht.

»Rauchen wir eine? Ich hab ein paar Minuten.«

Sie zögerte. »Ich hab aufgehört.«

»Da ist man mal eine Woche nicht auf dieser Welt, und schon hörst du auf zu rauchen?«

Sie wirkte plötzlich gestresst. »Ach, was soll's … Können wir bei dir im Garten rauchen? Ich mach 'ne Ausnahme für dich.«

Da war sie wieder, die Zahnlücke.

Er wärmte den Kaffee auf. Dann steckten sie sich eine Zigarette an. Genussvoll inhalierte Aida. Sie legte den Kopf in den Nacken, blies den Rauch in die Küche. Sah sich um. Er gab ihr eine Tasse.

»Ist sauber hier!« Sie nickte anerkennend. »Deine Party war echt … speziell.« Sie schien auf einen Einwand zu warten.

»Ja.« Ruhig trank er den Kaffee.

»Du hattest echt 'ne Menge Zeug genommen … Erinnerst du dich gar nicht?«

Er zog an der Zigarette. »Nein.«

»Ist so 'ne Masche von dir, oder? Kopf in den Sand …«

»Ja, ich bin ein echter Loser, was das angeht.« Er sagte es ernst und ohne zu lächeln.

»Komm, wir gehen in den Garten.« Sie beließ es dabei.

Als sie ins Wohnzimmer trat, konnte sie ihr Erstaunen nicht verbergen. Sie schaute sich den leeren Raum an, den Lazyboy. »Wow! Was? Ziehst du aus?«

Stimmt, so musste es wirken. »Nein. Ich beschränke mich aufs Wesentliche.«

»Was ist los?«

»Was meinst du?«

»Wieso sind deine Möbel weg? Wieso bist du so ... ruhig?«

»Setz dich mal rein.« Er fuhr die Fußstütze herunter. »Und mach die Augen zu.«

Mit einem leisen Surren kippte er die Rückenlehne fast bis in die Waagrechte. Dann fuhr er die Fußstütze wieder hoch.

Aida seufzte behaglich. »Hast du die ganze Zeit hier drin abgehangen?« Sie hielt die Augen geschlossen.

»Ja.«

Er öffnete die Schiebetür und trat in den Garten.

»Kann ich verstehen«, sagte sie und stand auf. Sie folgte ihm, und beide setzten sich ins Gras.

Dann bemerkte Aida den Pool voller Asche und Ruß. Wieder Erstaunen, diesmal mit Stirnfalte. »Sind das deine Möbel?«

Er nickte langsam. »Ja.«

»Ist 'ne Menge passiert die letzten Tage, was?«

Stummes Nicken.

»Bei mir auch.« Sie sprach leise. »Manchmal gibt's so was ... Da passiert alles Mögliche auf einmal ... Unvorhergesehenes, das alles verändert.« Sie schluckte. Nahm noch einen tiefen Zug und trank dann von ihrem Kaffee. »Ich bin schwanger.«

Er betrachtete sie. Schwanger. Stimmt, das Gesicht. Etwas war anders. Weicher. Erwachsener.

Er berührte ihren Arm.

»Keine Sorge, nicht von dir.« Sie grinste schief.

»Und jetzt?«

»Keine Ahnung. Jetzt muss sich mein Leben ändern. Anderer Job, vielleicht ziehen wir nach Kanada …« Sie zuckte mit den Schultern.

»Das wäre schade.« Er meinte es aufrichtig.

Dann schaute sie auf die Uhr. »Mist, ich muss los. War auf dem Weg zum Arzt. Und du?« Sie erhob sich.

Er folgte einem spontanen Impuls, als er sie umarmte. Lange standen sie so. Irgendwann löste sie sich sanft.

»Du wirst bestimmt eine tolle Mutter!«

Dann sagte er noch: »Mein Vater liegt im Sterben, ich fahre jetzt zu meinem Sohn und versuche ihn zu überreden, mit mir nach Arkansas zu fliegen.«

»Na, viel Glück, und sorry, dass …«

»Ist schon okay«, sagte er schnell.

Beverly Hills. Er fand das Agenturgebäude nicht gleich. Vor Jahren hatte er Derek schon einmal dort abgeholt, hatte in der Lobby gewartet.

Er bog vom Wilshire Boulevard ab. El Camino Drive. Dann sah er das große, schwarz glänzende Gebäude. Marmor? Polierter Granit? Der Agenturname stand in goldenen Lettern über dem Eingang, darunter »Talent Agency«. Er wusste nur, dass Tom Cruise hier Klient gewesen war. In einer Seitenstraße fand er einen Parkplatz. Eine große gläserne Schwingtür beförderte ihn in die weitläufige Lobby. Dicke graue Teppiche bedeckten den Granitfußboden dort, wo weiße Ledersitzgruppen standen. Einige junge Typen in saloppen Anzügen standen beisammen und unterhielten sich. Junge, gut aussehende Frauen mit makellosem Make-up gingen eilig mit Papierstapeln unter dem Arm vorbei. Ständig kam oder ging jemand durch die Schwingtür.

Ein junges Mädchen mit Headset und sauber manikürten roten Nägeln saß aufrecht hinter der Empfangstheke.

»Kann ich Ihnen helfen?« Sie strahlte ihn an.

»Ich komme, um meinen Sohn zu sehen. Derek Wilkins.«

»Einen Moment, bitte.«

Ihre schlanken Finger tippten eine Nummer. Diamantring am linken Ringfinger. Leise sprach sie in das kleine Mikrofon.

»Wenn Sie einen Moment Platz nehmen, bitte.« Freundlich wies sie auf die Ledersitzgruppe.

Tim setzte sich einem jungen Mann gegenüber, der wohl Mitte zwanzig war.

Auf dem niedrigen Tisch vor ihm Branchenblätter. Variety, Hollywoodreporter. Er nahm sich irgendwas.

Der Junge rutschte nervös herum. Abgewetzte Jeans, Lederarmband, Wollmütze, in der Hand ein zerknittertes Drehbuch, das er zusammen- und wieder auseinanderrollte.

»Wasser oder Kaffee?« Eine hochgewachsene Blondine strahlte Tim an.

»Nichts. Danke.« Er blätterte in dem Magazin. Box-Office-Besucherzahlen, Movie Deals. Kleine Fotos von Produzenten, Schauspielern, Regisseuren, die er nicht kannte. Dann ein kleines Foto von Derek. In weißem Hemd mit Krawatte. Gut getroffen. »Wilkins zieht Millionen-Dollar-Vertrag für Chad Treville an Land.« Perplex las er den Artikel. Der Sohn hatte für einen Regisseur, den er vertrat, einen besonders guten Deal gemacht. In dem Artikel wurde er als »einer der Topagenten« gepriesen.

Er besah sich das Cover des Magazins. Von vor zwei Wochen. Er verspürte Stolz.

»Das ist mein Sohn!«

Er hielt dem Jungen das geöffnete Blatt hin. Der blickte auf den kurzen Artikel. »Cool.« Er nickte Tim anerkennend zu. »Derek Wilkins ist einer der Top-Agenten hier. Den hätte ich gerne als meine Vertretung.«

»Bist du Schauspieler?«

»Drehbuchautor.« Ein nettes Grinsen. »Ich stelle gleich jemandem mein Drehbuch vor. Hoffe, die Agentur nimmt mich.«

Sein Blick hoffnungsvoll. Unverbraucht.

»Mr Wilkins?« Ein gut aussehender Afroamerikaner in hellrosa Hemd sah in die Runde.

Tim stand auf. »Viel Glück!« Tim nickte dem Jungen zu. Das Magazin nahm er mit. Eilig folgte er dem Assistenten, der im Stechschritt die Gänge hinunterlief, die links und rechts von Arbeitscubicles gesäumt wurden. Junge Leute trugen Headphones und arbeiteten an Apple-Laptops.

Vor einer halb geöffneten Bürotür blieben sie stehen. Ein Mädchen sprang von ihrem kleinen Schreibtisch auf. »Wasser oder Kaffee?«

Diesmal entschied er sich für Kaffee. Hörte den Sohn sprechen.

Der Assistent wies auf die Tür. »Gehen Sie schon hinein. Mr Wilkins beendet gerade das Gespräch.«

Derek schaute aus dem Fenster, als er das Büro betrat., Bemerkte ihn nicht. Zögernd setzte Tim sich auf einen Ledersessel gegenüber dem großen Schreibtisch seines Sohns.

Er sah sich um. Ein großes Büro. Hell. Geschmackvoll und teuer eingerichtet. An der Wand hingen einige gerahmte Fotos. Eines davon zeigte Derek mit Liz bei seinem College-Abschluss. Daneben Derek mit De Niro und einem jüngeren Mann. Sie lachten. Mit einer Spur von Neid betrachtete er noch einmal das Bild von Liz und Derek und erinnerte sich schmerzlich an Dereks ersten Tag in Princeton, wie er Liz umarmte. Er hielt sie fest im Arm. Ein junger Mann. Fast so groß wie Tim. Ernst vergrub er sein Gesicht in Liz' Haar und streichelte ihren Rücken. Abschied.

Ohne ihr Gesicht zu sehen, hatte Tim gewusst, dass sie weinte. College. Princeton war weit weg von Los Angeles.

Langsam hatten die beiden sich voneinander gelöst. Liz putzte sich die Nase. Derek wandte sich ihm zu. Er sah ihm ins Gesicht. Es war nicht immer leicht gewesen zwischen ihnen. Trotzdem sahen ihn die hellblauen Augen mit Wärme im Blick an.

Kurz umarmte Derek ihn. Tim klopfte seinem Sohn auf die Schulter. »Mach's gut, Großer!«

Er hatte sich überlegt, was er zum Abschied sagen wollte. In diesem Moment konnte er sich an nichts mehr erinnern.

Liz hakte sich bei ihm unter, als sie das Universitätsgelände verließen. Er hörte ihre Absätze auf dem Asphalt. Sie waren wieder zu zweit. Ein neuer Lebensabschnitt. Er sah dem mit gemischten Gefühlen entgegen.

Nun saß Derek vor ihm im eigenen Büro. Er sprach konzentriert. Souverän saß er mit übereinandergeschlagenen Beinen im großen Bürostuhl und sah noch immer aus dem Fenster. Fuhr sich gelegentlich durchs Haar, notierte etwas auf einem Notepad.

Seltsam, dass er hier wie ein Bittsteller im Büro seines Sohnes saß.

Er hatte es sich anders vorgestellt. Kleiner. Gewöhnlicher. Alles hier kam ihm fremd und neu vor. Ein Anflug von Scham streifte ihn, dass er sich nie für die Arbeit seines Sohnes interessiert hatte.

Jetzt drehte sich Derek zu ihm um. Hörer noch am Ohr. In seinem Blick lag Erstaunen.

Tim lächelte. Bedeutete seinem Sohn, dass er sich ruhig Zeit lassen solle.

»Sam, ich rufe dich später an. Was Dringendes jetzt, ja …« Der Sohn beendete das Gespräch, sah ihn einen Moment prüfend an. »Wo warst du?«, fragte er nüchtern.

Tim bemühte sich, ihm in die Augen zu sehen. »Ich habe mir eine kleine Auszeit genommen. Ich war zu Hause.«

Derek musterte ihn kühl. Er schien nicht sonderlich erbaut von seiner Anwesenheit. »Hast du von Großvater gehört?«, fragte er dann.

»Deshalb bin ich hier. Agnes denkt, es bleibt nicht mehr viel Zeit.«

Derek nickte. »Ja, ich weiß.«

»Hast du Liz ... Hast du Mom davon erzählt?«

»Ja, sie weiß Bescheid.«

Tim lehnte sich vor. Rieb die Handflächen aneinander. »Hör mal, es tut mir leid, Derek. Wirklich.«

»Was? Was genau tut dir leid?«

Er kam hinter seinem Schreibtisch hervor. »Dass du dich im Restaurant wie ein Vollidiot benommen hast? Oder dass du deine Frau geschlagen hast und dich ums Verrecken nicht daran erinnern kannst? Oder tut dir leid, dass du im Drogenrausch dein Haus völlig demoliert hast und nackt und vollgekotzt vor mir saßt?« Er löste die Krawatte.

»Alles.«

Tim zuckte mit den Schultern. Wo sollte er beginnen? »Ich war ein Arschloch. Ich habe deine Mutter geschlagen, damals. Ja.«

Ein Hauch von Erstaunen legte sich kurz auf das Gesicht seines Sohnes.

Tim fuhr fort. »Wir haben uns auseinandergelebt ... und jetzt ist sie weg. Ich bin ein paar Wochen abgetaucht, ja. Ich hab den Job verloren, und plötzlich war nichts mehr übrig.«

Sie blickten einander an. Draußen klingelten Telefone.

»Jedenfalls habe ich uns zwei Flüge nach Little Rock gebucht für morgen früh.«

Das Gesicht von Derek immer noch ausdruckslos.

»Kommst du mit?«

Stille.

»Ich fänd's toll, wenn du mitkommst.«

Derek schien nachzudenken. »Solange du deine Klamotten anbehältst und nicht wie ein Vierzehnjähriger in die Ecke kotzt …« Er blickte hoch, und ein Lächeln huschte über sein Gesicht. Dann nahm er den Hörer ab. »Jane, ich bin noch 'ne halbe Stunde beschäftigt hier. Verschiebst du mein Fünfuhrmeeting? Und cancel morgen und übermorgen alles, ich muss in einer Familienangelegenheit weg. Bitte bring uns noch zwei Kaffee.«

Mein Gott, er war so erwachsen, dachte Tim. Er zeigte auf das Magazin, das er sich aus der Lobby mitgenommen hatte. »Hab den Artikel über dich hier drin gelesen!« Er zögerte. »Ich hatte keine Ahnung.«

Eine junge Frau brachte den Kaffee, und der Moment war vorbei. Nachdem sie die Tür wieder geschlossen hatte, lehnte sich Derek vor. »Und?« Er sah Tim fragend an. »Dein Vater stirbt. Wie geht's dir damit?«

Tim zuckte mit den Schultern.

Er musste den schwarzen Anzug anprobieren. Er hatte ihn ewig nicht getragen. Ganz hinten im Schrank fand er ihn. Weißes Hemd und schwarze Krawatte gleich auf dem Bügel dahinter.

Erstaunt stellte er fest, dass ihm sowohl Jackett als auch Hose eine halbe Nummer zu groß waren. Auch das Hemd war ihm zu weit. Er betrachtete sich im Spiegel. Bemerkte, dass sein Gesicht schmaler geworden war. Seine Augen waren klar, der Bart gefiel ihm.

Er probierte den Anzug an. Er wirkte darin jünger. Festlich. Er sah nach Beerdigung aus.

Er spürte einen Kloß im Hals. In den nächsten Tagen würde er seinen Vater beerdigen. Er setzte sich aufs Bett, und die Tränen liefen seine Wangen herunter. Er ließ es zu. Weinte tonlos einige Minuten. Schließlich stand er wieder auf und ging in die Küche. Die Scheidungspapiere lagen noch immer im Schrank. Er unterschrieb und verschloss den Rückumschlag. Diese Reise war beendet. Er würde Derek den Umschlag geben.

24

Den Umschlag legte er oben auf den gefalteten Anzug.

Dann zog er den Reißverschluss seiner Reisetasche zu.

Es gab acht Hotels in Jasper und Umgebung. Bevor er zu Bett ging, buchte er zwei Zimmer im Sawridge Inn.

Er wollte nicht auf Agnes angewiesen sein. Er war sich unsicher, wie schlecht ihr Verhältnis war. Sie hatten sich ewig nicht gesehen.

Dann duschte er heiß. Und lange. Scheiben und Spiegel beschlugen. Seine Umrisse verschwommen, schemenhaft.

Die Gedanken wanderten. Jasper. Arkansas. Heimat.

Es würden sicher auch ein paar Verwandte da sein. Es gab zwei Onkel väterlicherseits und einen Onkel mütterlicherseits, die noch lebten. Die Familie war klein. Er konnte sich an keine Namen erinnern.

Nackt ging er durch das dunkle Haus. Die Haut noch feucht.

Er zündete sich eine Zigarette an. Trank ein Glas Wasser. Dann öffnete er die Terrassentür und sog die kühle Abendluft ein. Er betrachtete seinen Garten. Die Lupinen. Der Buschnatternkopf wiegte die schweren Blüten im Wind. Der Pool immer noch ein schwarzes Loch.

Gegen vier Uhr früh würde der Wecker klingeln. Er zog sich Jeans und T-Shirt an und stellte ein Paar Turnschuhe bereit.

Ein tiefer Seufzer entfuhr ihm, als er die Lehne des Lazyboy herunterfuhr. Erst gegen zwei fiel er in einen kurzen Schlaf.

Derek wartete am Gate. Das Haar ungekämmt. Jeans und Trainingsjacke statt Anzug. Verschlafen hielt er Tim einen Pappbecher mit Kaffee entgegen.

Es warteten nur wenige Menschen mit ihm. Wer flog schon nach Little Rock?

»Ich war seit über zwanzig Jahren nicht mehr in Jasper, oder?« Derek wies auf eine Reihe leerer Sitze. Sie setzten sich.

Tim musste überlegen. »Wir waren zum letzten Mal mit dir dort, als du elf warst.« Das war sechzehn Jahre her. Zum fünfundsechzigsten Geburtstag von Dereks Großvater. »Du fandest es furchtbar langweilig, weil es keine Kinder in deinem Alter gab.«

Agnes war kinderlos geblieben, und deshalb waren weder Cousins noch Cousinen da gewesen.

»Und irgendwann hast du dich weinend auf der Toilette eingeschlossen. Grandpa war fürchterlich betrunken und hat im Restaurant eine Szene gemacht. Du hattest einige Tage lang Angst vor ihm.«

Sie lächelten beide, doch Tim verspürte Bitterkeit. Ähnliche Szenen hatte es oft mit dem Alten gegeben. Immer hatte er entweder Angst oder Scham für den Alten empfunden. Dazwischen hatte es wenig gegeben. Jedenfalls konnte er sich an nichts erinnern.

Zum ersten Mal aber brauchte er sich bei dem bevorstehenden Besuch darüber keine Gedanken zu machen.

Ein älteres Paar, beide weißhaarig mit Gehhilfen, setzte sich ihnen gegenüber. Die alte Frau wickelte raschelnd Sandwiches aus Butterbrotpapier. Einen Moment lang beobachteten sie schweigend die Szene.

»Wann hast du Tante Agnes zum letzten Mal gesehen?«, fragte Tim dann.

Dereks Antwort überraschte ihn. »Vor vier Wochen hat sie Mom besucht, wir waren zusammen essen.«

Er schwieg dazu. Dann gab er sich einen Ruck und holte den Umschlag aus dem Koffer.

»Die Scheidungspapiere … Gibst du sie deiner Mutter?« Er bemühte sich um einen beiläufigen Ton.

»Ja, natürlich.«

Eine Ansage schnarrte laut durch das Terminal. Das Boarding würde in fünf Minuten beginnen.

Den Sitz zwischen sich ließen sie frei. Derek legte einen Stapel Magazine darauf ab und fing noch auf der Rollbahn an, in einem Drehbuch zu lesen.

Tim sah sich um. Der Flieger war spärlich besetzt. Die meisten Passagiere älter als er. Als das Flugzeug schwerfällig abhob, wurde ihm klar, dass er seit Jahren nicht geflogen war.

Wohin war er zuletzt geflogen? New York? Zu Larry Greenblatts Hochzeit vor acht Jahren? Nein, da war der Flug mit Liz an die Ostküste. Als sie Derek in Princeton besucht hatten.

Er schloss die Augen. Müde vom sanften Brummen der Triebwerke. Wenig später erwachte er mit einem Ruck.

»Kaffee?« Auch die Stewardess sah müde aus.

Er schaltete den kleinen Bildschirm vor sich an. Flugroute. Sie befanden sich noch über Arizona, hatten gerade Phoenix hinter sich gelassen.

Derek legte das Drehbuch zur Seite und rieb sich die Augen. »Lebt dein Onkel Jake noch? Oder wie hieß Grandpas Bruder?«

Tim dachte angestrengt nach. »Jim. Jake und Jim leben beide noch, soweit ich weiß.«

Sein Vater war der mittlere Sohn von dreien gewesen. Tim wusste nur, dass Jims Frau letztes Jahr gestorben war.

»Und von Grannys Seite lebt nur noch Donald, oder?«

Onkel Donald hatte er vollkommen vergessen. Der dünne, aufrechte alte Mann mit dicker Hornbrille. Große Hände, große Füße und Segelohren, über die sich sein Vater nach einigen Flaschen Bier immer lustig gemacht hatte. Donalds Frau hieß Esther, wenn er sich nicht irrte.

Da sein Vater ständig mit der gesamten Familie im Clinch lag, hatte er Onkel und Tanten selten gesehen. Nur Liz hatte über Agnes Neuigkeiten erfahren. Gehört, wer wann verstorben war. Ihn hatte es nie wirklich interessiert.

Unter ihnen New Mexico. Wolkentürme. Turbulenzen. Sie mussten sich anschnallen.

Derek streckte die Beine aus. Er massierte sich den Nacken. Lehnte sich zu Tim herüber. »Was Mom und dich angeht ... ich versuchte, mich da rauszuhalten. Das ist eure Sache.«

»Verstehe.«

Derek sprach leise, sah ihn direkt an. »Ich habe mir die letzten Wochen echt Sorgen um dich gemacht.«

Überraschend füllten sich Tims Augen mit Tränen, er war gerührt. Oder so etwas Ähnliches. Verdammt.

Derek schien zu warten.

»Ist alles nicht so einfach gerade. Ich ... muss mich daran gewöhnen, dass jetzt vieles anders ist. Und das ist nach so vielen Jahren nicht so einfach, verstehst du?« Seine Stimme klang rau.

Derek sah ihn lange an, dann nickte er.

Arkansas empfing sie mit grauen Regenwolken.

Es war bereits mittags, zwei Stunden Zeitunterschied. Sie holten sich auf dem Weg zum Ausgang Kaffee und Sandwiches.

»Welcome to Little Rock!« Auf dem Schild viel Wald und Grün. Tims Magen zog sich zusammen.

Das war bei jedem Besuch zu Hause so gewesen. Jetzt

kam ein Gefühl von Unsicherheit dazu. Er hatte wenig Erfahrung mit dem Tod. Vor allem aber wusste er nicht, was er seinem Vater gegenüber empfinden sollte. Was ihn im Krankenhaus erwartete.

Während Derek die Papiere für den Mietwagen unterschrieb, rauchte er vor dem Avis-Gebäude eine Zigarette. Er zog so heftig, dass die Hälfte der Kippe nach kurzer Zeit nur noch aus roter, heißer Glut bestand.

Die Fahrt zum Krankenhaus nach Harrison würde etwa zweieinhalb Stunden dauern. Dort würden sie Agnes treffen. Erschöpft blies er den Rauch ins kühle Grau. Spürte erste Regentropfen auf dem Gesicht.

Derek hatte sich bereit erklärt zu fahren. Sie umfuhren den Stadtkern. Man konnte von Weitem das Capitol sehen. Ein Stückchen braunen Arkansas River. Derek drehte das Radio leiser. »Wie lange hast du in Little Rock gewohnt?«

»Nur ein Jahr, 1977 bis 1978.«

Wald, hügelige Wiesen und Äcker zogen vorbei. Billige Stripmalls, Fast-Food-Restaurants und verrottende Billboards, die trostlos am Wegesrand standen und Restaurants bewarben, die es seit Jahren nicht mehr gab.

Irgendwann klarte der Himmel auf.

Gerne hätte er ein wenig geschlafen, aber das Ziehen im Magen, die Unruhe, was die kommenden Tage bringen würden, hielten ihn wach.

Derek telefonierte hin und wieder leise mit seinem Headset. Irgendwann legte er es beiseite. »Eigentlich landschaftlich schön hier. Oder?«

»Hm.«

»Wieso bist du damals nach L.A. gegangen?«

Gute Frage. Er überlegte. Wie war das gewesen?

»Ein Kumpel von mir war da und hat vom Strand, der Sonne und Mädchen in kurzen Shorts erzählt. Ich wollte unbedingt raus aus dieser grauen, kalten Suppe hier.«

Derek lachte. »Verstehe. Und was hat Grandpa dazu gesagt?«

Er war damals ohne ein Abschiedswort gegangen. Nachdem er sich die Nacht über in seinem Zimmer eingeschlossen hatte, weil der Alte unten tobte, hatte er um sechs Uhr früh die Tasche geschultert und war nach Little Rock getrampt.

Alfie war der Einzige, der von seinem Umzug nach Los Angeles wusste. Später hatte Tim Agnes eine Karte geschrieben.

»Der hat das gar nicht mitbekommen.«

Er starrte auf die vorbeiziehende Landschaft. Auf was für eine lieblose Beziehung er zurückblickte. Er wusste gar nichts von seinem Vater, sein Vater nichts von ihm, sie waren sich bis heute fremd geblieben.

Was tat er hier? Wahrscheinlich wollte ihn der Vater gar nicht sehen. Würden sie »letzte Worte« miteinander wechseln? Würde Tim seine schwache Hand drücken, um ihn in Frieden gehen zu lassen? Er hatte keine Ahnung, was passieren würde. »Was denkst du, soll ich tun? Wie nehme ich Abschied von jemandem, den ich nie geliebt, nicht mal gekannt habe?«

Nach einer kurzen Stille sagte Derek: »Ich glaube, das ist alles egal. Verabschiede dich einfach.« Er zuckte mit den Schultern. »Weißt du, als ich letztens zu dir kam, war ich sauer und enttäuscht. Ich kam, um dir zu sagen, dass ich eine Weile Abstand brauche, kein Golf, keine Anrufe und so. Aber als ich dich so nackt und fertig gesehen habe, habe ich gemerkt, dass das so nicht gehen wird. Dass du nicht perfekt bist. In dem Moment war der ganze Scheiß egal.«

Harrison lag unter einem grauen Himmel. Feiner Nieselregen hatte eingesetzt.

Eine Kleinstadt mit zwölftausend Einwohnern. Trostlos.

Die Landschaft sah aus, als könnten in ihr nur Verbrechen geschehen. Tim erinnerte sich an die Serienkiller Ray und Faye Copeland. Beide aus Harrison. Ein Fall, der die Gegend Ende der Achtziger in Atem gehalten hatte. Das Paar war schon über sechzig Jahre alt, als es in den Neunzigern ins Gefängnis kam. Gemeinsam hatten sie fünf Menschen umgebracht.

Das Krankenhaus, in dem sein Vater lag, war ein roter, hässlicher Neubau. Vor dem Westflügel gab es eine Baustelle. Sie parkten auf dem kleinen Parkplatz unweit des Haupteingangs. Blieben einen Moment im Wagen sitzen.

Derek schnallte sich als Erster ab, drückte unvermittelt Tims Hand. »Bist du okay? Sollen wir?«

Die Wärme, der Zuspruch schwächten ihn. Er verbarg sein Gesicht mit der Hand. Konnte die Tränen nicht verhindern. Schon wieder.

Verdammt, er hatte Angst. Roch das Aftershave des Sohnes, als er ihn an sich drückte. Für einen Moment überließ er sein Gewicht seinem Sohn.

Derek streichelte ihm den Rücken, hielt ihn ruhig. Von weit her hörte Tim den Regen aufs Autodach prasseln.

Sie warteten den Wolkenbruch ab. Schwiegen gemeinsam. Tim beruhigte sich. Fühlte sich dem Sohn näher.

Schon von Weitem sahen sie Agnes unter dem großen Glasvordach vor dem Haupteingang. Sie rauchte. Die Augen rot, verheult, müde vor Erschöpfung und Trauer.

Tim hatte seine Schwester nie rauchen sehen. Als sie die beiden bemerkte, warf sie die Zigarette weg und kam ihnen mit großen Schritten entgegen. Noch bevor sie bei ihnen war, wusste Tim, dass sein Vater tot war.

»Er ist tot. Es tut mir leid.« Agnes stieß es hervor, als sei es ihre Schuld. Tränen rannen ihr über das Gesicht.

Der Vater war tot. Der Knoten in seiner Brust begann im selben Moment weicher zu werden. Er umarmte seine

Schwester. Spürte leichten Widerstand. Agnes ließ sich nicht auf die Umarmung ein, ihr Körper steif. Derek strich ihr tröstend über den Kopf. Sie schluchzte.

»Er ist vor einer Stunde gestorben.«

Tim hielt sie fest umarmt, vielleicht weil er selbst die Nähe brauchte.

Der Regen hatte ganz aufgehört. Ein kalter Wind setzte ein. Langsam ließ Agnes' Weinen nach. Sie fasste sich.

»Schön, dass ihr da seid«, sagte sie zu Derek und umarmte ihn.

Sie rauchten gemeinsam unter dem Vordach. Ein dunkelhaariger Mann kam mit zwei Pappbechern auf sie zu.

Agnes schien ihn zu kennen. Ihr Gesicht erhellte sich. »Tim, das ist Sam. Mein Freund.« Unsicher lächelte sie.

Überrascht gab Tim ihm die Hand. Sam war Südamerikaner. Vielleicht Bolivianer. Er hatte ein offenes Gesicht. Tim schätzte ihn Mitte vierzig.

»Mein Beileid.« Fester Händedruck.

Derek begrüßte Sam, als wisse er von ihm.

Auf dem Weg zum Fahrstuhl nahm Tim seine Schwester beiseite. »Wie lange seid ihr schon zusammen? Ich mag ihn.«

»Seit zwei Jahren«, sagte sie knapp, ohne ihn anzusehen.

Zwei Jahre.

»Dad hat geglaubt, er sei mein Gärtner ... Du weißt ja, wie er ist ... wie er *war*«, sagte sie.

»Jetzt wird alles gut«, antwortete er.

Sie schwieg.

Man führte sie in einen weißen Raum. Krankenschwestern bewegten sich im Hintergrund. Blass lag der Alte auf einer Bahre. Mit einem dünnen Laken zugedeckt. Friedlich. Das Gesicht eingefallen, wächsern. Jemand hatte das schlohweiße Haar ordentlich zurückgekämmt.

Tim erkannte ihn zwar, aber der Vater sah erschreckend anders aus. So still. Harmlos. Der leblose Abdruck des schrecklichen Originals.

Er suchte in seinem Gesicht nach etwas, das er kannte. Er sah tiefe Furchen. Glatt rasierte Haut. Das hatte wahrscheinlich jemand vom Krankenhaus gemacht.

Vorsichtig berührte er die kalte Wange mit den Fingerspitzen.

Es wollte sich kein Gefühl einstellen.

Nach einem kurzen Gespräch mit dem Arzt fuhren sie ins Hotel. Tim zog die braunen Vorhänge zu. Braun war auch das Motelzimmer in der Nähe von Santa Barbara gewesen. Eine Erinnerung an Sue zuckte auf. Es schien ihm ewig her.

Er behielt die Jacke an, zog nur die Schuhe aus und legte sich aufs Bett. Blickte still an die Decke. Das friedliche Gesicht des toten Vaters verblasste schon in seiner Erinnerung. Wie ein verschwindender Geist.

Tim empfand Erleichterung. Mit jedem Atemzug entkrampfte sich sein Körper mehr. Endlich schlossen sich seine Augenlider.

Drei Stunden später erwachte er. Blitz und Donner hatten ihn geweckt.

Verschlafen zog er die Vorhänge auf. Regen rann unaufhörlich die Scheiben herunter. Verschwommenes Grün vor grauem Himmel.

Auf steifen Beinen stakste er ins Bad. Erst unter der Dusche begriff er, wo er war. Die Kabine war schmal wie immer. Er musste die Plastikschiebetür offen lassen.

Schnell bildete sich eine Wasserlache, Toilette und Toilettenpapier wurden nass. Fluchend warf er eins der kleinen Handtücher auf die grau-blauen Fliesen. Trocknete sich mit dem verbleibenden Handtuch ab. Er fühlte sich trotz des Schlafs müde und schlapp.

Blick zur Uhr.

In dreißig Minuten mussten sie bei Agnes sein. Langsam zog er sich an. Der Regen hatte nachgelassen.

Derek setzte sich auf den Beifahrersitz.

Auch er hatte geschlafen. Sie hatten beide keine Lust auf diesen Abend. Langweilige Gespräche, fremde Tanten und Onkel.

Tim hätte sich lieber Roomservice bestellt. Burger, Fritten und Bier vor dem Fernseher.

Sie nahmen die Landstraße. Es war dunkel. Ein Fuchs kreuzte die Fahrbahn. Geduckt rannte er eilig ins Maisfeld. Einige Kilometer weiter fuhren sie über ein totes Stinktier.

»Scheiße!«

Schon nach Sekunden konnten sie den Gestank im Wagen riechen. Wahnsinn, dass es genügte, über ein totes Stinktier zu fahren, dachte Tim.

Dann passierten sie das Ortsschild, Jasper.

Tim fuhr langsamer. Stierte ins Dunkel. Versuchte, den Ort wiederzuerkennen. Fühlte sich schlagartig wacher und seltsam aufgekratzt.

Da gab es noch den kleinen Supermarkt. A to Z Variety Store. Manchmal hatte er als Teenager dort Batterien und Kaugummi geklaut. Er lächelte bei dem Gedanken daran.

Hundert Meter weiter Rudy's Pub, eine von drei Kneipen im Ort. Als Kind hatte er dort oft den Vater abgeholt. An Sonntagen hatte ihn die Mutter geschickt, wenn der Vater zum Essen nicht nach Hause kam. Das Schild war etwas abgeblättert, ansonsten sah das Gebäude genauso aus, wie er es in Erinnerung hatte.

Derek setzte sich auf.

»Ich bin hier um die Ecke aufgewachsen.« Tim zeigte vage nach links.

»Da, wo jetzt der Parkplatz ist, war früher ein kleiner Wald.

Wenn wir zu Besuch waren, hast du dort oft gespielt. Einmal mussten wir dich von einem Baum herunterholen. Du warst mit den Kindern der Nachbarin draufgeklettert und wusstest nicht mehr, wie runterkommen.«

Es war schwer, im Dunkel etwas zu erkennen.

Dann bogen sie in Agnes' Straße ein. Das Viertel eine billige Wohngegend. Schmucklose Häuser. Alte Kleinwagen, gestutze Hecken, zugezogene Gardinen.

Sie hielten vor Nummer 18. Ein kleines graues Haus, unscheinbar, kleiner Vorgarten, zwei große Mülltonnen, schmale Einfahrt.

»Mist. Wir hätten noch Wein holen sollen.«

Derek hatte recht.

Unschlüssig saßen sie im Wagen. Dann ging die Haustür auf, und eine alte Frau mit geblümter Schürze trat auf die Veranda. Sie sah den Wagen und winkte. An ihrer Hand ein hautfarbener Verband.

»Wer ist das?« Derek kniff die Augen zusammen, er erkannte sie nicht.

Tim grinste. »Das ist meine Tante Daisy.«

Er winkte zurück.

»Ach, Timmie, mein Großer! Wie schön, dich zu sehen! Und der kleine Derek! Was sag ich? Klein bist du nun wahrlich nicht!«

Tante Daisy empfing sie auf dem gepflasterten Weg vor dem Haus. Sie umarmte beide mit einem Arm. Redete in einem Fluss.

Sie war klein und rund, ein frischer Soßenfleck glänzte auf der Schürze über ihrem Busen.

»Vorsicht!« Sie hob lachend die bandagierte Hand. »Die muss ich hochhalten! Sehnenscheidenentzündung.«

Dann besann sie sich. Wechselte den Ton. Flüsterte.

»Mein Gottchen, dass wir uns zu so traurigem Anlass wiedersehen, was? Aber die Ärzte konnten nichts mehr tun …« Sanft schob Tim sie zur Haustür.

Den Duft aus der Küche kannte er. Es roch nach Kindheit.

Agnes grüßte sie schon aus der Entfernung. Sie trug eine pinkfarbene Schürze, und ihr Gesicht war gerötet. Über die Spüle gebeugt, füllte sie dampfende grüne Bohnen in eine Schüssel.

»Agnes, Schatz, vergiss die Butter nicht! Steht im kleinen Topf auf dem Herd!«, sagte Daisy.

Sam kam ihnen mit zwei Flaschen Bier entgegen. »Ihr trinkt doch Bier? Grüß dich!« Er nickte Derek zu. Klopfte Tim auf die Schulter.

Im kleinen Wohnzimmer saßen bereits einige ältere Leute um den gedeckten Tisch.

Angeregte Unterhaltung, die alten Herren tranken Bier. Als Derek und Tim eintraten, verstummte das Gespräch. Vier Augenpaare. Stummes, ungeniertes Mustern.

Daisy brachte eine große Schüssel mit Kartoffelpürree herein.

»Vorsicht, heiß!«

Obenauf schmolz gelber Käse.

Tim nickte Tanten und Onkeln zu. »Guten Abend. Wir haben uns lange nicht gesehen. Ich bin Pauls Sohn, Tim. Das ist mein Sohn Derek.«

Die vier standen auf. Umarmten ihn. Man klopfte ihnen auf die Schulter. Auch Derek ließ sich umarmen, bestaunen und prostete sich schon bald mit den älteren Herren zu.

Niemand wünschte herzliches Beileid.

Am Tisch saß Daisys Ehemann Jake, der ältere Bruder des Vaters. Introvertierter als seine Frau. Er war zart gebaut, fast zerbrechlich.

Meist hörte er mit schräg gelegtem Kopf zu und lächelte still in sich hinein.

Jim, der jüngere Bruder, war Witwer, robust und laut. Er war auf einem Auge blind. Mit seinem geröteten Gesicht sah er dem Alten am ähnlichsten. Wie sein verstorbener Bruder trank er gerne und wurde noch lauter und mürrischer.

Mütterlicherseits waren Donald, Tims Onkel, und dessen Frau Esther gekommen. Sie wohnten in Little Rock und wurden von den anderen gerne als arrogante Städter verspottet. Dabei waren Donald und Esther ausgesprochen liebenswert.

Esther war eleganter als der Rest der Familie und Donald auf eine bescheidene Weise belesen. Durch die Gläser seiner riesigen Hornbrille wirkten seine Augen klein, die Ohren hingegen waren groß und standen ab.

Tim sah sofort die Ähnlichkeit zu seiner Mutter. Kinn und Nase waren fast identisch. Vielleicht fühlte er sich Donald deshalb gleich so nah.

Esther färbte als Einzige ihr Haar und hatte es im Nacken zu einem eleganten Knoten gebunden. Freundlich nickte sie Tim zu. »Wie geht es deiner Frau?«

Der Tisch füllte sich bald mit Schüsseln und heißen Platten. Frittiertes Hühnchen, Maisbrot, braune Soße, goldene Butter, grüne Bohnen, frittierte Okra und Kartoffelpüree.

Diese Gerichte hatte Tim seit seiner Kindheit nicht gegessen. Ihm lief das Wasser im Mund zusammen.

Er beobachtete, wie Agnes Schüsseln hereintrug und Gläser zur Seite schob, um Platz zu machen. Er wurde das Gefühl nicht los, dass sie es vermied, ihn anzusehen.

Dann setzte man sich, rückte zusammen. Reichte Servietten und Schüsseln herum.

Neun Personen. Verschiedene Generationen. Fremde eigentlich. Verbunden durch den Tod eines Mannes, den bisher noch niemand erwähnt hatte.

Familie. Dies war seine Familie.

Tim sah in die Runde, suchte in den Gesichtern nach Trauer und Schmerz. Sie alle hatten den Tod eines Bruders oder Vaters gemeinsam. Immerhin. Sosehr er auch suchte, er fand nur gelöste Heiterkeit.

Es wurde mit Appetit gegessen und reichlich getrunken. Vor allem Jim trank schnell. Bald standen drei leere Bierflaschen neben seinem Teller. Er rülpste laut, Daisy schüttelte missbilligend den Kopf.

Derek zwischen ihnen allen. Heiter. Entspannt. Er schien seinen Blick zu spüren. Für einen kurzen Moment trafen sich ihre Augen.

Der Sohn hob die Brauen. Fragte tonlos: Alles okay?

Wie gut, dass er mitgekommen war.

Das Essen war köstlich. Hausgemacht. Wie früher.

Die letzten Monate hatte er nur Sandwiches und Tiefkühlkost gegessen. Der Geschmack von zerlassener Butter tat gut.

Tim aß mit großem Appetit. Dann klopfte Agnes an ihr Glas.

»Ihr Lieben. Nun, da Vater tot ist, gibt es ein paar Dinge zu besprechen. Es war sein Wille, eingeäschert zu werden. Wir haben bereits mit dem Krematorium gesprochen. Das kann in zwei Tagen passieren. Es wird dort eine kleine Zeremonie geben.«

Sie schluckte. Sam strich ihr sanft über den Rücken. Die beiden sind sich wirklich nah, dachte Tim, und glücklich. Er schämte sich, dass er so etwas bei seiner Schwester nicht mehr für möglich gehalten hatte.

Agnes fuhr fort.

»Dads Haus versuchen wir zu verkaufen, seit er vor zwei Jahren ins Altersheim kam. Aber ihr alle wisst, dass das nicht einfach ist. Es gab nur einen Interessenten. Und der hat dann in Harrison gekauft.

Wenn ihr einverstanden seid, würden Sam und ich das Haus im nächsten Jahr renovieren und selbst dort einziehen.«

Sie warf Sam einen Blick zu, den er lächelnd erwiderte.

»Hier ist zu wenig Platz für uns, und vielleicht können wir es ja in ein paar Jahren noch mal versuchen mit dem Verkauf.«

Allgemeine Zustimmung erhob sich.

»Ansonsten hat Dad niemandem etwas vermacht. Er hatte Geld zur Seite gelegt, um die Einäscherung zu bezahlen, und das war's.«

Stille.

Agnes hob ihr Weinglas. »Auf Dad!«

Alle stießen an. »Auf Paul!«

Jim wankte, als er aufstand. Er hatte das Glas nicht erhoben.

Daisy bot ihm ihren gesunden Arm an, den er schnaubend ausschlug. Ungelenk stieß er mit dem Kopf an die niedrige Lampe über dem Esstisch. Fluchte leise. Esther zuckte unmerklich zusammen. Jims ungehobeltes Verhalten ängstigte sie. Für einen Moment flackerte das Licht im Raum.

Dann drehte Jim sich noch einmal zur Familie um. »Mein Bruder war ein Arschloch! Ich weiß nicht, warum das hier keiner sagt.« Er verschwand ins Bad und schloss die Tür mit einem lauten Knall.

Es war still. So still, dass man Jim hinter geschlossener Tür pinkeln hören konnte. Tim sah zu Derek hinüber. Der unterdrückte ein Grinsen.

Als er zum Rauchen auf die Veranda ging, traf er auf Agnes.

Es hatte wieder zu regnen begonnen, sie standen eng beieinander unter dem Vordach. Agnes zuckte zurück, als sich ihre Arme berührten.

Schweigend bliesen sie den Rauch ins Dunkel.

»Und, wie fühlt es sich an, nach einer Ewigkeit mal wieder mit der Verwandschaft an einem Tisch zu sitzen?« Sie klang feindlich.

»Gut. Sehr gut. Ist ein netter Abend.«

Ihr entfuhr ein missbilligendes Schnauben.

»Einmal in zehn Jahren kann man sich die Zeit nehmen, nicht wahr?«

Er entdeckte ein Funkeln in ihren Augen.

»Agnes, ich weiß, dass ich mich sehr zurückgehalten habe, was familiäre Dinge angeht in den letzten Jahren.« Er suchte ihren Blick.

Trotzig schaute sie an ihm vorbei.

»Du weißt auch, warum.«

»Mir ging es nicht besser als dir, und trotzdem war ich jahrelang für ihn da! Aber überrascht hat es mich nie, dass du dich aus allem rausgehalten hast! Abhauen, wenn es schwierig wird ... Da kann Liz sicher ein Lied von singen ...«

Sie biss sich auf die Lippen, erschrocken, dass sie zu viel gesagt hatte.

Er war erstaunt über die Heftigkeit ihres Ausbruchs.

»Agnes, Liz hat *mich* verlassen, nicht umgekehrt.«

Sie verschränkte die Arme. »Unterm Strich kommt dasselbe dabei raus.«

Er hatte keine Ahnung, was sie damit meinte. Ließ ihr ihren Ärger für den Moment und zündete noch eine Zigarette an. Überraschend nahm sie eine, als er ihr schweigend auch eine anbot.

Eine Weile hielten sie beide die Stille aus.

»Agnes, du hast recht. Ich habe mich wie ein Arschloch verhalten. Ich ... war ein Arschloch. Ignorant, gleichgültig. Dafür habe ich jetzt bezahlt. Liz ist weg. Ich habe meinen Job verloren und habe einige wirklich harte Wochen hinter mir.«

Zum ersten Mal sah sie ihn an. Hörte ihm zu.

»Hierherzukommen hat mich meine letzte Kraft gekostet.« Er sprach leise. »Aber ich bin froh, hier zu sein. Ganz ehrlich.«

Unmerklich nickte sie.

»So viel Schmerz wie in den letzten Wochen habe ich noch nie gespürt. Noch nie zugelassen.« Er warf die Zigarette weg. Der Regen prasselte jetzt heftiger aufs Vordach.

»Sag mal, das Scheißwetter in Jasper hat sich auch nicht geändert …« Er versuchte ein vorsichtiges Lächeln. Dann gingen sie zurück ins Haus.

Am Tisch war eine Diskussion im Gange. Jake sprach ungewohnt laut.

»Stimmt doch! Er musste immer recht haben. Hat die gesamte Familie tyrannisiert. Einmal hat er mir fast das Nasenbein gebrochen, weil ich nicht seiner Meinung war.« Sein schmaler Kopf zitterte.

»Das ist doch ewig her.« Esther flüsterte und legte ihm eine Hand auf den Unterarm.

Jim schlug mit seiner fleischigen Hand auf die Tischplatte. »Mein Bruder hat sich einen Teufel geschert um diese Familie!«

»Jim, jetzt wollen wir mal die Kirche im Dorf lassen. Du hast dich auch nie sonderlich für die Familie interessiert. Weder für uns noch für die Kinder«, sagte Donald.

Ungehalten wischte Jim den Einwand mit einer abfälligen Handbewegung vom Tisch.

Sam versuchte abzulenken. »Noch jemand Bier?«

»Jahrelang hat er doch jeden Dollar versoffen!«, sagte Jim verächtlich. »Hier, seine Kinder mussten für das Heim, in dem er saß, bezahlen! Die Kinder, die er jahrelang windelweich geprügelt hat!«

»Wir können nicht so von einem Toten reden, das gehört sich nicht«, sagte Esther

Donald griff ihre Hand über den Tisch hinweg. »Lass nur. Ich glaube, wir alle haben unsere Erfahrungen mit Paul.«

Daisy schien anderer Meinung. Aber sie schwieg, griff sich eine leere Schüssel und verschwand in die Küche.

Warmer Apple Pie mit Sahne und Vanilleeis zum Dessert.

Die Wogen hatten sich geglättet.

Nachdenklich schaufelte Tim den Pie und halb geschmolzenes Eis. Es erstaunte ihn, dass der Vater eingeäschert werden wollte. Seinen Körper verbrennen zu lassen kam Tim ungewohnt modern für ihn vor.

Daisy unterbrach seine Gedanken. Sie beugte sich über den Tisch. Sprach laut. »Tim, wo ist deine Frau? Liz?«

Agnes warf ihm einen schnellen Blick zu. Die Familie war nicht informiert. Vielleicht hatte Liz sich eine Tür offen gehalten?

Er zögerte. »Liz, ja. Wir leben seit kurzer Zeit getrennt.« Wandte sich wieder seinem Apple Pie zu.

Daisy schüttelte den Kopf. Sie war offensichtlich angetrunken.

»Früher hätte man nicht so einfach die Flinte ins Korn geworfen ...« Sie sah in die Runde.

Jake warf Tim einen entschuldigenden Blick zu. Sein Kopf zitterte wieder.

»Nein, nein ... Vielleicht hast du recht. Allerdings hat mich Liz für einen anderen Mann verlassen.« Er hielt kurz inne. Sollte er wirklich? Kurzer Blick zum Sohn. Der sah ihn ruhig an.

Sam reichte ein kleines Tablett mit Schnapsgläsern.

Tim kippte auf ex.

»Sie ist einfach gegangen. Wenn ich nicht früher nach Hause gekommen wäre, hätte ich sie gar nicht mehr gesehen.«

Das Bild seiner Frau mit Koffer auf dem Rasen flackerte auf. Er schluckte den Kloß im Hals herunter. Sah Daisy an.

»Nach all den Jahren ist sie einfach davongerannt ... Ich

habe bis heute keine Nummer oder Adresse, wo ich sie erreichen kann.«

Daisy sah kleinlaut auf ihre Hände.

Alle schwiegen.

»Eine Woche später habe ich meinen Job verloren. Und mein bester Freund ist gestorben.« Das klang dramatischer als beabsichtigt. Er lachte knapp. »Man kann sagen, die letzten zwei Monate waren ziemlich scheiße. Fast hätte ich meinen Sohn auch noch verloren, weil ich mich wie ein Hornochse verhalten habe …«

Agnes hatte Tränen in den Augen.

»Und dann stirbt der Mensch, der mich so gequält hat. Vater hat getrunken, das wisst ihr alle. Jahrelang hat er Mutter, Agnes und mich verprügelt.«

Er stockte.

»Ich habe nie verstanden, warum Mutter bei ihm geblieben ist. Jetzt, wo er tot ist, fällt es mir schwer, mich zu verhalten. Ich denke, ich sollte traurig sein. Aber ich fühle mich befreit.«

Er nickte der Schwester zu.

»Ich sehe Agnes glücklich mit Sam, den unser Vater jahrelang für ihren Gärtner halten wollte.«

Die allgemeine Anspannung löste sich in befreites Lachen auf.

Jake hob das Glas. »Darauf trinken wir! Immerhin hat Pauls Tod uns alle zusammengebracht!«

Gläser stießen gegeneinander. Aus dem Augenwinkel sah Tim, dass Dereks Blick auf ihm ruhte.

Agnes räumte in der Küche auf, als er hereintrat. Er legte ihr einen Arm um die Schulter. Zog sie an sich.

»Ein schöner Abend. Hätte ich nicht erwartet. Ich meine, bei *dem* Anlass.«

Sie lächelte müde. »Finde ich auch. Ist das mit Dads Haus okay für dich?«

»Natürlich!«

Er sah sie an. »Hör mal, Agnes. Es tut mir leid, dass ich so lange nicht da war.«

Sie gab ihm ein Geschirrtuch. Gemeinsam trockneten sie die Weingläser ab.

»Willst du mit Derek morgen mal beim Haus vorbeischauen? Ist alles noch so wie früher.«

Er wusste, dass der Haustürschlüssel unter dem Blumentopf auf der Veranda versteckt lag.

»Mal sehen.«

Sie hatten einen Tag ohne Pläne in Jasper vor sich.

Auf dem Heimweg fuhr er Schlangenlinien auf der dunklen Landstraße. Derek hielt sich mit beiden Händen am Sicherheitsgurt fest.

»Dad! Fuck!«

Tim lachte. Er fühlte sich befreit, wollte albern sein.

»Ich mach nur Spaß! Ich bin nicht betrunken!« Das stimmte nicht.

Maisfelder, Kartoffeläcker. Wenig Verkehr. Den Weg kannte er noch gut. Oft war er nachts mit seinem Moped über die Landstraße gefahren. Um dem Vater zu entkommen, um Mädchen zu treffen, allein zu sein, Zigaretten zu rauchen, heimlich.

Derek fielen immer wieder die Augen zu.

»Sag mal, woran ist Peter eigentlich gestorben?« Aus dem Nichts fiel Tim plötzlich die Frage ein, die er Derek schon beim Lunch im The Ivy hatte stellen wollen.

»Wer?« Mühsam öffnete Derek die Augen.

»Woran ist Peter Heffner gestorben? Weißt du das?«

»Er hatte Darmkrebs«, sagte Derek.

Als er auf dem Hotelparkplatz einparkte, streifte er einen Busch. Krachend fiel ein Mülleimer um. Den hatte er nicht gesehen.

Bevor sie sich am Aufzug verabschiedeten, hielt er Derek am Arm fest. »Tu mir einen Gefallen. Wenn du mal mit deiner Mutter sprichst, erzähl ihr ein bisschen. Von mir, von hier. Kannst du das für mich tun?«

»Weißt du …« Es schien, als habe Derek auch etwas auf dem Herzen. »Es ist zwar nach all den Jahren egal oder vielleicht verjährt, aber … Peter hat Mom am Ende ziemlich scheiße behandelt. Hatte ihr viel versprochen. Aber als es Doreen dann schlechter ging, hat er Mom von heute auf morgen abserviert. Dann sind Heffners ziemlich schnell weggezogen und … na ja, wir haben nicht mehr von Peter geredet.«

Tim fühlte sich schlagartig nüchtern.

»Mom hat erst kurz nach Peters Beerdigung wieder von Doreen gehört, und die beiden haben sich einmal getroffen.«

Der Sohn umarmte ihn, bevor er ins Bett ging. Tim spürte Erleichterung. Und auf eine seltsame Weise hatte Derek recht, die Dinge die vorgefallen waren, waren verjährt, zumindest fühlte es sich in diesem Moment so an.

25

Derek erwartete ihn mit einer Handvoll Advil und kaltem Bier.

»War ein guter Abend gestern.« Seine Stimme klang rau.

Bier und Schnaps hatten ihnen beiden sichtlich zugesetzt. Eine halbe Stunde später spürte er, wie der Kopfschmerz nachließ.

Sie fuhren zum Frühstücken in ein Diner. Fettig. Eier und Speck.

Das altmodische Lokal war nur spärlich besetzt. Einfache Leute, Männer seines Alters. In jedem der Gesichter meinte Tim jemanden von früher zu erkennen.

Derek lud sich Hashbrowns und Würstchen auf. Trotz Kater wirkte er heiter und aß mit Appetit.

Tim betrachtete seinen Sohn. Der Anblick machte ihn froh. »Danke, dass du mitgekommen bist«, sagte er. »Wir haben lange nicht so viel Zeit miteinander verbracht.«

Derek nickte mit vollem Mund. »Stimmt.« Dann lachte er. »Soll ich dir was sagen? Ich mag Golf nicht besonders. Ich spiele immer nur mit dir.«

»Was? Wieso?«

Das letzte Stück Bacon verschwand in Dereks Mund. Er zuckte die Achseln. »Keine Ahnung. Ich dachte, du magst Golf. War mir nicht sicher, ob wir uns regelmäßig sehen würden, wenn wir nicht golfen.«

Verblüfft blickte Tim auf seinen Teller. Wischte das

letzte Eigelb mit einem Stück Weißbrot weg. Dann musste er lachen.

»Ich bin auch kein großer Fan von Golf. Mir tut danach immer die Schulter weh.«

Derek bestellte zwei doppelte Espressi.

»Ich will mit dir zu Grandpas Haus fahren. Komm, sei kein Spielverderber.«

Es war nicht weit, Jasper war klein.

Sie parkten ein Stück entfernt. Tim trat die Zigarette auf dem Gehweg aus. Weit und breit kein Mensch. Sie kreuzten die Straße. Der Sohn mit beherztem Schritt, er selbst zögerlich. Das Gartentor war angelehnt. Dahinter das rote Haus seiner Kindheit. Still und unverändert stand es da. Als sei die Zeit stehen geblieben.

Er schaute auf die rote Front. Erinnerte sich plötzlich daran, wie er im Sommer mit dem Vater auf dem Rasen vor dem Haus Fußball gespielt hatte, bis der Ball auf dem Vordach gelandet war. Der Vater musste mit einer Leiter hochklettern, um den Ball herunterzuholen.

Er bemerkte die verwitterten Fensterläden. Abbröckelnde Farbe. Die schiefe Regenrinne. Eine Verandastufe fehlte.

»Gehen wir rein?« Dereks Frage holte ihn zurück.

Er fand den Schlüssel unter dem Blumentopf neben der Haustür. Schimmel auf braunem Ton. Ein kleiner vertrockneter Busch. Eine dicke graue Assel floh.

Der Türknauf rostig, lose. Im Haus war es dunkel, muffige Luft schlug ihnen entgegen. Er blieb im Türrahmen stehen. Derek schob sich an ihm vorbei, trat ins Haus und öffnete ein Fenster. Dann verschwand er ins Wohnzimmer.

Ein heller Lichtstrahl durchschnitt Staub und Dunkelheit.

Verdammt. Das alles hier war ewig her. Dann gab er sich einen Ruck und machte einen Schritt vorwärts. Die Holzbohlen knarzten bei jedem Schritt. Das Haus war weniger bedrückend, als er befürchtet hatte. Der Tyrann war verschwunden. Nur die Erinnerung an ihn hing wie feine Spinnweben in Ecken und Nischen. Kraftlos und blass.

Einmal hatte der Therapeut sein Verhältnis zum Vater angesprochen. Tim erinnerte sich, dass er die Frage ungeheuerlich gefunden hatte. »Hat Ihr Vater Sie als Kind missbraucht?« Er hatte noch nicht von den Gürteln erzählt oder wie der Vater die Mutter schlug. Nur vage angedeutet, dass ihr Verhältnis angespannt war. Dass er sich nie geliebt gefühlt hatte.

Nach der Missbrauchs-Frage waren sie ziemlich schnell beim Tegretol gelandet, und damit hatte sich die Sache.

Langsam ging er durchs Wohnzimmer. Immer noch das abgewetzte grüne Kordsofa. Das Mobiliar war aus den Fünfziger- und Sechzigerjahren. Unfassbar, wie sehr alles seinen Erinnerungen glich. Er strich vorsichtig mit den Fingerkuppen über die Häkeldeckchen auf dem Wohnzimmertisch. Eierschalenweiß.

Alte Fotos in Metallrahmen an der Wand. Schwarz-Weiß. Agnes und er als Kinder. Lächelnd mit den Eltern. Der Vater hatte den Arm um ihn gelegt. Er suchte in seinem runden Kindergesicht nach Erinnerungen. Eine scheinbar glückliche Familie.

Der einzig neuere Gegenstand war der Fernseher. Wohl Mitte der Neunziger gekauft. Fernsehen und Trinken waren immer Hand in Hand gegangen.

Die Holzbohlen über ihm knarzten. Derek ging im Obergeschoss umher.

Als Tim die Treppe emporstieg, fiel ihm auf, wie abgenutzt die Holzballustrade war. Er fuhr mit der Hand über die glatten, hellen Stellen.

Das Schlafzimmer der Eltern. Er hatte es immer als kalt in Erinnerung gehabt. Schlicht. Spärlich. Lieblos. Das schmale, schmucklose Bett. Meist hatte die Mutter auf dem harten Gästebett im Nähzimmer geschlafen. Der Vater unten auf der grünen Couch. Umgeben von einem Meer aus leeren Flaschen.

An der Wand ein Kreuz. Das Bett war jetzt mit Plastikfolie abgedeckt. Vorsichtig öffnete er den Kleiderschrank. Anzüge, Wolljacken, Hemden ordentlich nebeneinander. An der Innenseite der Schranktür hing eine Reihe Ledergürtel.

Er erkannte sie wieder. Braun, schwere Metallschlaufen, dicker Riemen. Mechanisch griff er den dunkelsten. Diesen Gürtel hatte der Vater am häufigsten getragen. Er war kürzer als die anderen. Vom Trinken waren die Hüften schmaler geworden.

Tim wog den Gürtel in der Hand. Das Leder war schwer. Er probierte ihn an, er musste das letzte Loch nehmen.

Derek war im Nähzimmer. Er hielt ein gerahmtes Bild in den Händen. An der Wand zeichnete sich hell ab, wo es gehangen hatte.

Tim sah ihm über die Schulter. Er selbst mit der Mutter. Sie war älter als auf dem Bild im Wohnzimmer, schmaler. Sein Kopf lehnte zärtlich an ihrer Schulter. Ihre Hand lag auf seiner Wange. Sie lächelte. Es versetzte ihm einen Stich, das Bild zu betrachten.

»Das ist ein schönes Bild. Du solltest es mitnehmen«, sagte Derek und hielt es ihm hin.

»Hallo?«

Sie hörten Schritte unten im Eingangsbereich.

»Paul? Bist du zurück? Lydia?«

Der Stimme nach eine sehr alte Frau.

Tim schaute über das Geländer nach unten und sah eine alte Frau in grauem Kittelkleid. Weißes, wirres Haar. Pantoffeln und Stock.

Freude durchflutete seinen Körper. Er lief die Stufen hinunter. »Mrs Povec!«

Misstrauisch kniff sie die Augen zusammen. »Langsam, Mister!« Sie musterte ihn.

Tim war erstaunt, dass sie noch lebte. Mable Povec war damals schon alt gewesen.

»Kennen Sie Paul und Lydia? Dies ist *ihr* Haus!« Nachdrücklich stieß sie den Gehstock aufs Parkett.

»Ich bin Tim. Lydias und Pauls Sohn. Und das hier ist mein Sohn, Derek.«

Derek war neben ihn getreten. Betrachtete die Alte neugierig.

Ungläubig schüttelte sie den Kopf.

Tim holte das Familienbild aus dem Wohnzimmer und zeigte es ihr. »Das haben wir damals beim Fotografen in Harrison gemacht. Bei Mr Gibson.«

Lange betrachtete sie das Foto. Dann griff sie unvermittelt seine Hand. »Ach, Timmy! Natürlich. Der kleine Timmy!«

Ihr Blick war klar und gegenwärtig. Sie lächelte und umarmte ihn. »Mein Gott, dich haben wir hier ja eine Ewigkeit nicht gesehen!« Sie winkte Derek heran. »Na, kommt. Ich setze uns einen Tee auf.«

Sie folgten Mabel Povec, die die Haustür aufstieß und langsam voranging.

Schon eine Stunde lang tranken sie Tee in Mabel Povecs kleiner Küche.

Der Regen hatte aufgehört. Es fielen sogar einige Sonnenstrahlen durch die altmodische Gardine. »Mit Jonny hat er hier gesessen und Milch getrunken. Und Kekse habt ihr gegessen. Ein ganzes Blech Melassekekse.« Sie kicherte heiser, ihr Blick ging nach innen.

»Wie gehts Jonny?«, fragte Tim.

Mabel Povec seufzte. Erhob sich und setzte neues Teewasser auf. Der Kessel geblümt.

»Ach, Timmy.« Mehr sagte sie nicht, sie verschwand ins Schlafzimmer.

»Unglaublich, die ganzen Möbel hier sind original Fünfziger … wie in Granddads Haus. Wie auf einem Filmset.« Derek flüsterte.

»Erinnerst du dich noch an Mabel? Sie war bei Granddads Sechzigstem«, fragte Tim.

Derek schüttelte den Kopf.

Mabel Povence kam mit einem Stapel Schwarz-Weiß-Fotos zurück.

Die Bilder waren klein, quadratisch und hatten einen weißen, geriffelten Rand. Tim und Jonny in Shorts mit einem Football. Beide etwa zwölf Jahre alt. Jonny muskulös für sein Alter. Forsches Kinn. Tim groß und schlaksig. Weniger selbstbewusst.

Tim reichte Derek die Fotos. Jonny Povec. Sie hatten beinahe ihre gesamte Jugend zusammen verbracht. Dann war Jonny zum Onkel nach Arizona gezogen. Er war bei ihm in die Lehre gegangen. Mabel, die ihren Mann früh verloren hatte, hatte ihren Sohn sehr vermisst.

Aufmerksam betrachtete Derek die alten Bilder. Jonny, vor einem Moped posierend. Dann Tim und Jonny auf ihren Mopeds. Teenager. Gut aussehende Jungen.

Mabel Povec sagte unvermittelt: »Er hat sich erhängt, Timmy. Vor fünf Jahren.«

Das düstere Jaspergefühl kam mit voller Wucht zurück. Mabel Povec putzte sich die Nase.

»Das tut mir leid, Mrs Povec.«

Jonny hatte sich erhängt. Verdammt.

Als sie aufsah, lag ein Schleier auf ihrem Blick. »Wie geht es deinen Eltern? Jetzt erzähl du mal. Ich habe Lydia und Paul lange nicht gesehen.« Ihre Stimme war plötzlich heiter.

Er tauschte einen kurzen Blick mit Derek.

»Sie lassen Sie schön grüßen.«

Er beschloss, zu Fuß zum Hotel zurückzulaufen. Gehen. Rauchen. Nicht reden müssen. Er wollte ein wenig durchatmen.

Langsam ging er die menschenleere Straße entlang. Mit Jonny hatte er seine erste Kippe geraucht. Zusammen waren sie nachts mit den Mopeds gefahren. Um die Wette. Jonny hatte ihm von seinem ersten Sex mit Ellen Wodracki erzählt.

Jonny wollte Automechaniker werden. Soviel er wusste, hatte Jonny später eine kleine Werkstatt im Nachbarort gehabt. Wie kommt jemand wie er dazu, sich zu erhängen?

Tim steckte sich noch eine Zigarette an. Dann klingelte sein Handy. Die Nummer war ihm unbekannt. Er hatte keine Lust abzunehmen.

An der Tankstelle kaufte er eine neue Schachtel Zigaretten. Die dicke Frau hinter der Kasse musste so alt sein wie er.

Er versuchte, das Namensschild zu lesen. Lauren Rosinski. Der Name kam ihm bekannt vor. Sie hatte rötliches Haar und Sommersprossen auf den kräftigen Unterarmen. Gelangweilt tippte sie den Preis in die Kasse ein und nahm sein Geld entgegen.

»Entschuldigung, waren Sie damals auf der Highschool in Harrison?«

Erstaunt blickte sie ihn an. »Wie bitte?« Es lag etwas Tumbes in ihrem Blick.

Fast bereute er, sie angesprochen zu haben. »Ich bin in Jasper aufgewachsen. War auf der Harrison High, Mrs Schulmans Klasse. Das ist fast vierzig Jahre her.« Er versuchte ein Lächeln.

Sie überlegte. »Ja. Ja, war ich.«

Er reichte ihr die Hand über den Tresen. »Tim Wilkins. Wir müssen in derselben Klasse gewesen sein.«

Sie drückte emotionslos seine Hand. In ihrem Blick sah er, dass sie keinen blassen Schimmer hatte, wovon er redete.

»Cool«, sagte sie

Dann wandte sie sich wieder der Kasse zu.

Er verließ den Ort und schlug die ländliche Straße Richtung Hotel ein. Sie wand sich durch sattes Grün, Äcker, und kleinere Waldstücke, bis sie hinter einem Hügel aus seinem Blick verschwand.

Er genoss den Ausblick und die Stille und ging mit weiten Schritten in der Mitte der Straße. Links und rechts Kornfelder. Der Geruch von Regen lag in der Luft. Unwillkürlich ging er zügiger.

In der Innentasche seiner Jacke spürte er sein Handy. Er nahm es heraus und hörte die Mailbox ab. Er musste ein Ohr zuhalten, der Wind pfiff, er konnte kaum etwas verstehen.

»... Tim ... ist Dee ...om Guitar Centre. Sorry ... Rückruf hat etwas länger gedauert ...« Im Hintergrund hörte er Musik, Leute sprachen. Er drückte das Telefon fester ans Ohr. Sein Herz begann schneller zu schlagen.

»...ürden gerne mit dir ...menarbeiten! Betrachte dich als angeheuert! ...as wäre gut und ... Arbeitsbeginn wäre in zwei Wochen. Ruf zurück ... Einzelheiten besprechen ... Bis dann!«

Er spielte die Nachricht noch einmal ab. Dann reckte er die Faust.

»Yesssssss!«

Er hatte den Job! Er hatte den Job beim Guitar Centre!

Er rannte die Straße hinab. Schnell. Der Wind griff in sein Haar. Er hörte seinen keuchenden Atem. Lachte.

26

Mittags trafen sich alle vor dem Krematorium. Niemand wusste, wie die Einäscherung ablaufen würde. Tanten und Onkel warteten mit Sam im Eingangsbereich. Alle in Schwarz.

Beklommen saßen sie auf der taubenblauen Sitzgruppe. Es gab einen Kaffeeautomaten und einen Trinkwasserspender.

Nur Tim, Agnes und Derek folgten dem Mann im grauen Kittel. Die Schritte gedämpft auf grauem Linoleum. Tim fühlte sich unwohl. Der Ort war unheimlich, aseptisch. Nur ein leises Summen durchbrach die Stille.

Er spürte das Vibrieren seines Handys in der Innentasche des Jacketts. Eilig stellte er es aus.

Ein letztes Mal mussten sie den Vater identifizieren. Fast hätte er das wächserne Gesicht berührt. Dem Impuls nachgegeben, die kalte Wange zu streicheln. Aber er tat es nicht. Der Leichnam, in milchig weiße Folie gewickelt, wurde in einen einfachen Pappkarton gelegt.

Mit braunem Klebeband verschloss der Mitarbeiter des Beerdigungsinstituts den Deckel. Nachlässig. An einigen Stellen stand der Deckelrand ab. Es wirkte wie ein schäbiges, billiges Postpaket.

Der Anblick war unendlich traurig. Er hatte einen richtigen Sarg erwartet. Es fiel ihm schwer zu atmen, er hatte das Gefühl, mikroskopisch kleine Totenpartikel einzuatmen. Den Geschmack von weißem Knochenpulver auf der Zunge zu schmecken, wie zertretene Kreide. Verdammt. Dies war ein seltsamer Ort.

Agnes begann zu weinen. Derek führte sie hinaus.

Tim wäre am liebsten mitgegangen. Aber er musste noch einige Papiere unterschreiben. Angespannt sah er sich um. Was kam jetzt noch?

Der farblose Mann im Kittel zog Handschuhe über. Sein Kollege brachte zwei Schutzbrillen. »Wir würden dann jetzt mit der Einäscherung beginnen. Wollen Sie dabei anwesend sein?«

Wollte er zusehen, wie sein Vater in einem Ofen verbrannt wurde? Alles in ihm sträubte sich dagegen. Gleichzeitig hatte er das Gefühl, jemand von der Familie müsste anwesend sein. War es nicht traurig, wenn niemand da wäre?

Still nickte er. Trat zurück und verschränkte die Arme.

Er war nicht vorbereitet auf den Lärm, das Knallen und Rauschen der blau-orangefarbenen Flammen, als sich die metallene Ofentür öffnete. Er spürte die Hitze auf dem Gesicht. Die Wahrhaftigkeit des Moments war unerträglich. Als der Karton langsam in den gleißenden Flammen verschwand, wurde ihm übel.

Da verließ auch er den Raum.

In zwei Stunden würden sie die Urne abholen können. Man entschloss sich, zwei Straßen weiter gemeinsam im Restaurant zu essen. Bennigans. Gehobenes Fast Food. Sie gingen zu Fuß dorthin. Tim lief mit Daisy und Onkel Jake voran. Derek hatte Agnes untergehakt. Sie sah zerbrechlich aus an seiner Seite. Sam ging mit Esther und Donald. Esther trug schwarze Spitzenhandschuhe und einen kleinen Hut. Viel zu elegant.

Donald hielt ihre Hand. Sein Anzug war zu kurz an den Ärmeln

Jim ging als Letzter. Er rauchte. Sein Gesicht wie immer gerötet. Heute war er still und nachdenklich.

Am Tisch nebenan saß ein junges, unauffälliges Paar. Beide in Jeans und Jeansjacke. Der Typ mit Schnurrbart und Baseballkappe. Das Mädchen hatte große Ohrringe.

Eine Kellnerin mit Bennigans-Kappe und Schürzchen über grünen Bermudashorts trug einen kleinen runden Kuchen mit brennender Kerze herein. Sie hielt gradewegs auf das Paar zu, gefolgt von drei weiteren Kellnern, die rhythmisch in die Hände klatschten und »Happy Birthday!« sangen. Das Mädchen errötete. Sie kicherte hinter vorgehaltener Hand. Der Typ war stolz auf seine gelungene Überraschung.

Daisy winkte dem Mädchen. »Happy Birthday!«

Bevor das Essen kam, nahm Agnes Tim zur Seite. Gab ihm eine schmucklose Pappschachtel.

»Hier. Bevor ich's wieder vergesse. Dad hat dir als Einzigem was hinterlassen.« Sie drückte seinen Arm.

Der Kellner stellte einen Teller mit Burger und Fritten vor ihm ab. Sie begannen zu essen, und Tim steckte die Schachtel zu den Zigaretten in die Jackentasche.

Sie tranken Budweiser, und alle aßen mit Appetit.

Tim sah auf die Uhr. Vom Vater war in diesem Moment bestimmt nicht mehr viel übrig. Lustlos aß er einige Fritten. Das Essen war schlapp und kalt. Er schien als Einziger keinen Hunger zu haben.

Lieber Kaffee und eine Zigarette. Er blickte in die Runde. Man unterhielt sich angeregt. Esther hatte ihre Spitzenhandschuhe abgelegt. Daisy hielt die verbundene Hand immer noch im Neunzig-Grad-Winkel hoch.

Sie würden ihn nicht vermissen. Er hatte eine Stunde für sich.

Beim Starbucks nebenan holte er sich einen starken Kaffee. Redeye, Kaffee mit doppeltem Espresso. Ein paar müde Typen in Flanellhemd und Baseballkappe standen in der Schlange.

Man musterte ihn. Im schwarzen Anzug, mit loser schwarzer Krawatte über weißem Hemd, mit Bart und dunkler Sonnenbrille sah er aus wie von einem anderen Stern.

Rauchend lief er mit einem Becher Kaffee Richtung Ortskern und bog dann in eine kleine Straße nach rechts ein. Es war nicht weit bis zum roten Haus.

In der braunen Schachtel, die Agnes ihm zugesteckt hatte, lag ein Schlüsselbund mit drei Schlüsseln. Keiner passte in die Haustür. Er probierte sie im verrosteten Schloss des kleinen Gartenhäuschens. Dann fiel ihm die Garage ein. Es war einen Versuch wert.

Dreck und Staub rieselten auf ihn herunter, als er das Tor öffnete. Er musste den Kopf einziehen. Ein rostiger Grill, zwei Fahrräder, daneben Gartenwerkzeuge. Und der mintgrüne Buick. Schnittig. Poliert. Der Kühlergrill breit, silbern glänzend.

Er schob den Schlüssel ins Schloss der Wagentür. Er passte. Ungläubig ließ er sich auf den Ledersitz der Dreierbank gleiten. Der Geruch im Wageninnern, altmodisches Leder und Politur, war ihm sofort vertraut. Der Vater rauchend am Steuer. Ließ ihn das Radioprogramm auswählen. Regen, der gegen die Windschutzscheibe prasselte. Der Vater fuhr ihn von einem Baseballspiel nach Hause. Ihre besten Momente hatten sie in diesem Auto verbracht.

Der Vater hatte ihn als Teenager niemals den Wagen fahren lassen. Waschen und polieren durfte er ihn. Das war alles. Unfassbar. Sein Vater hatte ihm tatsächlich den Buick vermacht.

Vorsichtig drehte er den Schlüssel um, trat leicht aufs Gas. Sofort drehte der Motor hoch, die Karosserie erzitterte.

Eine Weile saß Tim nur da. Er genoss das Geräusch des Motors, den Geruch der Kindheit.

Behutsam schloss er Wagen und Garage wieder ab.

Die Sonne war hinter den Wolken hervorgekommen. Es wurde wärmer.

Erst in zwei Wochen würde der neue Job beginnen. Er genoss den Gedanken, wiederholte ihn im Kopf noch ein paarmal.

Rauchend lief er durch sein altes Viertel. Im Sonnenlicht sahen die heruntergekommenen Häuser weniger trostlos aus. Er grüßte einen alten Mann, der vornübergebeugt in seinem Vorgarten stand.

Dann hörte er noch einmal seine Mailbox ab. Eine Nachricht von Liz. Die Aufregung fuhr ihm wie ein Blitz durch den gesamten Körper.

»Hallo, Tim.« Sie sprach leise. Wie immer. »Ich weiß, ihr seid in Arkansas. Ich wollte nur sagen … herzliches Beileid. Agnes hat es mir gesagt.« Dann eine lange Pause. Fast dachte er, sie habe aufgelegt. Schließlich sagte sie: »Ich hoffe, es geht dir gut. Derek hat sehr liebevoll von dir gesprochen.« Wieder eine Pause. »Dies ist meine Nummer. Vielleicht … vielleicht hören wir uns demnächst mal.«

Dann hatte sie aufgelegt. Tim steckte das Handy zurück ins Jackett. Zündete noch eine Zigarette an. Ließ ihre weiche Stimme nachhallen. Sie hatte nett geklungen. Mehr war nicht nötig. Alles war so, wie es sein sollte.

Er traf die Familie auf dem Parkplatz vor dem Restaurant.

Die Alten wirkten müde. Es herrschte eine ruhige, friedliche Stimmung. Tim hatte das Gefühl, dass seine Abwesenheit allgemein nicht bemerkt worden war.

Geschlossen gingen sie zum Krematorium. Nachdem sie ein letztes Dokument unterschrieben hatte, nahm Agnes die schmucklose Urne entgegen.

»Möchten Sie eine Tüte?«

Die Dame im schwarzen Kostüm sah Agnes fragend an.

»Ja, bitte.«

Sie trugen die sterblichen Überreste ihres Vaters in einem

Metallgefäß, das einer Kaffeedose ähnelte, in einer braunen Papiertüte hinaus.

Derek ging auf dem Parkplatz auf und ab. Er telefonierte. Buchte sich auf den letzten Flieger des Tages. Es herrschte allgemeine Aufbruchstimmung. Man verabschiedete sich. Donald und Esther drückten Tim herzlich an sich. Ihre Augen waren feucht. Jim schlug ihm heftig auf die Schulter. »Mach's gut, mein Sohn. Alles Gute.«

Sam hatte den Arm um Agnes gelegt, die die braune Papiertüte fest im Arm hielt. Tim umarmte seine Schwester lange. Strich ihr das Haar aus dem Gesicht. »Kommt mich mal besuchen in L.A. Wirklich. Ich würde mich freuen.« Er hatte schon jetzt das Gefühl, dass er sie vermissen würde.

Sam und er reichten sich die Hände. Dann gingen sie auseinander.

»Wenn wir den Sieben-Uhr-Flug erreichen wollen, müssen wir gleich los!«, sagte Derek.

»Der Alte hat mir den Buick vermacht. Ich fahre mit dem Wagen zurück.«

Er fuhr Derek zum Hotel. Der sandfarbene Teppich auf dem langen Flur schluckte das Geräusch ihrer Schritte. Vor Dereks Zimmertür blieben sie stehen.

»Ich muss in vierzig Minuten los zum Flughafen.« Derek lächelte. »Lass uns nächsten Sonntag Golf spielen!« Tim grinste. »Danke für alles.«

Es fühlte sich gut an. Mein Gott, sie hatten in den letzten Tagen ein beachtliches Stück Weg zusammen zurückgelegt.

Nachdem er beim Roomservice einen Burger bestellt hatte, duschte er. Es war früher Abend. Er trat aus der Kabine und ging nach nebenan. Nackt stand er mitten im Zimmer. Atmete ruhig. Spürte letzte Wassertropfen den Rücken herunterrinnen. Er öffnete das Fenster weit. Milder Abend in Arkansas. Er konnte es nicht erwarten, mit dem Buick durch die Nacht zu fahren. Mit dem schweren Wagen über die endlosen Straßen zu rauschen. Staat um Staat zu durchqueren. Los Angeles mit jedem Sonnenaufgang etwas näher zu kommen.

Innerhalb von zehn Minuten hatte er gepackt.

Er trug den schwarzen Anzug. Dazu ein T-Shirt und Sneakers. Die kleine Reisetasche geschultert, lief er durch die Abenddämmerung Richtung Jasper. Die Luft war klar. Spätherbst.

Zum ersten Mal seit er denken konnte, fühlte er sich in seiner Heimat entspannt und auf ungewohnte Weise zugehörig.

An einem kleinen Kiosk mit rot-weißer Leuchtreklame holte er sich einen Kaffee im Pappbecher und eine Schachtel Zigaretten. Die grauhaarige Frau im altmodischen Kittel beobachtete ihn lächelnd.

»Na, Sie sehen ja schnittig aus, junger Mann. Gibt es was zu feiern?«

Der Kaffee war tiefschwarz. Stark. Langsam rührte Tim Milch und Zucker hinein.

»Ja. Das gibt es.«

Der erste Schluck schmeckte nach einer langen Nacht auf der Landstraße.

Danksagung

Ich danke dem Piper Verlag für das entgegengebrachte Vertrauen und die Ermutigung, meinen ersten Roman zu schreiben.

Danke an meinen Lektor Thomas Tebbe für die schöne, kreative Zusammenarbeit.

Ebenso danke ich meinem Literaturagenten Alexander Simon.

Ich danke meinem Mann für seine Unterstützung und Geduld, wenn ich nächtelang hinter meinem Laptop verschwand.

Zu guter Letzt gilt mein Dank auch dem großen Erik O., der mir Rede und Antwort stand und die Welt der übergroßen Menschen verständlicher gemacht hat.